As Joias de Manhattan

Da Autora:

Uma Cama para Três

A Terra Tremeu?

CARMEN REID

As Joias de Manhattan

É possível roubar a vida perfeita?

Tradução
Maura Paoletti

Rio de Janeiro | 2012

Copyright © Carmen Reid, 2011

Título original: *The Jewels of Manhattan*

Capa: Carolina Vaz

Imagem de capa: McMillan Digital Art/Getty Images

Editoração: FA Studio

Texto revisado segundo o novo
Acordo Ortográfico da Língua Portuguesa

2012
Impresso no Brasil
Printed in Brazil

Cip-Brasil. Catalogação na fonte
Sindicato Nacional dos Editores de Livros, RJ

R284j	Reid, Carmen
	As Joias de Manhattan/Carmem Reid; tradução Maura Paoletti — Rio de Janeiro: Bertrand Brasil, 2012.
	350p.: 23 cm
	Tradução de: The Jewels of Manhattan
	ISBN 978-85-286-1622-4
	1. Romance inglês. I. Paoletti, Maura. II. Título.
	CDD: 823
12-6073	CDU: 821.111-3

Todos os direitos reservados pela:
EDITORA BERTRAND BRASIL LTDA.
Rua Argentina, 171 — 2º andar — São Cristóvão
20921-380 — Rio de Janeiro — RJ
Tel.: (0xx21) 2585-2070 — Fax: (0xx21) 2585-2087

Não é permitida a reprodução total ou parcial desta obra, por quaisquer meios, sem a prévia autorização por escrito da Editora.

Atendimento e venda direta ao leitor:
mdireto@record.com.br ou (0xx21) 2585-2002

Para Claudie e Sam

Capítulo Um

— Então, estou no parque, correndo, quando aparece um cara que saca uma arma e pede o meu relógio.

— Betty, que horror! Ficou com medo?

— Não, Lauren, fiquei humilhada. Tinha deixado meu Cartier em casa.

Diálogo entre a sra. Henry St. Claire-Trevellian e a sra. Emery Hewitt III almoçando no Upper East Side

—Oh, olhe esta vitrine, que gracinha!

Amber, entupida de espírito natalino e macarrão com frango, voltava para casa com a irmã, caminhando pela rua 17, lado oeste. Todas as vitrines desta rua e de toda a Manhattan estavam decoradas com luzes brilhantes, neve falsa e anjos.

Parou na frente da Bijoux Rox para admirar a nova vitrine. Minúsculas marionetes de assaltantes mascarados, com suéteres listrados e sacos nas costas, desciam das alturas, pendurados em cordas, sobre tesouros cravejados de diamantes, colares de pérolas gorduchas e relógios de ouro e pedras preciosas mais abaixo. O fundo de veludo fora pulverizado com uma leve camada de neve falsa e tudo piscava e cintilava sedutoramente sob luzes de contos de fadas.

— Oh, isso é tão bonito! — exclamou Sapphire, parando ao lado de sua irmã mais velha. — Temos que entrar, vamos lá, só para dar uma olhada. Está tudo tão natalino lá dentro.

Amber balançou a cabeça.

— Não. Estamos quase em casa e aposto que tudo vai custar em torno de mil dólares. Não estou com vontade de comprar joias no momento e, falando nisso, achei que você preferia peças *vintage*.

— Prefiro, mas só queria dar uma olhadinha — argumentou Sapphire usando seu melhor sorriso derrete-corações.

Amber começou a amolecer.

— Ó, meu Deus... você não está *novamente* sonhando com noivados, diamantes e casamentos, não é?

— Não! — insistiu Sapphire, mas Amber não acreditou muito nela. Sapphire agarrou seu braço e puxou-a pela porta.

— Olá, bem-vindas à minha loja, meu nome é Ori. — O proprietário cumprimentou com um sorriso e uma breve reverência. — Estou à sua disposição.

Era um homem rechonchudo, de aparência alegre, quase completamente calvo, vestindo uma camisa listrada e elegantes calças cinza cujos botões pareciam estar um pouco apertados.

— Fiquem à vontade, olhem tudo. Se encontrarem algo que desejam experimentar é só dizer!

— Olá, é muita gentileza sua — respondeu Amber.

— Fiquem à vontade e olhem tudo com calma. Imagino que vocês sejam irmãs, e sabem por que digo isso? As duas são altas, lindas e sua pulseira combina com os brincos dela. Sou esperto, não?

— Está certo — respondeu Sapphire, sorrindo.

Amber viu Ori dar uma olhada rápida no relógio e depois no pacote em cima do balcão. Cheirava aos *knish*, aqueles bolinhos assados de origem judaica recheados com batata ou cebola, vendidos na delicatéssen da esquina, e o papel já estava mostrando marcas de óleo.

Faltavam dois minutos para as nove horas da noite, era hora de encerramento, mas era óbvio que ele queria ser um bom vendedor.

— Se gostarem de algo, por favor, digam e experimentem. O Natal está chegando — insistiu Ori. — Só vou fechar as grades pantográficas, Ok?

Ao toque de um botão, as portas metálicas começaram a deslizar sobre a vitrine da frente.

— Oh, veja aquele maravilhoso pingente... — começou a dizer Sapphire, mas suas palavras foram abafadas pelo barulho de uma motocicleta. As irmãs viraram-se e viram uma motocicleta subir na calçada em frente à joalheria. O motociclista desceu e marchou para dentro da loja, escancarando a porta fechada.

— Ei! — rosnou Ori. — Esta porta custa quatro mil dólares. Você está no lugar errado. O escritório de advocacia fica na porta ao lado, no andar de cima.

Mas, então, outra motocicleta subiu na calçada e outro homem invadiu o local, também vestido em couro dos pés à cabeça, com um capacete preto. O visor escuro estava abaixado. Amber deu um passo protetor na direção da irmã mais nova. Reconhecera imediatamente que aqueles não eram dois motoboys chegando ao endereço errado. Esses caras queriam algo.

O primeiro motoqueiro sacou um revólver preto.

Amber engasgou e sentiu os joelhos fraquejarem.

— Vá com calma — conseguiu dizer Ori, enquanto levantava as mãos e se afastava do homem.

— No chão! — O motoqueiro acenou com a arma na direção das irmãs.

Amber e Sapphire despencaram no chão como pedras.

O segundo motoqueiro pegou um martelo de dentro da jaqueta e andou direto na direção de Ori, que se encolheu contra a parede.

Com um golpe violento, o motoqueiro bateu com o martelo no vidro do balcão na frente de Ori. O primeiro golpe somente rachou a superfície temperada, mas o segundo golpe quebrou o vidro. Braceletes de ouro, pulseiras e anéis de diamante foram recolhidos aos punhados e jogados em uma mochila preta.

O motoqueiro passou para a vitrine seguinte enquanto o segundo homem roubava o outro lado da loja.

O rosto de Amber estava firmemente pressionado contra o piso enquanto cacos de vidro, anéis, pulseiras e joias caíam ao seu redor.

Havia visto a arma, sabia que era um assalto à mão armada, e agora tudo em que podia pensar era se ela e Sapphire seriam baleadas. Ouviu um gemido baixo de medo e percebeu, como se estivesse fora do seu corpo, que havia sido ela. Apertou bem os lábios, mas não fechou os olhos.

Viu Ori, de pé contra a parede, assistindo à sua linda loja ser saqueada.

Viu a parte traseira da bela cabeleira loira de Sapphire bem à sua frente. Seus ombros moviam-se rapidamente para cima e para baixo; talvez estivesse sem ar ou chorando silenciosamente.

Amber estendeu o braço para tocar as costas da irmã de modo reconfortante. Depois se concentrou no motoqueiro armado. O pensamento de que ele poderia atirar em qualquer um deles a deixou petrificada.

Todas as vitrines que recobriam as paredes estavam destruídas e vazias, e agora o homem armado voltara-se para Ori enquanto o outro se encaminhava para a porta.

— Não, não — suplicou Ori quando a arma foi erguida —, você pegou o que queria. Vá embora.

Um celular começou a tocar. Amber levou um momento para reconhecer que o toque vinha do celular de Sapphire.

O homem girou, inclinou-se e apertou o cano do revólver na bochecha de Sapphire.

— Não! — gritou Amber. E atreveu-se a erguer a cabeça e colocar o braço ao redor da cintura da irmã.

— Não vamos criar problemas — prometeu.

A arma continuou colada na cabeça de sua irmã.

— Não atire — suplicou Amber —, por favor, não atire em minha irmã.

Agora Sapphire começou a falar, em um gemido apavorado:

— Por favor, moço, não nos mate. Somos legais. Somos boas pessoas. Nem somos de Nova York, somos do Texas.

Amber sabia que tinha que pegar o cano da arma, para que, se disparasse, não estivesse apontando para a cabeça de Sapphire.

Não havia outra opção.

— Barton! Deixa para lá. Vamos embora! — disse o motoqueiro à porta, apressado.

Ori inclinou-se no balcão para se apoiar.

— Meu coração... Como salgadinhos gordurosos demais — advertiu ele.

Mas o motoqueiro levantou sua arma.

Capítulo Dois

—Você viu o que o Michael fez no cabelo dela, Betty? Um crime!

— Ah, Lauren, Michael é um cabeleireiro raivoso, muito raivoso. Acho que ser gay não está dando certo para ele.

Quando ouviu o som terrível, Amber instintivamente colocou a cabeça rente ao chão e agarrou a cintura de sua irmã com mais força.

Os gritos de Sapphire e de Ori foram um som aterrorizante, que reverberou por toda a lojinha. Amber olhou freneticamente em busca do atirador, mais aterrorizada do que imaginava poder suportar.

Estava na porta... estava saindo... estava indo embora. Mas ele se virou mais uma vez e levantou a arma.

Dessa vez, Amber conseguiu gritar. Um grito baixo, rouco, completamente em pânico.

A segunda bala explodiu dentro do relógio de parede, fazendo com que estilhaços de vidro e de metal voassem por toda a loja. A porta bateu e ouviram o barulho do motor da segunda moto até ela desaparecer ao longe.

Ori arfou e apertou o peito com a mão, Sapphire continuava deitada, gemendo no chão, enquanto Amber sentou-se, todo o corpo tremendo, os olhos colados aos destroços do relógio. Não conseguia se mover ou falar, até que o silêncio, finalmente, disse-lhe que tudo estava acabado. Os homens tinham ido embora.

— Sapphire? Sapphire, você está bem? — perguntou aflita, levantando-se, o piso debaixo dos pés barulhento e escorregadio por causa dos cacos de vidro.

— Estou bem — respondeu Sapphire, sentando-se com cuidado, derrubando mais estilhaços no chão. — Ra-razoavelmente bem — gaguejou e estendeu a mão trêmula para sua irmã mais velha.

— Tem certeza? — Amber colocou os braços em torno dela.

— Sim. Oh! Meu... Oh, meu... foi tão assustador. Foi a coisa mais assustadora em minha vida. Não...

— Meninas, meninas! — chiou Ori. — Odeio interromper a conversa — disse —, mas uma de vocês pode chamar uma ambulância?

— Você está bem? — perguntou Amber.

Sua respiração era áspera dentro do peito enquanto respondia:

— Ele errou o tiro. Acertou na parede e depois no relógio. Mas eu... não me sinto bem... dores no peito. Tenho pressão alta, colesterol elevado. Acho que minha hora chegou. Posso estar tendo um ataque...

— Sapphire correu para ajudá-lo, Amber pegou o celular, mas os dedos tremiam tanto que precisou fazer várias tentativas antes de acertar os números.

— Sente dor no braço esquerdo? — perguntou Sapphire a Ori.

— Não... não... — respondeu ele sem ar.

— Acho que você está tendo um ataque de pânico — lhe disse ela com voz suave e calma.

— Ó, meu... ó, meu Deus. Se sair dessa — disse sem fôlego —, nunca mais como um knish. Eles não são chamados de bombas coronárias por acaso, minha médica tem me aconselhado... há anos: "Emagreça Ori, ou não vai ver suas filhas na formatura da universidade."

— Shhh... — disse Sapphire — respire fundo, acalme-se.

— Posso procurar uma cadeira na parte de trás da loja? — perguntou Amber.

— Claro.

Poucos minutos depois, uma viatura azul e branca da polícia de Nova York estacionava na frente da loja, com as luzes piscando e a sirene tocando. Dois policiais, um homem e uma mulher, saíram do carro e assumiram o comando da situação.

Logo em seguida a ambulância chegou e a loja ficou cheia de gente. Os policiais fizeram as perguntas mais urgentes para Amber e Sapphire enquanto os paramédicos colocavam Ori em uma maca e administravam soro e uma máscara de oxigênio.

Ele não se deitava, continuava afastando a máscara para o lado para falar com os policiais enquanto os paramédicos tentavam acalmá-lo.

— Estou no ramo há catorze anos e nunca fui assaltado antes! — disse. — Homens altos em motocicletas potentes, BMW acho. Viseiras escuras para impedir que pudéssemos ver seus olhos, seu guarda. Um deles usava uma pulseira de identidade de ouro com um diamante. Foi só isso que vi. Homens altos e fortes — repetiu —, principalmente o que estava armado.

Os policiais enviaram alertas por rádio, fizeram um cordão de isolamento com uma fita amarela e mandaram os pedestres para o outro lado da rua.

— Alguma testemunha? Alguém viu mais alguma coisa? — uma mulher negra e corpulenta que se apresentou como a policial Dayell, a arma e o cassetete balançando com o movimento dos quadris, gritou para o outro lado da rua. Enquanto caminhava de volta para a loja, parecia segura e competente.

— Não toquem em nada agora — disse às irmãs. — Existe um escritório na parte de trás onde podem esperar para falar com o detetive?

Ori, que estava sendo levado na maca para fora da loja, tirou a máscara de oxigênio novamente:

— Claro, usem o meu escritório, sintam-se em casa... bebam meu café! Chamem os amigos! Que me importa? Eles levaram todo o estoque... três milhões de dólares.

— Meu senhor! — disse o paramédico e empurrou a máscara de volta para seu lugar.

— Acho que ele vai ficar bem — disse a policial Dayell.

As irmãs foram até a sala sem janelas no fundo da loja, onde encontraram uma mesa, cadeiras e pilhas bem-arrumadas de papéis.

Puxaram duas cadeiras de plástico e desabaram nelas.

— Ó, meu Deus! — sussurrou Sapphire e colocou a cabeça no ombro de sua irmã em busca de consolo.

— Está tudo bem — disse Amber, abraçando-a —, estamos salvas. Tudo vai ficar bem.

— Três milhões de dólares? — repetiu Sapphire as palavras de Ori. — Nunca teria entrado na loja se soubesse disso.

— Sim, mas veja, alguns dos diamantes dele eram *enormes*.

Amber percebeu que a sacola de compras ainda estava em sua mão, um pouco esmagada por causa do tempo passado no chão.

— Vai uma saladinha aí? — ofereceu a Sapphire em tom de brincadeira.

Sapphire balançou negativamente a cabeça.

— Chá gelado?

Sapphire acenou que sim com a cabeça, então Amber pegou a garrafa, com mãos que ainda tremiam incontrolavelmente.

— Foi assustador — sussurrou ela.

— Foi — concordou Sapphire, tomando um gole da garrafa de chá.

Ouviram a porta da loja abrir e uma voz masculina gritar:

— Ei, Noreen, o que temos aqui?

A policial Dayell respondeu:

— Oi, Jack, temos um roubo de três milhões de dólares. Está no turno da noite esta semana?

— Ahã — foi a resposta e passos esmagaram os cacos de vidro.

— As testemunhas estão na sala dos fundos — a policial Dayell disse.

— Ahã. Vou dar uma olhada no local primeiro.

Mais passos esmagando vidro.

— O botão de alarme não foi acionado?

— Não. Atiraram no cara, duas vezes. Acho que ele não teve coragem para acionar o botão de alarme.

— E o que temos aqui? Um embrulho oleoso... e um *knish* de espinafre... intocado! A noite acaba de ficar muito melhor.

— Você não vai comer isso, vai?

— Isto não é uma prova, Noreen. É o lanche do joalheiro. Não há sangue nele, nada.

— Jackie, você está me dando nojo.

O espaço da porta do escritório foi preenchido com um rapaz branco, alto e musculoso. Seu cabelo era curto, escuro e ondulado, e seu rosto largo parecia estar em torno dos trinta anos. Vestia uma capa de chuva comprida e pesada, seu colarinho e gravata afrouxados. Seu rosto parecia um pouco suado, como se tivesse corrido até o local.

Em uma das mãos segurava um copo de café, na outra o *knish* de Ori. Que já havia levado uma dentada.

— Oi, sou Jack Desmoine, o detetive encarregado desta noite.

Sorriu para as irmãs, pousou a xícara de café e puxou um bloco de anotações e um lápis do bolso de sua calça amarrotada.

— Lamento conhecê-las em uma situação tão angustiante. Temos muito a fazer, mas vou tentar tornar tudo o menos desagradável possível. A perícia está a caminho.

A policial Dayell apareceu na porta.

— Cuidado com ele — disse, apontando para Desmoine e piscando para Amber e Sapphire.

— Obrigado, Noreen. Ok. — O detetive Desmoine puxou uma cadeira, deu um gole no café e outra mordida no bolinho. — Então, senhorita Jewel e senhorita Jewel? Irmãs? — perguntou com a boca cheia.

Ambas acenaram que sim com a cabeça.

— Pelo que a policial me contou, vocês foram muito corajosas. Vamos começar com nomes, endereços, empregos e depois me contem exatamente o que aconteceu esta noite.

Limpou a boca com as costas da mão e deu outra dentada no bolinho.

— Sou Sapphire Jewel, moro na rua 17, nº 566, apartamento 6P... — começou a dizer Sapphire.

— Moro no mesmo endereço. Nosso apartamento fica a quatro portas daqui — comentou Amber.

—Vocês não se parecem muito — disse o detetive Desmoine.

As irmãs se entreolharam. Ouviam isso frequentemente. À primeira vista, pareciam ser da mesma família: ambas eram altas, com pernas longas e cabelos lisos, mas Amber tinha olhos e cabelos castanhos, sua pele tinha um leve tom bronzeado e suas feições eram bonitas, de um tipo interessante, incomum.

Em um dia bom, Amber descreveria a si mesma como "meio" bonita. Seus intensos olhos castanhos e lábios carnudos eram suas melhores características. Seu nariz era um pouco grande, as sobrancelhas muito retas e muito espessas. Não importa o que fizesse nelas com a pinça, as sobrancelhas sempre davam um jeito de sobressair.

Já Sapphire, a irmã do meio, tinha pele clara, maçãs do rosto salientes, nariz arrebitado, olhos azuis brilhantes, e era reconhecidamente a mais bonita da família. Tinha o tipo de cabelo loiro e rosto finamente esculpido que fazia as pessoas pararem e admirarem, mas ela ficava envergonhada com a atenção que chamava e sempre minimizava sua beleza. A irmã caçula, Em, foi a única que tirou proveito de todos os dons que recebera.

"Não adianta ser uma rosa, se você não vai florescer", era uma das expressões favoritas de Em.

— Bem, somos irmãs, não gêmeas idênticas — respondeu Amber.

O detetive apenas deu de ombros, fez mais algumas perguntas e anotou as respostas.

— Onde trabalha? — perguntou a Amber.

— Banco Dedalous — respondeu ela, dando o endereço.

— Parece chique. Você é uma daquelas garotas sortudas que recebe um bônus de duzentos mil dólares depois do Natal, enquanto o resto de nós só recebe as faturas do cartão de crédito?

— Não, de jeito algum. Comecei a trabalhar lá agora.

— Há quanto tempo está no banco?

— Sete meses. Desde que me mudei para Nova York.

— E você, srta. Jewel? — perguntou a Sapphire. — Talvez deva chamá-las de srta. Sapphire e srta. Amber, apenas para facilitar as coisas.

— Trabalho na Aubrey Wilson & Sons, a casa de leilões. No departamento de joias antigas. Trabalho lá há pouco mais de cinco meses. Desde que cheguei a Nova York, junto com Em — respondeu.

— Em? — perguntou o detetive.

— Nossa irmã mais nova — explicou Amber —, e caso queira saber, ela não se parece com nenhuma de nós.

— Está bem. — O detetive olhou para Amber.

— As três irmãs, hum? Não é uma peça de teatro? — perguntou.

— Tchekov — respondeu Amber e viu-se olhando para sobrancelhas surpresas sobre os olhos castanhos.

— Muito chique. De onde vocês são? — perguntou Desmoine, tomando um gole de café.

— Texas — respondeu Sapphire.

— Puxa — disse Desmoine, sorrindo.

— O quê? — perguntou Amber.

— Nada — disse ele, mas ainda estava sorrindo.

Quando abaixou o queixo, seus olhos permaneceram presos nos dela por um pouco tempo longo demais.

Amber alisou a saia elegante por cima das pernas e viu o olhar dele acompanhar suas mãos. E os olhos passaram um bom tempo em suas pernas.

— Então estava voltando do trabalho, srta. Amber? E, srta. Sapphire, com base na sua roupa, suponho que estava na academia?

— Sim — respondeu Sapphire —, nos encontramos para fazer compras de Natal.

— Em uma joalheria?

— Estávamos só olhando — respondeu Amber.

— Rá. Isso vai ensinar a vocês. Acho que as pessoas não são nova-iorquinas de verdade até que tenham sido pegas em uma situação que inclui armas — disse o detetive, olhando novamente para o bloco de anotações.

Tinha uma caligrafia desarrumada, muitas letras de imprensa. Obviamente não era um garoto de faculdade, pensou Amber.

— Ok, meninas, a minha primeira pergunta muito séria — começou ele. — Alguma condenação anterior? Crimes anteriores, acusações, intimações judiciais ou histórico criminal? Porque estamos lidando com um assalto à mão armada de três milhões de dólares. Vocês são a única coisa que temos no momento e precisamos investigá-las bem.

Sapphire e Amber entreolharam-se surpresas.

— Você não acha que nós...

— Estávamos apenas...

O detetive Desmoine começou a rir.

— São perguntas de rotina. Relaxem, é somente rotina. Se não são culpadas, não precisam se preocupar.

Capítulo Três

— Então ela disse: "Amo o seu prédio. Como faço para conseguir um apartamento nele?"

— E você respondeu: "Você tem que ser alguém importante, casar com alguém importante ou matar alguém importante?"

Mais tarde naquela noite, o som de chaves batendo contra a fechadura informou a Sapphire e Amber que Em chegara em casa.
— Maldição! — gritou Em do outro lado da porta.
— Vou abrir. — Amber pulou do sofá verde caindo aos pedaços.
— Esta maldita fechadura acaba comigo! — disse Em, invadindo a sala segurando as chaves e as sacolas de plástico cheias nas mãos.
Em era mais baixa, mais morena e mais voluptuosa que as irmãs. Mas sabia como tirar proveito disso. Alongava as pernas com botas de salto alto, usava saias curtas, vestidos justos e acinturados, e destacava suas curvas generosas com blusas decotadas.
Seu cabelo, no momento com uma tonalidade ruivo-escura, estava cortado com uma franja e caía solto sobre os ombros. Em contraste com o rosto lavado de Amber e da maquiagem discreta de Sapphire,

Em usava delineadores bem marcados, hoje era preto, e uma sombra cintilante verde-azulada.

Em gostava de chamar a atenção. Na verdade, era melhor dizer que Em *adorava* chamar a atenção.

Soltando as sacolas no chão, ela correu para abraçar Amber primeiro e depois Sapphire.

— Meu Deus, não acreditei na sua mensagem! Saí assim que pude... Vocês estão bem? Bem mesmo? Vocês poderiam ter sido mortas!

Amber desligou a televisão.

— Deu no noticiário — disse ela. — Mas dissemos à polícia para não divulgar nossos nomes.

— O que aconteceu? — Em empoleirou a bunda debaixo da minissaia nas costas do sofá. — Contem tudo.

— Estávamos na joalheria... entramos para dar uma olhada e logo depois os assaltantes entraram — explicou Amber. — Fizeram a gente deitar no chão, saquearam o lugar, atiraram no proprietário, mas erraram e colocaram uma arma na cabeça de Sapphire.

— Não diga!

— Sim — confirmou Sapphire —, mas Amber me salvou. Disse para o cara com a arma para nos deixar em paz.

— Mentira! — disse Em, espantada. — Meninas, vocês devem ter ficado apavoradas como perus antes do Natal.

— Sim. Sapphire falou com ele também, disse para não atirar em nós porque éramos pessoas de bem do Texas! — Amber gargalhou. Agora que tudo acabara se sentia estranhamente leve e tranquila, mais feliz do que nas últimas semanas.

Em fez perguntas e elas comentaram cada pequeno detalhe até satisfazer a curiosidade da irmã.

— Não posso acreditar em vocês! — exclamou ela, finalmente.

— As pessoas não são nova-iorquinas de verdade até que passem por uma situação que inclua armas — disse Amber. — Foi o que o detetive nos disse.

— É o cara lá embaixo? De camisa branca e cabelo preto? — perguntou Em.

— Sim, acho que sim — respondeu Amber. — Ele tinha espinafre nos dentes?

— Ah, faça-me o favor! Ele era absolutamente lindo — disse Em — e me mediu de cima a baixo.

— Sim, é ele.

— Você acha que ele é lindo? — perguntou Sapphire, fazendo uma careta.

— Lógico: fofo como um monte de cachorrinhos e gostooooso — foi o veredito de Em —, apetitoso como a comida nas sacolas. Espero que vocês estejam com fome — acrescentou, imitando um sotaque de uma dama sulista. Em adorava imitar sotaques tanto quanto adorava se enfeitar, mudar o visual e criar um personagem.

— Puxa Em, já passa das onze da noite. Você espera mesmo que a gente coma? — Amber estava tentando parecer horrorizada. Mas Em trabalhava no Bill's Place, o restaurante da moda em NoHo, e os pratos que trouxe eram simplesmente irresistíveis.

— Hummmm... — Sapphire sentiu o aroma que saía das sacolas plásticas — foi uma noite muito estressante. Talvez um lanchinho noturno. Sabem, agora que tudo passou, sinto-me ótima. — Sorriu.

Em distribuiu caixas fumegantes com macarrão e ragu.

— Quanta comida você pode pegar no restaurante? Eles sabem? — perguntou Amber. — Quero dizer, eles não reutilizam as sobras?

— Claro que sabem... mais ou menos... você me conhece, sempre, sempre consigo sair com mais do que devo. — Em piscou.

Amber ergueu a sobrancelha.

— Em, isso é roubo.

— Ora bolas, vá comendo, sei que tem mastigado saladas e barras de granola o dia todo. — Isso foi mencionado com um sorriso malicioso. — Mas não é roubo. É redistribuição. Há muitas pessoas em Nova York que têm demais. Sabe quem apareceu hoje à noite? — acrescentou Em.

— Don Paulozzi, o produtor de musicais. Adivinhem o que fiz?

— Não! Você não fez! — Amber gemeu, já adivinhando. — Você vai ser demitida!

— Cantei para ele todo o menu de coquetéis. Ele adorou. Pegou o meu telefone, ficamos amigos e ele pode telefonar. Posso estar a horas, até mesmo minutos, da minha estreia na Broadway!

Em foi até a janela olhar a rua.

— Acreditam que a polícia ainda está lá? — perguntou. — Duas horas depois.

— Eles precisam coletar as impressões digitais — respondeu Amber — e amostras de DNA e...

— Certificar-se de que o proprietário não deu um golpe para receber o seguro, certo? — Foi o palpite de Em.

— Ele achou que estava tendo um enfarte — protestou Sapphire.

— Não consigo vê-lo — disse Em. — O sargento fofo.

— Detetive fofo — corrigiu Amber. — Quero dizer, detetive Desmoine. Temos o cartão dele.

— Não! Vai telefonar para ele?

— Hã? O cartão é para ser usado se lembrarmos de algo urgente. Também temos que ir à delegacia para registrar a ocorrência ou algo parecido. Sapph deu excelentes descrições — acrescentou Amber. — Quero dizer, você notou a altura, a roupa exata, até mesmo o tipo de botas, o detetive estava muito impressionado. Eles provavelmente vão apanhar os ladrões por causa de seu depoimento.

Sapphire estremeceu ao pensar nisso.

— Não dei uma boa olhada neles — disse ela —, estavam com capacetes e tudo durou três minutos.

— Uau! — Em parecia quase impressionada. — Três minutos?!

— O detetive não estava muito esperançoso sobre as amostras de DNA. Eles estavam com luvas, botas, tudo — disse Sapphire.

— Mas um deles se chamava Houghton, não é? — acrescentou Amber. — Foi o que você disse ao detetive.

— Houghton? — repetiu Em surpresa.

— Sim... Não vou esquecer de um nome como esse, vou? — acrescentou Sapphire.

— Talvez fosse algo parecido com Houghton — palpitou Amber.

— Mas o proprietário tem seguro, certo? — perguntou Em, engolindo outra garfada de macarrão com ragu, salpicando molho de tomate no queixo.

— Acho que sim... — respondeu Amber.

— Então vai receber o dinheiro de volta. E provavelmente não teve um enfarte. E os caras fugiram com...? — perguntou Em.

— Cerca de *três milhões de dólares* em joias.

Em quase engasgou.

— Você tem que estar brincando. Três milhões?! Naquela lojinha? Puxa. Fizeram um milhão por minuto! Destruíram muito?

— Destruíram o lugar — respondeu Sapphire —, todas as vitrines quebradas, cacos de vidro quebrados por toda parte, joias espalhadas no chão.

— Estava com as roupas de ginástica? — perguntou Em. — De tênis?

— Sim — confirmou Sapphire. Desde que voltara para o apartamento, havia tomado banho, removido os estilhaços de vidro de seu cabelo e trocado de roupa.

— Então, já verificou seu tênis?

— Hã? O que quer dizer com isso?

Em apontou para os tênis.

— Bem, você nunca sabe, algo pode ter ficado preso na sola.

— De jeito nenhum!

Mas, mesmo assim, Sapphire pegou o tênis, virou-o e examinou as ranhuras de borracha.

— Ó, meu Deus!

Com a unha, retirou algo alojado na sola.

Amber e Em correram para ver Sapphire mostrar um brinco de diamante.

— Tenho que descer e devolver isto — disse Sapphire, nervosa.

— Acho que não! — insistiu Em. — Guarde como recompensa. Quem diria, hein? — Olhou para as outras, com os olhos verdes cintilando. — Assumindo que o proprietário tenha seguro e esteja bem: alguém faturou Três. Milhões. De Dólares em um crime sem vítimas.

Capítulo Quatro

— *A linda filha dela perdeu o emprego...*

— *Mas isso é perfeito, Lauren, agora a garota pode realmente se concentrar em encontrar um marido.*

—Aqui está a contabilidade mais recente da sua fundação de caridade, sra. De La Hoz — começou Amber, nervosa —, e temos alguns... bem, temos alguns problemas.

Amber inclinou-se sobre a mesa de reuniões envernizada e entregou uma página com números à mulher de meia-idade, muito bem-vestida e coberta de joias, sentada do outro lado.

A mulher, a sra. Eugenie De La Hoz, passou os olhos sobre a página e o rosto inchado e esticado cirurgicamente não demonstrou nenhum tipo de expressão.

— E qual é o problema? — perguntou com altivez, dirigindo-se ao chefe de Amber que também estava sentado à mesa.

Calmamente, Robert cruzou as mãos e disse:

— Amber, você se importaria de explicar?

O sacana. Não teve coragem de confrontar a sra. De La Hoz sozinho. Ia deixar que ela fosse a portadora das más notícias.

— Bem, ao longo dos últimos quatro anos, ao que parece... e posso ter entendido mal — prosseguiu Amber, escolhendo suas palavras com cuidado —, os únicos pagamentos que a fundação de caridade fez são para os seus próprios administradores, e cada um deles é um parente seu, sra. De La Hoz.

Um tremor percorreu o rosto da sra. De La Hoz. Se estava sentindo alguma emoção, as cirurgias plásticas e as aplicações trimestrais de botox tornavam impossível perceber.

— E qual é o problema? — repetiu ela, com a voz fria, olhos de aço fixos em Amber.

Amber engoliu em seco. Analisou o pesado colar de ouro cravejado de diamantes, a bolsa de couro de crocodilo verdadeiro no seu colo e o rubi do tamanho de um ovo cintilando em seu dedo. A sra. De La Hoz não era suficientemente rica? Precisava fraudar a Receita Federal com uma instituição de caridade falsa que discretamente desviava centenas de milhares de dólares para seus sobrinhos e sobrinhas?

— Bem, não tenho certeza de que o IR vai considerar esse comportamento como apropriado para uma fundação.

— A caridade não começa em casa? — disparou a sra. De La Hoz.

Houve um silêncio incômodo.

Então a fera respirou fundo e, com uma voz irada, começou:

—Tem alguma ideia do pouco interesse do IR sobre as instituições de caridade particulares? Leva anos para notarem qualquer probleminha minúsculo, e quando isso acontece você recebe apenas uma leve advertência. Não se preocupe com isso. Não analise nada. Tenho certeza que não pedi nenhuma investigação aqui. As regras foram feitas para serem quebradas. Como meu ex-marido, o provedor, sempre diz: "As regras são para os pequenos." Você é jovem, precisa aprender essas lições valiosas. E obrigada.

O tom de voz na frase final encerrou definitivamente a conversa.

Claramente, a sra. De La Hoz já não tinha mais tempo a perder com Amber apontando as pequenas irregularidades de seus vastos e complexos negócios financeiros, e gostaria de falar sozinha com seu assessor de investimentos sênior.

— Muito obrigado por suas informações Amber, eu assumo daqui para a frente — acrescentou Robert. E, com um sorriso falso e um breve aceno de cabeça, disse: — Por que você não sai e veste sua fantasia? O resto do dia é a Quarta-feira Maluca.

— O que raios é isso? — perguntou a sra. De La Hoz, com um tom de desaprovação.

— São fantasias — respondeu Amber — para arrecadar dinheiro, para instituições de caridade.

Duas horas mais tarde, Amber entrava em uma sala de espera branca e impessoal. Sentou-se e olhou para o cachorro-quente sentado ao lado dela.

—Você também? — perguntou o cachorro-quente.

Ela acenou com a cabeça e tirou o chapéu de caubói.

— As coisas não cheiram bem — acrescentou o cachorro-quente. — Todos os que saíram daquela sala até agora estavam chorando ou xingando. — Ele estendeu a mão acolchoada de cachorro-quente. — A propósito, meu nome é Wayne. Wayne do departamento de Contas de Clientes Novos.

— Amber Jewel — respondeu ela, apertando a mão dele — do departamento de Gerenciamento de Bens, mas não por muito tempo, acho. Não acredito nisso. Quase levei um tiro em um assalto ontem à noite e hoje é o dia das demissões-surpresa!

— Quase levou um tiro? Que dureza. Ei, pode ser uma transferência para um departamento diferente, em vez de uma demissão.

— Sim, você também — respondeu, tentando ser animadora. Mas a situação parecia preta.

A sala de espera era inteiramente branca, sem uma única janela, quadro ou revista para distração, de modo que seus olhos continuavam voltando para a porta de madeira escura com uma placa prateada que dizia: PAUL GLAZER — DIRETOR DE RECURSOS HUMANOS

Glazer, o homem-apagador, era seu apelido no Banco Dedalous. Nos últimos tempos, visitar o escritório de Glazer não era nada bom. Durante todo o mês, funcionários de cada um dos departamentos do banco entraram no escritório de Glazer e nunca mais voltaram.

Amber remexeu na franja lateral das calças de couro e tentou evitar que seu coração explodisse de nervoso. Estava em Nova York há apenas sete meses, precisava do emprego e dera um duro danado para consegui-lo. As irmãs precisavam do emprego dela porque era ela quem pagava a maior fatia do aluguel. A mãe dela precisava desse emprego: o pequeno bônus de fim de ano que Amber esperava receber deveria ajudar a pagar a hipoteca da fazenda.

— Fantasia legal — disse Wayne, esticando o rosto dentro do buraco da fantasia de cachorro-quente para ver melhor. — Jesse, do *Toy Story*, certo?

— Sim, *Toy Story 2*. — Ela sorriu.

— Bonitas tranças — acrescentou ele. — Você fica bem com roupas de vaqueira. As botas parecem velhas e autênticas.

— Acho que sim — respondeu ela. — Cresci em uma fazenda.

— Jura? — As sobrancelhas do cachorro-quente desapareceram dentro da fantasia. — Onde?

Amber era de Bluff Dale, Parker County, Texas. Mas esse era um lugar tão pequeno que ela respondeu, como ela sempre fazia:

— No Texas, perto de Fort Worth.

— Ah, claro, ouvi falar de Fort Worth. O que está fazendo em Nova York?

— Esperava que trabalhar em um banco pagasse mais do que manejar boiadas — respondeu ela, sorrindo —, mas talvez não vá dar certo.

— Certo... e se... se ele... se você for... — começou Wayne.

Amber assentiu para mostrar que compreendera. Ninguém queria dizer a palavra "despedida" em voz alta no momento.

— Você vai voltar para casa? — perguntou Wayne.

— Não, passei um semestre procurando um trabalho como esse no Texas e não encontrei um. Então não, vou ter que achar outra coisa em Nova York. — Amber tentou fazer de conta que era um problema menor do que era na realidade.

— Sabe quantos bancários desempregados há nesta cidade agora? Em cada dois atendentes no Starbucks, um trabalhava em um banco.

Ela sentiu um nó no estômago.

— Por que você acha que ele está chamando as pessoas na Quarta-feira Maluca? — perguntou Wayne. — Estamos fantasiados, arrecadando dinheiro para a caridade. Quer dizer, estou aqui sentado, vestido como uma salsicha. Nem sequer tive tempo para trocar de roupa.

— Talvez porque ele não liga a mínima — respondeu Amber.

A porta se abriu e uma moça vestida de Cinderela saiu correndo, dando um soluço sufocado antes de desaparecer fora da sala de espera.

— Ela nem deixou o sapatinho de cristal — disse Wayne pesarosamente.

Nesse momento, um homem apareceu na porta: terno cinza-claro, cabelos pretos, prancheta na mão. Glazer, o homem-apagador.

— Wayne Albright — disse ele, lendo sua lista.

Wayne acenou animado e levantou-se.

— Sou eu.

Glazer olhou a roupa de cachorro-quente com escárnio e disse:

— Pode voltar ao seu departamento, houve uma reavaliação.

Wayne olhou para Glazer, depois para Amber e repetiu o processo, o rosto exibindo um ar aliviado e feliz.

— Obrigado... obrigado, senhor. Isso é incrível. Muito, muito obrigado.

— Vá embora — disse Glazer — antes que eu mude de ideia.

A salsicha foi embora e Amber — de pé agora, porque lhe pareceu ser o mais educado — olhava diretamente nos frios olhos azuis do homem-apagador.

— Srta. Jewel? — perguntou ele.

— Sim senhor.
— Me acompanhe.

Amber sentou-se na cadeira que lhe foi oferecida. Se não estivesse tão tensa e concentrada em Glazer, poderia ter apreciado a vista espetacular da janela mostrando o norte de Manhattan, as janelas dos arranha-céus cintilando sob a luz do sol de dezembro.

Em vez disso, olhou para o rosto dele e tentou entender tudo o que estava dizendo.

Ele leu o seu nome e seus detalhes em um arquivo sobre sua mesa: a data de admissão no emprego, a descrição do trabalho, suas avaliações recentes.

— Tudo relativamente bom — declarou ele —, então por que estamos dispensando você? É seu direito perguntar.

Lá estava, uma frase colocada quase casualmente.

Dispensar você.

O banco a estava demitindo. Mesmo sem que ela quisesse, sem pedir... Tinha apenas 24 anos e estava novamente desempregada.

— Sinto muito, srta. Jewel, você é o membro mais novo de seu departamento, ainda está em experiência, temos que reduzir o tamanho do departamento por motivos financeiros, e infelizmente isso significa que você deve ser a primeira a sair.

— Mas sou realmente boa no meu trabalho — ela conseguiu dizer.

— Sim, estou ciente disso. Há somente um ponto contra você. Aparentemente você questionou uma fundação sem fins lucrativos criada pela família De La Hoz.

Ah. Ela suspeitava que o assunto iria voltar para atacá-la pelas costas. Mas já? A sra. De La Hoz pediu a sua demissão?

— Não queria que a fundação fosse objeto de uma investigação fiscal — disse Amber em sua defesa

Glazer arqueou uma sobrancelha.

— A família De La Hoz é um cliente muito, muito importante do banco. Nós tentamos assessorá-los em tudo o que podemos. Mas isso não importa agora. O que você precisa saber são os termos e condições da sua... *demissão*.

Ele gostava de dizer essa palavra: disse-a com prazer.

No meio do nevoeiro de detalhes que se seguiram, Amber registrou os pontos principais. Devia sair imediatamente, logo após esta reunião. Um segurança iria acompanhá-la enquanto limpava sua mesa e seu armário. Receberia um mês de salário. Nada mais e, sobretudo, não iria receber parte do bônus de fim de ano.

Ou seja, nada para a sua mãe e a hipoteca da fazenda.

Após acompanhá-la até a porta de sua sala, Glazer apertou sua mão.

— Sinto muito que o seu tempo no banco tenha acabado tão cedo — disse, tentando e não conseguindo parecer sincero.

Atordoada, Amber, ergueu a mão e trocaram um aperto de mão extremamente leve.

—Tenho certeza de que você irá poder escolher rapidamente entre várias oportunidades novas e estimulantes — acrescentou ele.

— Sim. Até parece — atreveu-se ela a retrucar.

Capítulo Cinco

> — Há tantas pessoas loucas nesta cidade, é por isso que confio tanto na opinião da Fifi.
>
> — Fifi não pode dar opiniões, Betty. Ela é uma chihuahua.

Todo mundo vai para Nova York por uma razão.
Para encontrar o sucesso, para encontrar o amor, para encontrar uma vida mais excitante do que a oferecida pela cidade natal.

Ninguém vai para Nova York para ser despedido; gastar meses preenchendo formulários de vagas, buscando oportunidades, sendo reprovado em entrevistas, ficando preocupado com o aluguel e torrando o restante da poupança.

Eram esses os pensamentos que cruzavam a mente de Amber enquanto marchava pela rua, afastando-se do emprego no banco que não era mais seu. Pelo menos deixaram que ela trocasse de roupa. Sua fantasia de vaqueira estava em uma sacola em uma das mãos, sua maleta — um presente de sua mãe quando ela se mudou para a cidade — na outra.

No ano passado, passara *meses* procurando empregos em bancos, primeiro no Texas, depois em Nova York. Seria terrível voltar à caça novamente. Todos aqueles formulários. Todas as recusas. Todas as buscas por inspiração em livros como: *Impulsione sua Carreira, A Vontade de Vencer* e *A Luta pelo Sucesso*.

Não queria voltar a usar calças de moletom, comendo Cheetos e pesquisando na Internet em busca da intervenção divina, porque estava na cara que nada menos do que a ajuda de Deus iria ajudá-la a encontrar um novo emprego, a pagar o aluguel do apartamento e comprar os presentes para o Natal.

Não. Ela não voltaria a esse estágio. Alguma coisa iria aparecer. Esta era a cidade de Nova York! Alguma coisa iria aparecer.

Afastou os cabelos longos sobre os ombros e marchou com seu terninho profissional cinza, seu casaco pesado e seus sensatos sapatos sem salto, necessários para andar pelas calçadas, meios-fios e escadas do metrô de Nova York. Para se sentir melhor, passou os dedos sobre a pulseira de turquesa e prata que seu amado papai fazendeiro lhe dera.

Amber havia mandado uma mensagem de texto para suas irmãs assim que saiu do banco pela última vez, e ambas ordenaram que ela fosse encontrá-las na zona norte da cidade para um almoço e reunião de emergência.

Embora fosse o início de dezembro, o dourado sol de inverno iluminava as centenas de janelas que subiam em direção ao céu azul-claro.

Nova York rugia, como sempre. Carros roncavam nos semáforos, desesperados para seguir em frente, as pessoas marchavam pela calçada. Era impossível se juntar à multidão e não compartilhar o seu sentido de propósito elevado. Andar lado a lado com esse mundo ocupado quase a fez se sentir melhor. Esta era a cidade de Nova York, lembrou a si mesma. Ela iria se dar bem.

Logo, Amber estava na Quinta Avenida. Sete meses na cidade e ainda assim não podia andar por aqui sem parar para apreciar a vista. Os imponentes arranha-céus abrindo o mar da poderosa, larga e congestionada avenida, que cruzava Manhattan de norte a sul.

Seu telefone bipou com uma mensagem, e ler o texto a fez sorrir: *Chamando todos os voluntários. Precisamos de plantadores de árvores. Urgente. Ei, se quiser, também pode abraçar as árvores. Fitch.*

Amber, que viveu em uma fazenda a vida toda, antes de mudar para Nova York, trabalhava como voluntária, pelo menos uma vez por semana, em uma associação de moradores que cuidavam de parques e jardins. Cavar a terra, ficar com as mãos sujas e ajudar as plantas a crescer era o seu passatempo. Isso a relaxava e fazia com que se lembrasse de casa.

Vou assim que puder, respondeu ela. Amber. Bj.

Meia hora mais tarde, estava na casa de leilões Aubrey Wilson & Sons, o elegante local de trabalho de Sapphire, no coração da Park Avenue. Wilson leiloava joias, pinturas, pratarias e todo tipo de objeto desde que o início das atividades da empresa, em 1854.

As grandes vitrines exibiam uma seleção de tesouros e as datas das próximas vendas. Amber sabia que as portas giratórias a levariam para um mundo silencioso e luxuoso com pisos em mármore, porteiros de libré e salas de exibição cheias de joias, antiguidades e zilionárias do Upper East Side usando óculos de sol Chanel dourados dentro das salas, vestindo várias camadas de cashmere caramelo.

Mas Amber já não precisava entrar pela porta da frente. Já fora encontrar Sapphire tantas vezes que agora estava autorizada a usar a entrada dos funcionários. Então, entrou no beco estreito ao lado do edifício e digitou o longo código de dez dígitos no teclado.

A porta destrancou e Amber entrou.

O escritório de Catalogação Um era onde Sapphire trabalhava, no segundo andar, ao lado da sala do chefe, sr. Wilson. As salas eram conectadas por uma porta interna, para que ele pudesse entrar e verificar a sua funcionária favorita sempre que desejasse.

Amber bateu na porta e ouviu Sapphire responder:

— Entre.

A cabeça loira da irmã surgiu por trás da tela do computador.

— Ah, oi! — disse com um grande sorriso e se levantou para abraçar Amber. — Você está bem? É horrível demais. Estou tão, tão chateada por você.

Amber não podia deixar de sorrir, porque era sempre bom ver Sapphire. Ela era o charme do sul personificado, doce e bonita como uma torta de pêssego recém-assada. Sempre se vestia bem, sempre falava de modo bonito, sempre tinha boas maneiras e se importava apaixonadamente com os detalhes na vida.

Quando alguém perguntava por que Sapphire se mudou do Texas para Nova York, Amber ouvia a irmã dar uma série de razões.

— Por causa da arte... as galerias não são incríveis? Melhores do que em qualquer outro lugar nos Estados Unidos.

— Pela cultura: as exposições, o teatro, as exposições de arte... maravilhosas.

— Por causa de meu trabalho. Trabalho para a casa de leilões, Aubrey Wilson & Sons. Eles estão no mesmo prédio no Upper East Side desde 1854, não é incrível?! Estou treinando para ser uma perita em joias antigas. Sou completamente *apaixonada* por joias antigas, é tão romântico!

Mas, na verdade, Amber sabia, Sapphire tinha ido para Nova York para encontrar um marido. Um bom marido. Um marido verdadeiramente maravilhoso.

Também mudara para tentar esquecer Forde Houghton, o filho mais velho de Annetta North Houghton, de quem estava noiva até aquela coisa terrível, terrível acontecer... apenas onze dias antes do casamento.

Sapphire ainda evitava, se pudesse, qualquer coisa relacionada ao o número 11.

— Sinto-me completamente estranha — disse Amber a ela —, talvez esteja em estado de choque. Mas não quero ficar deprimida.

— Não — concordou Sapphire.

— Isto é Nova York, deve haver centenas, milhares de empregos que posso encontrar.

— Você está absolutamente certa.

— Mas vamos falar sobre isso durante o almoço.

— Você chegou um pouco cedo, tenho que trabalhar por mais quinze minutos.

— Posso olhar os catálogos de vendas?

— Claro. Sei que gosta de seguir o dinheiro. — Sapphire sorriu.

Era verdade; os catálogos fascinavam Amber. Gostava de ver quem estava vendendo, quem estava comprando e de onde todos estes tesouros vieram em primeiro lugar.

— Há uma mudança sísmica acontecendo na economia mundial e esses catálogos dão um monte de pistas.

— Ahã. — Sapphire não parecia convencida.

— Os ingleses abriram mão de suas melhores joias quase cem anos atrás. Venderam para os americanos.

— Exceto a Família Real — lembrou Sapphire —, a realeza não vende nada. Eles não estão exatamente passando necessidade.

— Mas agora os americanos estão vendendo tesouros para os russos, os chineses e os brasileiros. É a maneira como o mundo funciona. Siga o dinheiro. Siga as joias. Gostaria de saber para quem os brasileiros irão vender daqui a cinquenta anos?

— Joias falam sobre romance, Amber, não dinheiro.

Amber deu uma fungada desdenhosa e abriu o primeiro catálogo na pilha.

— Oh, Sapphire, querida?

O sr. McAndrew Wilson, um dos bisnetos do original Aubrey Wilson, enfiou a cabeça pela porta de conexão.

— Sim, sr. Wilson? — respondeu Sapphire, enfiando seu exemplar de *A Touch of Grace* em sua gaveta, Amber notou.

Sapphire adorava Grace Kelly. Para Sapphire, a bela princesa Grace — apesar de morta há quase trinta anos — continuava sendo a mulher americana perfeita, em todos os sentidos.

E sim, não havia dúvida de que, com seus frios olhos azuis, pele clara e cabelos loiro-escuros, Sapphire era uma espécie de sósia de Grace Kelly. Vestia-se como Grace Kelly, de forma simples, mas também elegante, e Amber sabia que Sapphire gostaria que sua vida fosse muito mais parecida com um filme preto e branco.

— Terminou de catalogar a coleção de braceletes? — perguntou o sr. Wilson.

— Sim, senhor, sr. Wilson, tudo voltou para o arquivo, guardado a sete chaves.

— Excelente, muito obrigado. Alguns itens interessantes, não acha?

O sr. Wilson, vestido como de costume, uma vistosa camisa listrada, colete amarelo, gravata-borboleta e mocassins com monograma bordado, deslizou até a mesa de Sapphire, seus cabelos grisalhos espetados para cima.

— O bracelete vitoriano de esmeraldas e diamantes com o...

— O gato? — perguntou Sapphire. — O fecho com o formato da cabeça de um gato?

— Sim. — Um sorriso espalhou-se pelas bochechas encovadas do sr. Wilson. — Gostei muito dessa peça. Você não?

Ele deu uma olhada para Amber.

— Lembra-se da minha irmã, sr. Wilson? Ela está esperando para me levar para almoçar — explicou Sapphire.

— Sim, claro, olá, Amber.

— Espero que o senhor não se importe com a presença dela. Ela adora os nossos catálogos.

— De jeito algum. Cada leitor do catálogo é um cliente em potencial.

— A esperança é a última que morre — respondeu Amber, com um sorriso.

— Agora... — O sr. Wilson voltou-se para Sapphire — pedi a Fergus para subir e dar uma olhada em seu adorável trabalho de catalogação.

Assim que ouviu o nome de Fergus, Amber pôde ver um rubor se espalhar a partir da gola da blusa branca de Sapphire, passar por seus brincos de turquesa e chegar até a linha dos cabelos.

Amber já tinha ouvido muita coisa sobre o ilustre Fergus de Mordaunt que entrara na Aubrey Wilson & Sons há apenas três semanas, vindo direto de Edimburgo, na Escócia, onde trabalhou para a Sotheby's, a famosa casa de leilões.

Sapphire falava sobre ele com uma mistura confusa entre animação e falso desinteresse, que Amber identificara como o início de uma avassaladora paixonite.

Alguém bateu à porta de Sapphire e, quando ela abriu, o sr. Wilson exclamou:

— E aqui está ele!

Fergus, o ilustre, entrou na sala.

— Olá, sr. Wilson e Sapphire — respondeu Fergus com um sorriso encantador.

Amber deu uma boa checada nele. Uma combinação atraente e saudável de altura, ombros largos e cabelos loiros, mas com um rosto de menino sardento. Ela verificou até mesmo os dentes e viu que não eram muito tortos ou tipicamente britânicos.

Vestia uma calça cáqui, uma camisa com listras de várias cores com uma gravata ainda mais exuberante. Talvez tenha sido por isso que o sr. Wilson o escolhera para o trabalho. Talvez tivessem se conhecido em uma loja de roupas masculinas absurdamente cômicas.

— Fergus, venha falar com Sapphire sobre os braceletes vitorianos. — Sapphire olhou para ele timidamente.

— Olá — disse Fergus.

— Esta é a irmã da Sapphire, Amber — acrescentou o sr. Wilson. — Vou deixar vocês à vontade. — Deu uma olhadela em seu relógio de bolso antigo e deslizou de volta para seu escritório pela porta lateral.

— Alô.

Fergus deu um sorriso encantador para Amber. Em seguida deu a volta na mesa de Sapphire para ficar ao lado dela. Sapphire parecia estar desabando, e olhou para ele, ruborizada e confusa.

— Não são as fotos dos braceletes no monitor? — perguntou ele.

— Oh... sim! — Ela virou-se para seu computador, feliz por poder olhar para outra coisa.

Mas, quando ela apertou uma tecla, Fergus perguntou gentilmente:

— Você pesquisou meu nome no Google?

Amber viu um olhar aterrorizado atravessar o rosto de Sapphire antes que ela fechasse o arquivo e balbuciasse:

— Não... não... não...

— Oh — disse ele, soando quase desapontado. — É um nome antigo, tem algo em torno de algumas centenas de anos.

— O quê, Fergus? — perguntou ela.

— Mordaunt — respondeu ele —, não existem muitos Mordaunt por aí. Fergus não é nada. Se for para a Escócia, vai tropeçar em dezenas de Fergus... o lugar está repleto deles. Você já foi para a Escócia?

— Não — disse Sapphire e, usando todo o seu charme de Grace Kelly, acrescentou: — Mas adoraria ir. Dizem que é linda.

— Em alguns lugares — concordou ele.

Fergus passou vários minutos olhando apreciativamente as fotografias de braceletes ingleses das épocas vitoriana e eduardiana.

Então perguntou se Amber gostaria de dar uma olhada.

— Não, estou bem. Esperava poder sair para almoçar com Sapphire em breve.

— Sim, claro. Desculpe. Vou descer com vocês. Se quiser dar um pulo até a sala de visualização na saída, posso mostrar a vitrine mais recente.

— Um pulo? — perguntou Amber.

— Dar um pulo? É uma daquelas expressões britânicas que não fazem sentido por aqui?

— Talvez não.

Sapphire teve outro lindo ataque de derretimento. Estava tentando colocar a bolsa e o casaco ao mesmo tempo, mas vestiu o braço na manga errada, então se virou e derrubou uma pilha de papéis da sua mesa.

— Ora bolas — disse ela e se abaixou para pegar todas as coisas.

— Ora bolas? — repetiu Fergus. — Que fofo.

— Bonitinho. É uma língua totalmente diferente — disse Amber a ele.

Desceram no elevador, Amber jogando conversa fora, perguntando como Fergus estava se ambientando em Nova York, enquanto Sapphire corava e brincava com seus cabelos. Amber poderia ver que Fergus e Sapphire estavam absolutamente interessados um no outro, a atração entre os dois ocupava todo o espaço livre do elevador. Fergus olhava para Sapphire quando achava que ela não estava olhando, e desviava o olhar quando ela o olhava.

Amber estava tentando decidir se deveria fazer alguma coisa para juntar os dois. Seis meses haviam passado desde Forde Houghton, e Sapphire não havia saído com ninguém — apesar dos convites. Mas Fergus seria o homem certo para Sapphire namorar depois do fiasco com Forde? Fergus seria suficientemente gentil, suficientemente bom para sua irmã?

As portas do elevador abriram e as irmãs acompanharam Fergus até o silêncio opulento da sala de exibição principal. Esse era o lugar onde todos os objetos de valor prestes a ir a leilão eram exibidos ao público. Vitrines com vidro temperado, luzes cintilantes e suntuosas almofadas de veludo faziam cada joia exibida parecer um tesouro insubstituível.

Amber se afastou ao perceber que, toda vez que Sapphire parava para olhar uma vitrine, Fergus parava ao seu lado e explicava alguma coisa sobre o colar ou o anel em exibição.

— Uma esmeralda do século XVII... não é maravilhosa? — Fergus estava dizendo a Sapphire. — Veja como eles costumavam cortar as pedras. Eles não gostavam de brilho, como nós gostamos atualmente, queriam a riqueza das cores e profundidade. E veja esses, tão bonitinhos...

Ele direcionou Sapphire com um leve toque no ombro em direção a uma vitrine com sete anéis em uma almofada de veludo verde.

— Anéis do amor celtas, ou anéis *Claddagh*. Naquela época, todo mundo se casava por dinheiro, mas as pessoas muito pobres podiam se casar por amor.

Enquanto Amber se aproximava da vitrine, Sapphire se inclinou para estudar de perto os anéis com formato de mãos segurando um coração de ouro.

— O coração representa o amor, as mãos são a amizade, e a coroa acima é a lealdade.

— Oh — exclamou ela —, são lindos.

— Neste aqui — Fergus apontou para um anel com cinco pedras em um buquê de flores —, há uma ametista, um diamante, um ônix, um rubi e uma esmeralda. E o significado é: "adoração".

— Oh! — Sapphire engasgou mais uma vez. — Pensei que o romance era uma coisa moderna.

— Jamais! — disse Fergus. — Ele existe firme e forte desde o século XIII, pelo menos. — Ele se virou para encará-la. — Sapphire?

Houve uma pausa.

— Hum? — perguntou ela, sem levantar os olhos da vitrine de vidro.

— Queria saber se você, e você, Amber, gostariam de jantar comigo e meu colega? Colega de quarto. Acho que deveria chamá-lo de meu colega de quarto. Uma noite... você sabe... se não estiver muito ocupada. Quero dizer...

E lá estava. A proposta de um encontro.

Sapphire parecia demasiado surpresa para falar, então Amber respondeu:

— É muita gentileza sua. Poderíamos pensar a respeito, não poderíamos, Sapphire?

Com o rosto quase em chamas, Sapphire conseguiu dizer:

— Sim... que tal hoje à noite?

Corando um pouco mais, ela se corrigiu, obviamente decidida a não parecer muito interessada.

— Quero dizer... amanhã? Que tal amanhã à noite?

Capítulo Seis

— Lauren, adorei o que fez com seu rosto. Precisa me dar o telefone dele.

— Botox é o máximo. Agora não preciso me preocupar sobre se devo ou não sorrir, porque não tenho como!

—A manhã é quinta-feira — disse Amber a sua irmã, assim que saíram da Aubrey Wilson & Sons.
— Quinta-feira é a nova sexta-feira — disse Sapphire —, mas ele pareceu não se importar. Só tem que verificar com o *colega de quarto* dele... vamos lá, você também não se importa. O que mais você poderia estar fazendo? Jardinagem comunitária?
— Um monte de novas cartas e currículos, acho.
— Oh, Amber, me desculpe. Mas saia com a gente. Ok? Quem sabe o colega dele trabalha em um banco e tem algum contato novo e surpreendente para você?
— E se o colega dele é um maluco pervertido que só quer me levar para o apartamento deles para uma noite assustadora envolvendo roupas íntimas da avó dele?
— Aiiiiiiiii. *Roupa íntima da avó?!* Mas alguém já tentou fazer você usar...

— Não vamos discutir o assunto.

Amber estremeceu.

— No meu último encontro tive que sair correndo como o diabo foge da cruz, como dizem lá em casa.

Três ruas depois, as irmãs estavam na butique elegante onde Em trabalhava como vendedora cinco dias por semana.

Sendo Nova York a cidade cara que é, Em também trabalhava como garçonete em uma casa noturna três ou quatro noites por semana, e havia conseguido um papel em uma peça teatral tão longe da Broadway que ficava em Williamsburg, o que tomava todo o resto de seu tempo.

Apesar de todo esse esforço, quando chegou à cidade, recém-formada na faculdade de teatro, Em só podia pagar parte do aluguel do minúsculo apartamento de dois dormitórios que Amber e Sapphire alugaram. E todas alternavam turnos para dormir um mês no sofá.

Em fora para Nova York, para "Ficar Famosa". Já era famosa em sua cidade natal. Aparecera três vezes na capa da revista *Parker County*: quando foi o papel principal na grande produção teatral de fim de ano da escola, quando foi eleita rainha no baile de formatura e, recentemente, quando se mudou para Nova York para tentar a sorte grande.

Claro que o cancelamento do casamento de Sapphire com Forde Houghton também apareceu na revista, mas na coluna de fofocas, e isso não valia nada.

Amber e Sapphire pararam na frente da vitrine e acenaram para Em atrás do balcão.

Ela acenou para que entrassem.

— Estarei pronta em cinco segundos — disse Em —, mas entrem e fechem a porta, saiam do frio. Faz frio o suficiente para congelar o inferno.

— Precisa usar mais roupas se for sair conosco — aconselhou Sapphire, apontando para a minissaia minúscula e o colete que Em usava.

— Amber, lamento muito sobre o banco, que merda. Mas só posso ficar com vocês por meia hora — disse Em. — Tenho que sair mais cedo por causa de um ensaio hoje à noite e... — ela abaixou a voz — Marlese não está dando cambalhotas de felicidade com a ideia.

— Não tem problema — disse Amber.

Nesse momento a porta da butique abriu e uma loira magra entrou, coberta de joias, vestindo roupas de grife e carregando a bolsa mais na moda no momento.

Mediu Sapphire e Amber de alto a baixo e decidiu que deveria ser atendida primeiro que elas.

— Oi, estou devolvendo isto — disse, e jogou uma sacola de plástico no balcão.

Os olhos verdes de Em encontraram os olhos da loira adorável, magra como um palito.

— Olá, madame — disse Em, assegurando-se de que a mulher sabia que Em era muito, muito mais jovem do que ela. — Como posso ajudá-la?

A loira tirou um vestido lindo da sacola, que até mesmo Amber sabia ser de uma Marca Muito Importante.

— Quero devolver isto.

— Você tem o recibo? E o comprou há menos de catorze dias? — perguntou Em. — Ele parece ser da coleção de outono da Missoni. Vendemos o último modelo várias semanas atrás. No momento temos a coleção de inverno e as primeiras peças da coleção de primavera.

— Não preciso mostrar um recibo ou me limitar a uma data de devolução — sibilou a loira. Seus olhos se estreitaram. — Olhe para este vestido. Está caindo aos pedaços, totalmente arruinado. — Apontou para os pontos estourados da costura lateral e reclamou que a cor desbotara na lavagem a seco.

Amber teve vontade de rir. A mulher realmente pensava que tinha direito a receber seu dinheiro de volta. Ela checou a aliança de casamento de platina e o anel gigantesco de diamante de três quilates em seu dedo anular.

E percebeu que Em estava provavelmente lidando com uma classe especial das chamadas princesas do Upper East Side. Uma das MQNT.

Mulheres que Não Trabalham.

Mulheres que trabalham sabem como as lojas funcionam e como as pessoas ganham seu sustento.

Mas as mulheres que não trabalham e vivem no Upper East Side eram uma raça à parte. Filhas dos super-ricos, casadas com os super-ricos, viviam sob a ilusão de que todo o Upper East Side existia apenas para atender às suas exigências.

— Vou ter de chamar minha chefe para cuidar disso — disse Em e rapidamente discou o número no telefone de mesa antes de a loira reagir.

— Marlese? Poderia descer, por favor, tenho uma cliente que quer um reembolso. É um modelo da coleção de *outono* da Missoni.

Momentos depois, a loira e Marlese estavam envolvidas no equivalente verbal de uma tourada.

— ... Nunca fui tão insultada em toda a minha vida...

— ... Minha senhora, pela aparência este vestido foi usado, durante toda a temporada em cada festa na cidade. Nós não devolvemos dinheiro para roupas usadas.

— Está estragado!

— Foi a senhora quem estragou o vestido!

— Nunca, nunca mais porei os pés nesta loja novamente.

— Quer saber de uma coisa, senhora? Não a queremos como cliente.

Amber e Sapphire esconderam-se nos fundos da loja, e Em arrumava prateleiras enquanto a discussão pegava fogo. Endireitou cabides, pegou os itens caídos, dobrou blusas novamente e enrolou as caríssimas echarpes de veludo *devoré* dentro de um cesto perto do caixa.

No auge da discussão, quando Marlese parecia prestes a escoltar a loira para fora da loja, Amber viu Em enfiar uma das echarpes enroladas para dentro da sua grande bolsa de lona.

E não foi sem querer.

Quando a loira finalmente saiu da loja, com o vestido Missoni na mão e prometendo ligar para os seus advogados, Em disse à chefe: — Vou sair para comer alguma coisa, Ok, apenas trinta minutos. Não mais do que isso.

— Vinte! — gritou Marlese atrás dela.

Em pegou sua bolsa e saiu sem dar nenhum sinal de que tinha ouvido isso.

Assim que dobraram a esquina da butique, Amber perguntou:

— Em, por que está arriscando o seu emprego roubando da loja?

— O quê? — disse Em, passando direto para o papel da inocente de olhos arregalados.

— A echarpe em sua bolsa. Vi quando pegou uma. Você não pagou por ela, não é?

— Oh, Em... quantas vezes temos que falar sobre isso? — perguntou Sapphire.

— Não é roubo — respondeu Em, passando o braço por cima da bolsa e marchando na frente delas —, é um empréstimo. Às vezes pego roupas da loja emprestadas e devolvo mais tarde.

— Acho que você não devolve — retrucou Amber.

— Não é roubo — repetiu Em. — Marlese pode contabilizar algumas perdas como roubo, e quando estou na loja faço questão de garantir que ninguém rouba nada.

— Se isso não é roubo — insistiu Sapphire —, então o que é?

— É reequilíbrio — começou Em. — Pego coisas de lojas muito luxuosas, porque em Nova York as pessoas têm coisas demais. Mais do que podem apreciar. A loira irá telefonar para o advogado dela e vai receber um reembolso, posso prometer isso. Confie em mim, nesta cidade todo mundo está roubando, de cima para baixo. Além disso, o universo me deve algo para todo o carma negativo com o qual estou tendo que lidar agora. Afinal de contas, meninas, sou a quinta colocada na lista de atores de uma peça ruim em Williamsburg. Esse não era o meu plano.

Capítulo Sete

> — O zelador em nosso prédio sempre sabe exatamente o que está acontecendo.
>
> — Oh, o nosso também... Ele é um tremendo fofoqueiro. Nós o chamamos de Wikileaks.

Após o almoço, Amber foi de metrô até Union Square. Caminhou através do mercado de frutas e legumes, repleto de gente, passou pelos vendedores de árvores de Natal, os malabaristas e os apressados, e entrou na rua 17. A três quarteirões dali estava o pequeno apartamento que dividia com as irmãs.

Na região entre as ruas 5 e 7, a rua 17 era chique. Amber passou na frente de cafés, da mais linda loja de brinquedos para crianças, de uma papelaria de luxo, de padarias com bolos encomendados, bolinhos e pães artesanais — tudo enfeitado com guirlandas, luzes e azevinho para o Natal.

Assim que se aproximou da porta de seu apartamento, Amber viu que as luzes estavam acesas na loja de Ori, a Bijoux Rox.

Através da vitrine podia ver Ori, mais uma vez usando uma camisa e calça cinza elegantes, varrer o chão. Empurrou a porta e descobriu que estava aberta

— Oi, como vai? — perguntou, quando ele tirou os olhos da vassoura. — Lembra-se de mim... de ontem à noite?

— Ó, meu Deus! É claro que lembro de você. Como vai?

Colocou a vassoura contra uma parede e caminhou até ela. Para um homem grande e redondo, ele era ágil.

— Como vai você? — perguntou novamente. —Você é a senhorita Amber ou Sapphire? Sem ferimentos de bala, hein?

Ela balançou a cabeça.

— Sem ferimentos. Sou Amber. Todos tivemos sorte, como está seu... peito?

— Ah! Sua irmã estava certa: ataque de pânico. Aqueles filhos da mãe não dispararam tiros fatais, graças a Deus. Mas que coisa, hein? E para vocês, garotas, puxa vida, escolheram o momento errado para olhar vitrines. Obrigado pelas declarações e por oferecerem-se para ser testemunhas, muita gente teria apenas saído daqui dizendo "não, obrigada". Mas você está realmente bem? Pesadelos?

— Ainda não. Mas talvez passe por isso. Acabei de ser despedida hoje.

— O quê? Você foi despedida! Eles deveriam lhe dar um aumento, colocando uma medalha em seu peito. Eles sabem o que aconteceu aqui? Bom Deus. Isso é muito ruim. Sinto muito, mesmo. E nesta economia, hein? Mas uma garota inteligente como você...

— Quem sabe? Vou dar duro — respondeu Amber.

— Quero dar a você e a sua irmã uma recompensa. Quando o estoque novo chegar, venham, tragam seus namorados e escolham um presente de Natal muito especial. Setenta por cento de desconto para vocês. Abaixo do custo.

— Jura? Tem certeza?

— Meu presente de Natal. Vocês meninas tiveram uma influência. Acho que ele teria atirado novamente se vocês não estivessem aqui.

— Bem... Obrigada. Não tenho namorado, mas posso comprar alguma coisa para mim mesma?

— Claro!

— Não se pode confiar em mais ninguém para nos fazer feliz — acrescentou.

— Oh, uma cínica, é? — Ori sorriu para ela. — Já vi de tudo nesta loja, acredite em mim. Mas há uma pessoa para todos. Você só tem que deixá-la entrar na sua vida.

Amber deu de ombros.

— Agora me conte sobre sua linda pulseira, é uma peça Navajo antiga, não é? — perguntou Ori. — Você a comprou também?

— Não... meu pai me deu — respondeu Amber, a mão tocando a peça habilmente forjada de prata polida e turquesa.

— Ah-ah. — O sorriso de Ori aumentou. — Sei tudo sobre as meninas que amam seus pais demais. Tenho duas delas! Quanto mais você ama seu pai, mais difícil é encontrar um homem que corresponda a ele. É verdade. Então, o que o papai vai lhe dar de Natal? Se quiser trazê-lo aqui, tenho certeza que podemos encontrar alguma coisa muito especial.

— Oh... não... — Amber encolheu-se e engoliu em seco.

Ela estava no meio do segundo ano. Várias pessoas disseram a ela que o segundo ano era o mais difícil e estavam certas em diversos pontos. Levou quase um ano inteiro para aceitar realmente a perda de seu pai, para se tornar real. Agora, no meio do segundo ano, era impossível evitar ou negar o fato. Ela precisava enfrentar os fatos.

— Meu pai faleceu no verão retrasado.

Ori pareceu não entender.

— Ele faleceu? Quer dizer que ele *morreu*!

De repente Amber foi envolvida em um abraço de urso.

— Oh, meu pobre bebê. Isso é terrível! E você é tão jovem e obviamente você o amava muito. Essa é a coisa mais triste que ouvi o dia todo, a semana toda, o ano inteiro! — exclamou Ori.

Quando ele finalmente a largou, perguntou:

— Como isso aconteceu?

Amber pensava que estava ficando cada vez mais fácil falar sobre isso, mas agora sentiu a garganta apertar e seus olhos começaram a lacrimejar.

— Um ataque de coração. Nenhum aviso... — conseguiu dizer — ele foi para o campo uma manhã e... não voltou.

Ori, talvez acostumado com emoções de todos os tipos em sua loja, pegou um lenço de papel, colocou nas mãos dela, e por alguns momentos ela teve que esconder o rosto.

— Um ataque cardíaco — repetiu Ori em um sussurro. — Não prometi na noite passada desistir dos knishes, perder peso? Preciso começar.

— Preciso ir — disse Amber.

— Sinto muito — disse ele, muito sinceramente.

Amber subiu correndo as escadas da casa de quatro andares, subdivididos em vários apartamentos, um dos quais era a sua casa.

Abriu a porta da frente e entrou em um hall gasto e antiquado com uma pilha de cartas no chão de cerâmica.

Olhou cuidadosamente os envelopes, revistas e folhetos, retirando tudo com o nome dela e empilhando as outras cartas em cima da mesa lateral de madeira — cafona e antiquada como tudo naquela casa. Depois subiu as escadas para os quartos acarpetados no sótão.

Um espaço apertado formava a sala de estar com cozinha do apartamento das irmãs Jewel. A maioria do apartamento estava pintada em um tom de creme desbotado e sujo, o carpete era marrom, a cozinha era marrom, e a maioria dos móveis era marrom-escura ou verde-escura. Não era nada glamouroso.

Uma tigela usada no café da manhã, cereais caídos e respingos de leite decoravam a bancada da cozinha: o que significava que Em tinha comido aqui. O acolchoado de Sapphire ainda estava espalhado sobre o sofá e um amontoado de roupa lavada ficava pendurado sempre que sobrava espaço: em cima das banquetas da cozinha, na janela, até mesmo em cima de uma luminária lateral.

Amber colocou suas chaves, sacolas e um punhado de cartas na bancada. Em seguida viu um amontoado de fezes marrons no meio das sobras de cereal. Ó bom Deus, mais alguém estava vivendo neste apartamento. Alguma coisa peluda... ela estremeceu com a ideia, depois caiu pesadamente no sofá enquanto seus olhos encheram de lágrimas.

Papai continuava morto. Tiveram que testemunhar aquele assalto horrível... tinham ratos em casa... ou talvez pior... e agora perdera o emprego.

— Isso não pode ser a minha vida — sussurrou ela para si mesma —, isso não pode ser a minha vida.

Capítulo Oito

> — Ela estava impressionante: a saia era Versace, a blusa era Gucci e os sapatos eram definitivamente Manolo.
> — Aonde ela estava indo?
> — Ela tem catorze anos. Não ia a lugar algum. Além disso, já estava em Nova York.

Quando Amber abriu a porta do apartamento na noite de quinta-feira, pensou que tinham sido roubadas. Então Sapphire saiu do banheiro com um visual absolutamente incrível, e Amber percebeu que aquele caos era Sapphire "Preparando-se para o Encontro".

— Uau — disse Amber, fechando a porta atrás dela —, você está tão gostosa como um bolinho de chocolate com uma cereja...

— Com uma cereja no topo — completou Sapphire o que costumava ser o elogio favorito do pai delas.

— Linda roupa. A sala de estar está uma vergonha, obviamente.

O sofá verde gasto, o piso, as banquetas da cozinha, as estantes frágeis — até mesmo a TV —, tudo debaixo de roupas.

Apesar desse esforço, Sapphire estava vestindo justamente o que Amber sabia que ela iria usar: seu vestido justo de seda azul-marinho. Aquele sem mangas, com corte império e as duas pregas perfeitas que ajustavam tão bem. Não muito solto, não muito apertado, perfeitamente elegante e simplesmente Sapphire. As sandálias de camurça roxa seguiam a mesma ideia. Não muito altas, não muito pontudas, apenas perfeitamente elegantes e de bom gosto.

— Você gosta de meu colar? — perguntou Sapphire, colocando a mão na gargantilha curta de pérolas gigantes. — São falsas, obviamente. Não costumo usar bijuterias, mas até mesmo Jacqueline Kennedy Onassis usava pérolas falsas.

— Bom, então está tudo certo. — Amber sorriu.

Sou uma especialista em joias trainee, saindo com outro especialista em joias trainee. Joias são importantes. É a coisa certa?

— Seus brincos não são falsos — apontou Amber.

— Você consegue vê-los? — perguntou Sapphire, afastando o cabelo do rosto.

— Sim, são muito bonitos — disse Amber sobre os brincos de pequeno porte, de safira azul-profundo, que sua irmã tinha ganhado quando fez vinte e um anos.

— Você é tão bonita — acrescentou Amber —, espero que saiba disso.

Sapphire ficou na frente do espelho emoldurado ao lado da porta de entrada e olhou-se mais uma vez criticamente. Removeu um pouco do blush e aplicou uma segunda camada de batom líquido.

— Olhos azuis brilhantes... confere — provocou Amber —, nariz pequeno e reto, confere. Lábios rosados e carnudos, confere. Maçãs do rosto salientes, pele rosada, confere. Sim, você está pronta para ir. Como nossa mãe sempre diz: quando distribuíram a beleza, mocinha, você recebeu mais do que sua parte justa.

Em voz baixa, meio não querendo ser ouvida, Sapphire sussurrou:

— Eu teria sido uma noiva linda.

Amber colocou a mão suavemente nas costas de sua irmã e olhou para o espelho com ela.

— Shhh — disse —, você será uma noiva linda. E haverá um homem maravilhoso ao seu lado. Muito mais digno do que...

— Não diga o nome dele.

— Você está linda. Vamos checar o cara inglês e nos divertir. Se ele não for digno de você, vai continuar procurando. Nós vamos ajudá-la. — Amber apertou o ombro de sua irmã como incentivo.

— Ele é escocês. Não inglês. Tente lembrar-se disso. Mas e você? Você precisa trocar de roupa, refrescar-se. Procurou emprego durante todo o dia?

Amber assentiu.

— Superdivertido. Depois fui para os jardins para ajudar a plantar algumas coisas.

— Faz séculos desde que saiu em um encontro.

— Isso não conta como um encontro para mim. Quer dizer, nem conheço o cara.

— Sim, mas você tem que se arrumar! — insistiu Sapphire. — Tirar o jeans, retirar a sujeira de suas unhas.

— Não gosto de me arrumar — reclamou Amber.

— Use as calças pretas de seda e a blusa verde com strass. Ok? Dessa forma, você estará confortável, mas não muito vistosa.

— Ok — concordou Amber, com relutância —, aonde estamos indo?

— Vamos encontrá-los na Rockefeller Plaza ao lado da pista de gelo — disse Sapphire, sorrindo. — Tão natalino... tão romântico.

— E quando? — perguntou Amber, olhando para o relógio.

— Oito.

Amber balançou a cabeça.

— Ligue e diga agora mesmo que nós vamos nos atrasar. O metrô está fechado entre as ruas 23 e 34, as calçadas estão entupidas de gente, todos os ônibus e táxis estão lotados.

— Bom, ande logo! — exclamou Sapphire. — Temos que ir embora.

— Além disso, sinto cheiro de chuva — disse Amber, indo para seu quarto para uma troca rápida de roupa.

— Ninguém pode sentir o cheiro da chuva. Nem mesmo no Texas. Não acredito em você.

Estavam na Quinta Avenida, olhando incrédulas as calçadas lotadas, observando os táxis engatinharem colados uns aos outros, tentando decidir como poderiam chegar ao local combinado em vinte e dois minutos, quando o aguaceiro caiu, milhares de gotas ferozes e geladas lavaram as ruas.

Sapphire gritou e correu para baixo da cobertura de vidro da loja mais próxima, atraindo o olhar do segurança. Apesar da advertência de Amber, estava usando sapatos de camurça e uma linda carteira de camurça verde-limão. Bastava uma gota de chuva e ficariam arruinados para sempre.

— Eu avisei — disse Amber e abriu o pequeno guarda-chuva que trouxera, muito pequeno para abrigar as duas e a carteira, mas tentaram dar um jeito.

Não havia metrô até a rua 34, nenhuma chance de encontrar um táxi vazio, e agora a chuva respingava na calçada e nos preciosos sapatos de Sapphire.

Em alguns países, pancadas de chuva repentina fazem com que flores e fungos apareçam milagrosamente do nada. Na ilha de Manhattan, vendedores de guarda-chuva aparecem como se brotassem das rachaduras na calçada.

— Por favor, senhor! — Sapphire chamou o homem vestindo uma camisa com estampa batik encharcada, que se materializou na frente dela com uma braçada de guarda-chuvas pretos. — Posso comprar um?

Ele correu em sua direção, escolhendo um guarda-chuva no lote.

— Quinze dólares — disse.

— Sério?

Assim que abriu o guarda-chuva, pegou seu celular para mandar outra mensagem para Fergus.

— Que tal irmos a pé? — disse Amber, olhando para a avenida repleta de gente à sua frente.

— É muito longe! — lamentou Sapphire. — Temos de encontrar um ônibus. Olhe para os meus sapatos!

Quando finalmente conseguiram se enfiar no terceiro ônibus que passou, tiveram que ouvir as queixas dos nova-iorquinos molhados e estressados.

— Você se importa, minha senhora?

— Preciso desse assento mais do que você!

— Toquei a campainha, você deveria ter parado.

Amber viu a expressão de dor no rosto de Sapphire. Sua irmã vivia em Nova York há quase meio ano, mas não conseguia se acostumar com a falta de educação.

— Esta cidade não seria muito melhor se as pessoas pudessem apenas ser educadas e respeitar uns aos outros? — perguntou a Amber.

— Não estamos em Parker County — respondeu Amber —, ninguém vai contar à mamãe se você se comportar mal.

— Obrigada, senhor, tenha um bom dia — disse Sapphire ao motorista com um sorriso generoso quando foi sua vez de sair do ônibus. Ele revirou os olhos para a garota louca do sul.

— Ela acabou de chegar aqui — explicou Amber.

— Descemos um ponto antes — gritou Sapphire, abrindo seu guarda-chuvinha para se defender da chuva forte, e correu para o toldo mais próximo. Sua carteira molhada começou a tocar.

Era óbvio, ao ver o derretimento imediato no rosto de Sapphire, quem estava do outro lado da linha.

— Estamos em... — Sapphire olhou para o sinal da rua e disse os nomes do cruzamento. — Você vem nos buscar? Ok. Vamos esperar aqui mesmo.

Ela e Amber se esconderam sob o toldo e o tempo ficou mais frio e úmido.

— Minha meia-calça está encharcada — queixou-se Sapphire, começando a tremer —, minha maquiagem derreteu?

— Você está perfeita — disse Amber.

— Você também.

As duas olharam para a calçada, na esperança de ver Fergus.

— Lá está ele! — exclamou Sapphire.

Amber olhou através da chuva. Um homem alto e louro caminhava pela calçada, afastando o mar de pessoas com um guarda-sol do tamanho de um pequeno planeta. Ao se aproximar, Amber viu que era Fergus, com um grosso casaco de tweed verde, uma echarpe com estampa *paisley* sobre seus ombros — a roupa perfeita para um herói leiloeiro. Ele acenou quando as viu.

— Olá! Que noite terrível — disse, parecendo tímido, envergonhado e terrivelmente feliz, tudo ao mesmo tempo. — Sapphire... você parece uma princesa. — Depois de um momento ou dois, galantemente acrescentou: — Amber também, é claro.

Mas Amber podia ver que ele e Sapphire estavam deslumbrados um com o outro e não se importava em ser a acompanhante.

— Oh. Muita gentileza sua — respondeu Sapphire, deslizando sua mão ao redor do braço que ele lhe ofereceu e passando para baixo do guarda-sol.

— Meu colega está guardando nossa mesa — explicou Fergus —, vamos.

Através da chuva, através da multidão na calçada, eles abriram caminho em direção a Rockefeller Plaza.

— Por que tudo está tão cheio de gente? — perguntou Sapphire.

— Compras de Natal — comentou Amber.

— Além disso, eles colocaram a árvore — disse Fergus.

— Oh, a árvore! — exclamou Sapphire. — Que emocionante!

Entraram na praça ladeada por arranha-céus, e porque nenhum deles jamais havia estado em Nova York no Natal antes, apesar da chuva, apesar da densa multidão de pessoas, não puderam evitar o deslumbramento com a cena.

Uma árvore grande, coberta com luzes, estava montada ao pé dos arranha-céus e na sua frente estava a pista de gelo branco brilhante.

Patinadores andavam velozmente e faziam piruetas, deslizando através das pequenas poças que a chuva estava deixando na superfície.

— Oh, que incrível! — declarou Sapphire.

— Mil vezes melhor que as decorações natalinas da rua principal de Bluff Dale — brincou Amber.

— É lindo, como se um encantamento tivesse sido lançado sobre a cidade — disse Fergus. — Amo todas as vitrines. São tão exageradas — acrescentou, apontando para uma vitrine onde anjos do tamanho de pessoas batiam as asas ao ritmo de uma iluminação sincronizada.

— Sigam-me — disse. — A esta altura, Phillip deve estar comendo as flores no vaso da mesa.

No restaurante elegante e contemporâneo, seguiram Fergus até a mesa.

Assim que Amber viu Phillip, desconfiou de que seu encontro não seria tão bom como o de Sapphire.

Phillip era demasiadamente parecido com o seu ex-chefe, Robert. O mesmo tipo de terno risca de giz, o mesmo anel de sinete de ouro em seu dedo mindinho, o mesmo ar crítico, não-estou-realmente-gostando-disso, em seu rosto. Apertou a mão dela e, depois que sentaram, olharam o menu e fizeram seus pedidos ao garçom, ele disparou tantas perguntas que ela começou a pensar que estava em uma entrevista de emprego.

Suas respostas pareciam fazer as sobrancelhas dele levantarem cada vez mais.

— Você cresceu no *Texas?* — perguntou ele com uma expressão quase que horrorizada.

— Você *perdeu o seu emprego?* Oh, oh. Alerta perdedor. — Ele chegou mesmo a se afastar dela quando disse isso, como se o desemprego pudesse ser contagioso como um vírus.

— Não tentei perder o meu emprego, era boa no que fazia. Pensei que estava aprendendo muito rápido...

— Bem, você deve ter feito algo errado. Se estiver trabalhando duas vezes mais do que qualquer outra pessoa em seu departamento, não vai ser despedida, posso garantir isso.

— Isso... é apenas...

Amber podia sentir seu rosto corar. Agora estava começando a ficar irritada. Quem era ele para dar palpites?

Sentiu uma espetada do sapato pontudo de Sapphire contra o seu tornozelo, avisando-a para se acalmar.

— Então... ahem... o que trouxe você para Nova York, Sapphire? — Phillip decidiu transferir seu interesse de Amber para a irmã.

Sapphire se recostou na cadeira. Parecia estar estudando o rosto de Fergus de muito perto, com muito cuidado. De repente, Amber teve uma premonição do que ela estava prestes a fazer e deu um chute leve em Sapphire para tentar impedi-la.

Sapphire saltou.

— Bem — disse ela, parando e limpando seus lábios com um guardanapo. — Estava prestes a explicar a Fergus. Não é um motivo feliz.

— Sapphire rompeu um relacionamento infeliz, é tudo — disse Amber. E viu um olhar de preocupação cruzar o rosto de Fergus.

— Mais do que isso — acrescentou Sapphire.

Por que Sapphire ia fazer isso? Obviamente, gostava desse cara e ele parecia muito legal, mas precisava confessar todo o desastre do casamento em seu primeiro encontro?

— Foi muito mais do que um fim de relacionamento ruim — admitiu Sapphire. — Foi algo tremendo. Tive que me mudar para cá para recomeçar.

Fergus inclinou-se para tocar seu braço, parecendo preocupado.

— Então, vou simplesmente despejar tudo de uma vez. Ok?

— Tem certeza, Sapph? — perguntou Amber.

— Sapphire, não precisa me contar nada que não queira — acrescentou Fergus rapidamente, parecendo nervoso.

— Estava noiva — disparou Sapphire. — Deveria me casar em junho. No verão passado. Ia ser uma noiva de junho.

Agora Fergus, Phillip e possivelmente até mesmo as mesas próximas estavam inclinando-se para ouvir.

— Oh, meu Deus! — Fergus ofegou. — Que sorte...

— Sorte? — repetiu Sapphire.

— Bem... para mim, quero dizer. — Ele corou e Amber não pôde deixar de sorrir. Sapphire parecia ter encontrado o cara mais legal do planeta.

— Cancelei o casamento onze dias antes da data.

— O que aconteceu? — perguntou Fergus.

— Forde estava saindo com outra pessoa.

Fergus esticou os braços sobre a mesa e colocou as mãos sobre as de Sapphire.

— Não posso acreditar nisso — disse ele.

— Eu os peguei em flagrante... — Sapphire hesitou —, e é realmente tudo que quero dizer sobre isso. Foi horrível. E, quando ele me viu, disse que ainda queria casar comigo, que estava apenas... apenas...

— Ó Sapphire, que horrível. Horrível.

— Foi um tremendo acontecimento. Um escândalo. Não foi, Amber?

Amber assentiu, embora realmente nunca tivesse gostado de Forde. Em e ela ficaram secretamente aliviadas quando a coisa toda explodiu.

— Iria ser um grande casamento texano — continuou Sapphire. — A família Jewel de Bluff Dale e os Annetta North Houghton. Quero dizer, essa é a nata da sociedade de Parker County, perto de Fort Worth.

— Adoro a maneira como você diz isso.

— O quê?

— Fhot Wuthh.

— Tivemos que avisar a todos os convidados — continuou Amber com um aceno de Sapphire. — Nossa mãe foi quem redigiu o texto da notificação. — No melhor sotaque do sul, acrescentou: — "Em virtude do fato de que Forde Houghton a desapontou tão profundamente, Sapphire Jewel não teve outra escolha a não ser cancelar o casamento. Todos os presentes serão devolvidos." Ela imprimiu o texto em cartões azul-claros, que foram enviados em envelopes azul-claros para todos os convidados. Sapphire devolveu seu anel de noivado, obviamente.

— Que pesadelo. — Fergus tentou ser solidário mas parecia cada vez mais aliviado. Talvez tivesse pensado que Sapphire ia dizer algo pior, ou talvez só estivesse feliz que ela ainda estava disponível.

— Devolver os presentes — disse Sapphire — foi como ver a casa que pensei que teria ser desmontada antes mesmo de entrar nela. Todas as louças, os copos e os talheres nos modelos que havia escolhido quando tinha oito anos.

Embora o lábio inferior de Sapphire estivesse perto do tremor, Fergus parecia confuso.

— Louças? — perguntou ele.

— Todo o aparelho de jantar. O desenho era Italian Spode, azul e branco. Não tão extravagante que não possa ser usado todos os dias, mas ainda assim elegante o suficiente para receber para jantar.

— Conheço esse padrão — acrescentou Fergus —, o aparelho de jantar de minha avó é Spode. É aquele com o homem em um campo italiano com ruínas romanas.

— Sim, criado em 1816, quando os poetas românticos estavam vivos e viajar da Inglaterra para a Itália era...

— O auge da sofisticação! Uma borda Imari Oriental, desenhado pelo próprio Joshua Spode.

Amber percebeu que Sapphire muito possivelmente tinha encontrado sua alma gêmea e se perguntou se algum dia iria encontrar alguém com tanto conhecimento em profundidade sobre ficção policial, ou pecuária, ou jardinagem, finanças e números...

— Os copos eram Real Brierly: Mayfair, e os talheres...

O rosto de Sapphire ficou sombrio.

— Oh, qual é o problema? — perguntou Fergus, a voz cheia de solidariedade.

— É tão triste... — Uma lágrima minúscula deslizou no canto do olho de Sapphire. — Fui até uma loja de departamentos quando tinha oito anos para escolher o desenho dos talheres. É como a primeira comunhão para uma menina do sul. Você olha os catálogos e escolhe o seu padrão. Aquele que todos os seus parentes irão comprar aos poucos, em cada aniversário e Natal até que você esteja casada. E os presentes de casamento completam o conjunto. Por isso, estava tudo pronto. Tudo arrumado. Agora tudo está de volta nas caixas, esperando que minha vida comece. — Ela limpou a lágrima de seu rosto.

Amber se esforçou para não revirar os olhos. Sim, ela e Em também tinham a prataria com o desenho que escolheram, mas a de Amber estava encaixotada no sótão em casa e seria mais provável que ela vendesse tudo antes de montar uma mesa elegante com aquilo. Toda aquela tradição era tão antiquada.

— Meus talheres de prata são Old English Fiddle, feitos por Arthur Price of Sheffield. Um dos mais antigos...

— ... padrões de talheres. Perfeitamente equilibrados, criados na década de 1600 — Fergus terminou a frase. — Uma escolha incrivelmente sofisticada para uma menina de oito anos de idade.

Sapphire fungou.

— Isso aconteceu em junho? — perguntou Fergus.

Ela concordou com a cabeça.

— Mas você é tão jovem.

— Vinte e dois agora — disse Sapphire com um suspiro resignado.

— Você tem todo o tempo do mundo, Sapphire, para encontrar o homem que vai comer em pratos Italian Spode e talheres Old English Fiddle com você para o resto de sua vida.

— Isso é exatamente o que vivo dizendo a ela — disse Amber, sorrindo para Fergus

— Nossa, vocês são tão gentis — disse Sapphire —, mas ficar noiva de Forde e depois ter que romper o noivado me faz sentir tão... tão de segunda mão! — Ela deixou escapar. — É por isso que mudei para cá, não aguentava todos os olhares de simpatia e as fofocas nas minhas costas.

— Uma decisão inteligente.

Sapphire pegou a carteira, encontrou um lenço de papel e enxugou os olhos, então assoou o nariz muito gentil e educadamente.

Com um sorriso brilhante no rosto, olhou para um Phillip espantado e disse em sua melhor voz de anfitriã:

— Já é o suficiente sobre mim. Agora por que você não me conta por que mudou para Nova York?

Fergus teve que rir com isso.

— Você é maravilhosa — disse ele. Então ele se levantou de seu assento, andou em volta da mesa, inclinou-se até estar com o rosto ao nível do de Sapphire e disse: — Posso beijar você?

Capítulo Nove

— Oh, não, Lauren, não acho que ele seja um
homem adequado para ela.

—Você tem razão, claro. Ele precisa alugar uma casa
em Hamptons
e comprar sapatos italianos.

—Você sabe por que foi demitida, certo?

Eram nove e trinta e cinco e Amber estava sentada em uma mesa em um café, na frente de Robert, seu chefe na vida profissional que fora sua até a última quarta-feira.

Esse era o lugar onde quase sempre almoçava quando tinha um emprego — não, melhor dizer uma carreira em desenvolvimento. O café ficava bem na frente do Banco Dedalous, e quando olhava para a entrada podia ver as pessoas entrando e saindo. Às vezes reconhecia alguns funcionários e às vezes via um cliente multimilionário como a sra. De La Hoz entrando apressada, preocupada sobre como investir aqueles quatro milhões de dólares que estavam sobrando. Ou como manter o seu mais recente lucro de um milhão e seiscentos mil dólares longe das garras do leão.

Sentada na frente de Robert, observando a entrada, sabendo que não tinha emprego e exatamente um mês de salário sobrando, começou a sentir uma dor no estômago.

— Bom... — começou Amber — foi a sra. De La Hoz? Ela reclamou?

Robert acenou com a cabeça.

— Sim, e isso não ajudou o seu caso. Mas foi uma redução de pessoal. Tivemos que demitir alguns funcionários.

— Então o banco não tem dinheiro suficiente, várias pessoas tiveram que sair e a decisão foi feita com base em "último que entrou primeiro a sair"?

— Sim, mas por que *você* foi escolhida, Amber? Por que *você* está sem um trabalho e por que tantos outros ainda estão aqui? Esse é o tipo de pergunta que você precisa fazer a si mesma.

— Puxa, bem... poderia haver um monte de razões para isso. Só estava na empresa há sete meses... outras pessoas tinham mais tempo de casa, sou graduada em uma universidade que não é Harvard... Sou texana, não nova-iorquina... qualquer motivo que queira.

— Você é demasiado boa em fechar buracos, em vez de abri-los, e você não joga em equipe, Amber — disse Robert.

Amber olhou para ele, tentando não demonstrar a mágoa que sentiu. Mas era difícil de ouvir.

— Realmente aprecio a sua coragem em marcar um encontro — acrescentou Robert —, é preciso muita coragem. E você tem muita coragem. Mas, se realmente quer saber por que escolhi você para reduzir o quadro de funcionários e não outra pessoa, ouça e aprenda.

Robert estava fazendo gestos irritantes. Quando disse "ouvir" apontou para seu ouvido, quando disse "aprender" apontou para ela, seu anel de sinete de ouro brilhando à luz. Agora, de repente, percebeu como fora chato trabalhar com ele. Lembrou-se de que seu desapontamento por ter sido demitida misturara-se com um suspiro de alívio por não ter mais que lidar com Robert todos os dias.

— Você não joga em equipe — disse ele, apontando para ela novamente. — Não é uma garota corporativa. Pensa por si mesma e é muito independente. Essas são qualidades incríveis, mas não para a minha equipe de gestão de ativos.

— Oh.

Ela estava sem fôlego. Será que alguém iria contratá-la se isso era o que seu ex-chefe pensava sobre ela? Além disso, que tipo de referência ele iria dar?

— Existe alguma empresa em Nova York que gostaria de um gestor de ativos trainee com mentalidade independente? — continuou ele. — Não sei. Isso pode parecer um passo para trás, mas tenho um amigo... — Robert apalpou seu paletó, tirou um cartão e entregou-o a ela.

— Não sei quantos contatos andou fazendo, mas está difícil ser contratado agora. Esse cara está cuidando de uma nova operação de captação. Vendendo investimentos. Talvez você seja suficientemente durona para tentar.

Ela pegou o cartão.

Robert queria que ela fosse uma captadora: uma daquelas pessoas que se sentam em um armazém em Hoboken e telefona para o sr. T. J. Penney em Nebraska para tentar interessá-lo em algum fundo de investimento de merda que iria cobrar 9,5 por cento ao ano e render exatamente 0,2 por cento de lucro, se ele tiver sorte.

Nossa. Esperava que ele fosse capaz de oferecer-lhe uma dica muito melhor do que essa.

— Ligue para ele — insistiu Robert —, não é o que você pensa. Ele é um cara bom e está contratando pessoas inteligentes, oferecendo uma comissão excelente. Passe um tempo nesse emprego. Ganhe algum dinheiro até a maré melhorar. As coisas vão mudar, todo mundo vai começar a contratar novamente em breve.

Ele olhou para o relógio. Amber olhou para o dela. Ele só tinha passado sete minutos com ela, mas já queria ir embora.

— Bem... muito obrigada pelo seu tempo — começou Amber. — Tenho que ir. Preciso me encontrar com minha irmã e temos que comparecer a uma delegacia de polícia. Fomos testemunhas de um assalto à mão armada.

— Onde foi isso? — perguntou Robert.
— Na nossa rua: rua 17 W.

Robert se levantou, alisou seu terno sob medida de dois mil dólares e se virou para ir embora. Sem um pingo de simpatia ele lhe disse:

— Puxa, acho que é isso o que acontece quando se vive no centro.

Capítulo Dez

— Eles não formam um casal lindo?

— Betty! Ele é velho demais para ela. Trinta e quatro anos a mais do que ela.

— Estou falando sobre ela e o colar: aquilo vale pelo menos cem mil dólares.

— Veio nos visitar novamente?

Fergus deu um sorriso brilhante para Amber quando entrou no escritório de Sapphire.

— Não exatamente... Vim me encontrar com Sapphire — explicou Amber —, vamos até a delegacia juntas. Temos que ir falar com o detetive que está investigando o caso. Mas não deve demorar muito.

— Oh, sim, Sapphire me contou tudo sobre o roubo. Vocês foram muito corajosas.

Sapphire estava em sua mesa, sorrindo radiante para Fergus. Amber não pôde deixar de sorrir também. Aquela era a Sapphire — tão doce, tão confiante, sempre pulando direto na direção do amor.

— Vocês precisam sair agora? — perguntou Fergus. — Porque adoraria contar para Sapphire sobre o que poderá estar vindo inesperadamente para o próximo leilão de joias.

— Oh... sim! — Sapphire olhou para o relógio. — Nós temos alguns minutos, não é?

Amber assentiu.

— Um dos clientes especiais do sr. Wilson, a sra. Eugenie De La Hoz.

— Nunca ouvi falar dela — disse Sapphire.

— Bem, eu já... mas é uma longa história — disse Amber.

—Aparentemente a sra. De La Hoz está enfrentando uma cobrança fiscal inesperada e precisa vender algumas peças muito importantes rapidamente.

— Jura? — Amber estava surpresa. Talvez a sra. De La Hoz estivesse enfrentando problemas com um de seus vários esquemas de evasão fiscal.

— Então, o que ela está vendendo?

— Bem... não está confirmado, ela não se decidiu ainda, mas...

Amber se aproximou. O entusiasmo dele era contagiante e também queria ouvir o que poderia estar sendo colocado à venda.

— Ela comentou que gostaria de vender uma ou duas peças que possui da coleção da duquesa de Windsor.

— Não! — Sapphire respirou fundo, olhos brilhando de excitação.

— A duquesa de Windsor? — repetiu Amber, até mesmo ela já tinha ouvido falar da lendária coleção de joias da duquesa de Windsor.

— Essas joias não foram vendidas anos atrás?

— Sim, mas de vez em quando as pessoas que compraram revendem algumas peças. Há sempre um frenesi quando elas voltam ao mercado — explicou Fergus.

— Essas são algumas das joias mais maravilhosas do mundo — sussurrou Sapphire —, algumas das peças mais fabulosas e extravagantes. Além disso, é uma história romântica. Quero dizer, era uma mulher divorciada e o rei da Inglaterra desistiu do trono para casar com ela!

— E depois passaram o resto de suas vidas vivendo em Paris e encomendando joias muito, muito caras — acrescentou Fergus. — Ela ficou famosa por dizer que uma mulher nunca pode ser demasiado rica ou demasiado magra.

— Ela teria se sentido em casa em Nova York — disse Amber.

— A sra. De La Hoz tem alguma das peças Cartier? — Sapphire queria saber.

— Oh! — Fergus sorriu, encantado que ela se interessasse tanto pelo assunto como ele. — Não somente uma das peças antigas de Cartier. Parece que ela tem um broche de pantera.

— Não! Uma das panteras feitas por Louis Cartier exclusivamente para a duquesa? — exclamou Sapphire.

— Isso mesmo. Ouro maciço, cravejado de diamantes, dois rubis cintilantes nos seus olhos. Foi vendida da última vez por meio milhão. Quem pode dizer o quanto vai valer agora.

— Meio milhão de dólares por um broche? — perguntou Amber, sem compreender bem.

— É icônico. A Cartier ainda faz broches de pantera — acrescentou Sapphire.

— Não como os que Louis Cartier fez para a duquesa. Havia um monte de rumores de que eles eram... — Fergus se inclinou sobre a mesa e sussurrou a palavra "amantes".

Sapphire ficou levemente arrepiada.

— Ela traiu o duque? — perguntou Amber.

Sapphire fez uma careta.

— Oh, isso é horrível.

— Apenas boatos. Se alguém sabe com certeza, nunca disseram nada.

— Mas o rei desistiu do trono por ela. Deu-lhe tudo o que ela jamais poderia ter. Por que ela o trairia? — perguntou Sapphire. — E todos aqueles braceletes com inscrições românticas secretas. Eles foram devotados um ao outro. Não acho que ela o traiu. Acho que as pessoas estão sendo mesquinhas.

— Ela não é adorável? — perguntou Fergus a Amber, em seguida, estendeu a mão para pegar a mão de Sapphire, levou-a aos lábios e beijou-a. — Sou tão sortudo por ter você aqui. Você poderia ter levado um tiro naquela noite.

Agora foi a vez de Amber tremer.

— Por favor, não fale sobre isso.

— Shhh... — insistiu Sapphire. — Todo mundo aqui pensa que sou uma heroína incrível que salvou o dono da loja ou algo assim...

— Você é, Sapphire — disse Fergus. — Se não tivesse pedido aos ladrões para deixá-la em paz, talvez não o tivessem feito.

— Fergus? — Sapphire voltou seus olhos azuis para ele e naquele momento, ainda segurando a mão dela com força, Fergus parecia incapaz de recusar qualquer coisa.

— Nossa mãe está chegando à cidade nesta semana. Gostaria de conhecê-la?

— Claro! Absolutamente. Ficaria honrado.

— Ela vai se hospedar no Astoria, é claro, eles têm um andar especial para a Junior League — explicou Sapphire. — Ela diz que é o único lugar em Manhattan onde realmente se sente segura.

Fergus franziu a testa, claramente não entendera muito do que ela disse.

— O que é um campeonato Junior, e por que sua mãe ainda está em um?

— Oh, é uma coisa de irmandade do sul, uma espécie de clube — explicou Amber. — Uma vez que você faz parte dele, é para a vida toda, é preciso ser o tipo certo de pessoa a ser convidada a participar e... oh, sabe, provavelmente é preciso ter nascido ao sul da Linha Mason-Dixon para compreendê-lo.

— Está bem.

— Nossa mãe é muito, muito do sul — advertiu Sapphire.

— Muito do sul — acrescentou Amber —, e isso é uma advertência.

Capítulo Onze

— *Então eles tiveram que chamar a polícia, Lauren. Imagine só. Naquele endereço!*

— *A polícia?! Como é que vão conviver com os vizinhos depois dessa? E tudo porque ela não contratou o tipo certo de empregada.*

— Você já esteve em uma delegacia de polícia antes? — perguntou Amber a Sapphire enquanto subiam a escadaria em direção à entrada.

Sapphire balançou negativamente a cabeça.

— Não há necessidade de ficar nervosa, acho. Ele disse que era apenas uma formalidade; outra entrevista com as mesmas perguntas.

— Não gosto disso — disse Sapphire —, e se ele realmente acha que estamos envolvidas? Como ele disse...

— Ele não disse isso! Apenas disse que precisava nos eliminar como suspeitas. Era rotina. De qualquer forma, não importa se ele acha que somos os motoqueiros apontando as armas. Nós não somos! Então, ninguém pode nos considerar culpadas por isso.

— Mas você ouve sobre esse tipo de coisa o tempo todo. Erros da justiça. Pessoas inocentes acusadas. Isso me dá arrepios.

— Fique quieta, Sapphire — disse Amber quando se aproximaram do balcão da recepção. — Olá, minha senhora, estamos aqui para ver o detetive Jack Desmoine.

— Terceiro andar. Sala 318 — respondeu abruptamente a mulher estressada por trás da grade.

— Obrigada, senhora — respondeu Amber graciosamente.

— Muito obrigada — acrescentou Sapphire.

Vendo a fila para o elevador, decidiram subir as escadas. No terceiro andar, a placa que indicava as salas 300 a 320 as levou através de uma série de corredores cinza bagunçados, repletos de armários, cadeiras de plástico e bebedouros.

— Acho que é aqui — disse Amber e bateu à porta.

— Quem é? — gritou uma voz do outro lado.

— As irmãs Jewel — respondeu Amber.

— Oh, certo...

Houve uma pausa seguida por barulhos de coisas batendo.

— Talvez ele esteja arrumando a sala para nós — disse Amber a Sapphire com um sorriso.

Em seguida, a porta estava aberta e Jack Desmoine apareceu na frente delas novamente.

— Olá, garotas — disse ele com um sorriso e estendeu a mão para cumprimentá-las.

A mão tão grande, um homem tão alto, Amber não pôde deixar de pensar agora que estava perto dele. Ele tinha uns bons dez centímetros ou mais do que ela, e seu peito e ombros eram tão largos que pareciam preencher o batente.

— Entrem, querem um café ou alguma outra coisa?

— Estou bem, obrigada.

— Eu também — concordou Sapphire.

—Tudo bem. Não é envenenado ou algo assim. Infelizmente também não podemos colocar o soro da verdade nele. Que tornaria minha vida muito mais fácil. — Foi para trás de sua mesa, puxou a cadeira e sentou-se, indicando que elas deveriam fazer o mesmo.

— Hoje é apenas a papelada, srta. Amber e srta. Sapphire, a menos que tenham se lembrado de qualquer outra coisa ou tiverem algo mais para me dizer.

Amber e Sapphire se entreolharam.

— Não — disse Sapphire.

— Não, nós dissemos tudo — acrescentou Amber. — Existe alguma atualização? Pegaram alguém?

— Ah! — O detetive Desmoine deu uma risadinha ao ouvir isso. — Duas motos, possivelmente BMW, dois caras negros e altos, um com um nome que soava como "Houghton". Sem DNA. E um grande saco de joias desaparecido. Isso é tudo que temos. Apesar de suas excelentes descrições, senhorita — ele acenou com a cabeça na direção de Sapphire —, não é muito. Então, não, não pegamos ninguém. Mas é cedo. Às vezes leva um tempo para pegar as pessoas. Estamos investigando ativamente.

Um telefone celular começou a tocar e o detetive enfiou a mão no bolso superior da camisa.

— Desmoine — disparou. — Certo... ahá... bem, faça um resumo. Estou com testemunhas com quem preciso falar aqui... Testemunhas texanas. Sim, é algo que não acontece diariamente... Ah, cara! *Catorze?* Você sabe que odeio prender bebês... há alguma coisa que podemos fazer? Ele não pode nos ajudar com as investigações e só receber uma advertência?

Enquanto ele falava, Amber percebeu que o estava analisando. Ela se lembrou dos olhos castanhos... e das sobrancelhas muito escuras. Então ele olhou na direção dela, e ela percebeu sobressaltada que o estava encarando por muito tempo e desviou o olhar rapidamente.

A sala era bastante nua, não exatamente arrumada, mas não uma bagunça. Papelada em pilhas, um computador velho, um telefone, nada nas paredes e uma vista para a parte de trás do prédio ao lado.

Havia também uma caneca sobre a mesa com um logotipo dos Giants, Jack terminou a chamada e desligou o celular. Quando o colocou de volta no bolso, acompanhou o olhar de Amber e lhe perguntou:

— Você é fã dos Giants?

— Não. Claro que não. Dos Dallas Cowboys é claro.

— Claro. Eu os vi jogar, quando estiveram na cidade.

— Ok, então o que precisa que façamos? — perguntou ela. — É que Sapphire tem que voltar ao trabalho.

— Certo. Sim, claro que sim.

Desmoine começou a remexer na bandeja de entrada em sua mesa.

— Aqui estão as suas declarações. Quero que leiam tudo até o fim, e se estiverem satisfeitas assinem embaixo.

Enquanto Sapphire e Amber liam os documentos, Desmoine não conseguiu deixar de perguntar:

— Já encontrou um novo emprego, srta. Amber?

Amber estremeceu.

— Como é que você...

— Liguei para o seu empregador. Parte do processo de verificação de suas referências, certificar-me de que você é tudo que diz que é. Lamentei ouvir sobre a demissão — acrescentou —, mas você vai encontrar alguma coisa rapidamente, tenho certeza.

— Tenho algumas boas indicações — respondeu ela.

— Esse é o espírito. E você é voluntária em um jardim comunitário? — perguntou ele.

Ela concordou com a cabeça.

— Isso é bom. Não acho que tenha conhecido uma banqueira agradável antes.

— Gerente de ativos — corrigiu-o ela.

— Ori vai receber todo o seu dinheiro de volta? — perguntou ela, para mudar de assunto.

— Ori? Ah, o dono da loja? Ele está mantendo longas negociações com a seguradora. Acho que vai dar certo. Vai receber uma boa porcentagem do que estava segurado e será capaz de abrir a loja novamente.

— Pode levar um bom tempo para que ele supere tudo — disse simpaticamente Sapphire.

— Como estão vocês, meninas? — perguntou Desmoine. — Não muito abaladas? Não estão com muito medo de entrar em uma loja de novo, espero? — perguntou ele, provocando um pouco.

— Não. Parece que estamos bem — respondeu Amber.

— Bem, estresse pós-traumático é uma coisa estranha, às vezes as pessoas fazem coisas estranhas, algumas vezes não existem sinais até anos mais tarde, ou pode nunca se manifestar. Temos toda uma rede de apoio às vítimas, por isso, se precisarem de ajuda, por favor, falem conosco.

Amber assinou seu nome na declaração, depois Sapphire fez o mesmo. E entregaram os papéis para Desmoine.

— Acho que é tudo, então — disse Amber, levantando-se. Desmoine lhe dava uma sensação incômoda. Queria sair do escritório e ficar longe dele, mas não conseguia parar de olhar para ele. Continuou movendo os olhos para outro ponto na sala, mas eles voltavam para aquele homem.

— Sim... — Desmoine também se levantou, — Bem, tenho os seus telefones. Casa e celular. Se precisar chamá-las sobre qualquer coisa. Se pegarmos os caras, terão que depor. Então, irei telefonar com um relatório de progresso.

— Obrigada, detetive — disse Amber.

— Meu Deus... — disse Amber, assim que saíram para o corredor novamente —, ele é um cara estranho.

— Achei que ele foi gentil — retrucou Sapphire. Com um sorriso, acrescentou: — Você só acha que ele é estranho porque ele gostou de você.

— Ele não gostou.

— Gostou sim!

— Bem, se gostou, então é definitivamente um cara estranho. Todas nós sabemos que esse é o único tipo de homem que atraio.

Capítulo Doze

> — Você sabe o que ele disse a ela? "Nova York não é apenas uma cidade. É uma sensação."
>
> — Sim, e no caso dele essa sensação é: "Cheguei ao limite em todos os meus cartões de crédito."

Quando a cortina da peça de Em fechou, a pequena plateia aplaudiu. Amber e Sapphire entreolharam-se inquietas.

Não era uma boa peça. E Em teve uma atuação terrível. Esquecera falas, estava desconfortável no palco — e ainda pior, a menina que atuava ao seu lado era a única coisa boa de toda a peça.

O que quer que fosse a chamada "qualidade de estrela", Angelina Waltham tinha. Quando pisava no palco, todo mundo só tinha olhos para ela. Era pálida e transparente como uma fada, com uma auréola delicada de cabelo castanho-dourado, e seu rosto em forma de coração prendia a atenção.

— Angelina... — começou Amber.

— Eu sei — disse Sapphire.

— As pessoas amaram-na — acrescentou Amber —, a voz dela...

A voz de Angelina era emocionante em alcance e registro. O público sintonizou e prestou atenção.

— Shhh... — disse Sapphire. Não queria ouvir mais nada sobre como Angelina era melhor que a sua irmã.

— Além disso, ela é tão jovem, parece uma adolescente. Em vai enlouquecer completamente — advertiu Amber.

— Eu sei.

Vinte minutos depois, Em entrou pisando duro no pequeno bar perto do teatro onde combinaram de se encontrar. Seu rosto estava sombrio e violento, como Amber esperava.

Ela se jogou na cadeira em frente de suas irmãs.

— Vocês não precisam me dizer. Não digam nada. Fui péssima. Fui absolutamente péssima. Na verdade, a peça inteira é péssima. A única coisa boa da peça é a Angelina.

— Não, não seja louca...

— Você disse algumas frases maravilhosas...

— Amei a sua parte...

— Você é realmente boa...

As irmãs argumentaram bastante, mas Em não estava engolindo nada disso.

— Fui péssima — repetiu com tristeza.

— Deixe-me pagar uma bebida — ofereceu Amber.

Quando voltou para a mesa com a bebida, Em estava dizendo a Sapphire:

— Ela tem apenas dezoito anos. Dezoito! Há garotas como Angelina saindo das escolas de teatro todos os dias, lutando pelos mesmos papéis que eu. Todas são melhores do que eu. Sabem atuar, sabem cantar, sabem dançar. Elas se parecem com estrelas de cinema! Conseguem todos os papéis antes que eu consiga sequer dar uma olhada. Além disso, são mais jovens do que eu. Tenho vinte e um anos, meninas, e estou presa nesta maldita Williamsburg em uma porcaria de peça!

Sapphire colocou o braço em torno da irmã.

— Por favor, não diga isso. Por favor. Você é boa. Você sempre quis atuar, você ama atuar, então, por favor, acabe com essa conversa deprimente só porque a peça não funcionou para você.

— Talvez eles não estejam trazendo o melhor de você à tona — acrescentou Amber —, talvez esses caras não sejam a sua turma.

— Não — concordou Em —, quando estou com eles, me sinto tão bem-vinda como um gambá em uma festa ao ar livre.

Amber riu e pensou em casa. Ela se perguntava quanto tempo teria que viver em outra cidade antes que parasse de pensar na fazenda como seu lar. Esse pensamento a fez lembrar da mãe e da hipoteca... não corriam nenhum risco, corriam? Não havia nenhum risco de a fazenda ter de ser vendida? Precisava falar com sua mãe, rever os detalhes novamente. A mãe não era tão boa com a contabilidade como seu pai sempre tinha sido.

Em deu vários goles em seu copo, em seguida, olhou para suas irmãs, uma por sua vez.

— Nunca vou ser uma estrela — declarou com tristeza. — *Nunca vou ser uma estrela*. Talvez vocês saibam disso. Talvez tenham descoberto esta noite, ou talvez já soubessem disso há algum tempo...

As duas irmãs começaram a protestar, mas Em calou as duas.

— Não, escutem. Estive pensando sobre isso por alguns dias e somente esta noite é que estou pronta para admitir isso em voz alta. Sempre pensei que tinha o que era preciso. Mas não. Não tenho. Não sou suficientemente boa. Não sou suficientemente determinada. Nunca vou trabalhar suficientemente duro para ter sucesso. Nunca vou ser uma estrela — repetiu ela. Em seguida, em uma voz muito mais silenciosa e tristonha, acrescentou: — E sempre pensei que iria...

Ela interrompeu a frase, olhar perdido, os olhos cheios de água.

— Por favor, Em — insistiu Amber —, você está tendo uma noite ruim, nem...

— Saí da peça — acrescentou Em.

— Não! — gritou Sapphire. Isso vai dar uma impressão terrível quando...

— Fizer uma nova audição em outro lugar? Não vou — disse Em —, está tudo acabado. Está tudo acabado.

— Por enquanto — respondeu Sapphire. — Talvez você só precise de uma pausa por uns tempos.

— Você pode dizer o que quiser. Mas acho que está tudo realmente acabado.

Em inclinou a cabeça e rapidamente limpou uma lágrima no canto do olho:

— Então, o plano A: ter uma carreira maravilhosa; bom, isso está completamente descartado — disse ela, tentando soar otimista. — Acho que preciso passar para o plano B.

— Qual é? — perguntou Sapphire.

— Casar com um milionário, obviamente. — Em brincou.

— Oh, puxa, vamos simplesmente ignorar isso e, por favor, me diga qual é o plano C? — perguntou Amber.

— Não faço a mínima ideia. Deixe-me ir buscar mais bebidas enquanto tento descobrir isso.

— Mau, mau — disse Amber a Sapphire. Já haviam visto muitas ideias loucas de Em antes —, Em está com algum plano na cabeça. Lembra-se do churrasco nudista para arrecadação de fundos?

Sapphire espirrou um pouco do coquetel pelo nariz.

— Ugh! — Ela pegou um lenço de papel. — Ficamos de castigo somente por termos enviado os convites, e a única pessoa que apareceu foi o esquisitoide da sua classe.

— Puxa vida, não se esqueça do vídeo do rodeio de Em, que foi enviado para Steven Spielberg.

— Por favor, você não precisa me lembrar de todas as ideias malucas da Em. Mas tenho fé: um desses dias, uma das ideias dela vai funcionar. Maravilhosamente bem.

— Espero que sim. Ela está realmente deprimida. Não vai realmente parar de atuar, vai? — perguntou Amber. — É o que ela sempre, sempre quis fazer.

— Espero que não — disse Sapphire.

* * *

Quando Em voltou para a mesa com uma rodada de coquetéis, mudou de assunto.

— Basta sobre mim. Por favor, contem tudo sobre o seu dia. O que está acontecendo com o fabuloso Fergus? Como foram as coisas com o detetive gostoso na delegacia de polícia?

Amber contou tudo sobre a visita à delegacia, depois Sapphire começou a contar tudo sobre os tesouros reais, que possivelmente irão a leilão.

— O sr. Wilson já está tendo um colapso nervoso e as peças ainda não estão confirmadas — continuou Sapphire —, a não ser as joias da duquesa de Windsor. São muito, muito especiais. Essas peças só surgem uma vez a cada poucos anos e os colecionadores vão enlouquecer. É o mais próximo que se pode chegar de comprar joias reais. Joias da família real inglesa nunca, nunca vão a leilão. Todas são mantidas na família e passadas como herança.

— Uau! — Em parecia impressionada. — Então, a duquesa é a americana que se casou com o homem que ia ser o rei da Inglaterra.

— Sim, Wallis Simpson — explicou Sapphire. — Ele abdicou do trono para casar com ela. É tão incrivelmente romântico. Depois foram morar em Paris...

— E ele comprou montes de joias caras — acrescentou Em —, talvez para compensar o fato de que ela não ia ser rainha.

— Lembre-se, ela é aquela que disse que uma mulher jamais poderia ser demasiado rica ou demasiado magra — comentou Amber.

— Acho que ela nunca conheceu a Victoria Beckham — disse Em. Ela arqueou uma sobrancelha. — Então, o que pode ir a leilão?

— Um broche de pantera original, um colar de platina e esmeraldas, e talvez uma terceira peça, não está confirmada ainda. A pantera é deslumbrante. Encomendada ao próprio Louis Cartier. Já vi fotos.

— E quanto é que tudo vai arrecadar? — perguntou Em, inclinando-se sobre a mesa, os olhos brilhando com interesse.

— Quem sabe? Quando foram leiloadas pela primeira vez, há vinte e quatro anos, custaram centenas de milhares de dólares.

— Uau! — exclamou Em. — Algumas pessoas podem se dar ao luxo de ter um distintivo de lapela que custa mais do que a maioria das casas das pessoas, hein?

— E agora há mais colecionadores de joias em todo o mundo que parecem ter milhões de dólares para gastar — acrescentou Sapphire.

— Os Wilson devem estar contratando um monte de segurança extra, não? — perguntou Em.

—Acho que sim... Deus, ainda não tinha pensado nisso.

— Fazem poucos dias desde que uma arma esteve apontada para a sua cabeça em uma joalheria e você nem sequer pensou em segurança? — Em balançou a cabeça em desespero.

Sapphire fez uma careta.

— Bem, eles terão que fazer algo para manter as pedras preciosas longe de todos os ladrões do mundo — acrescentou Em, mexendo em seu coquetel, pensativa.

— Em? — perguntou Amber. — Como é que tem cabelo saindo para fora de sua bolsa?

— Oh, você gosta das minhas perucas novas? — disse Em, puxando uma peruca loira de cabelos lisos e compridos e uma peruca de cabelos escuros e encaracolados de sua bolsa.

Sapphire fez um ruído de desaprovação.

Amber revirou os olhos.

— Não diga... elas foram "libertadas" do departamento de figurinos.

— Exatamente — confirmou Em com um sorriso perverso. — Essas pessoas não me deram nada, além de más vibrações e carma negativo. Então, estou reequilibrando as coisas.

Colocou a peruca loira na cabeça e fez beicinho cantando perfeitamente duas estrofes de uma canção de Britney Spears.

— Falando sobre reequilíbrio... Amber, não foi Eugenie De La Hoz, aquela *vaca* multimilionária, que fez com que você fosse despedida do banco?

Capítulo Treze

— Ela realmente gostava dele, Betty, mas obviamente nunca iria dar certo.

— Nem fale. O apartamento dele estava na região da Quinta Avenida, o dela na região da Sétima Avenida. É o equivalente a milhões de quilômetros em dinheiro real.

Olá, estou falando com a sra. Kirkton?
— Esta é uma ligação de telemarketing? — disparou a voz da mulher do outro lado da linha.
— Bom-dia, sra. Kirkton — continuou Amber tão alegremente quanto pôde —, o seu nome e número de telefone nos foram dados porque...
Brrrrrrrrrrrrr.
Outra ligação desligada na sua cara.
Ela riscou o nome da lista em sua mesa. Tinha feito centenas de chamadas. Centenas! Mas ainda havia centenas de nomes a serem contatados e horas restando no seu dia. A menos que conseguisse pelo menos uma pessoa para se inscrever em alguma coisa, iria receber somente quarenta dólares.
— Minha alma está em processo de destruição — sussurrou para si mesma.

O pior de tudo, a qualquer momento, Jed, seu chefe de equipe, iria aparecer para ter outra conversa de incentivo. Ela iria espetar o lápis de ponta afiada nos olhos dele. Era isso mesmo que faria.

— Amber!

A mão de Jed estava em seu ombro.

— Como está se saindo a minha melhor garota texana? *Yee ha*! Ligue para os números, transforme-os em vendas.

Ele era cheio de piadas, dedos e sentimentos. Ela o odiava. Estava no armazém transformado em escritório em Hoboken (como adivinhou?) há menos de quatro horas e já queria morrer.

Jed olhou para a sua lista. Quando viu todos os nomes e os números riscados, franziu a testa.

— Amber, Amber — ele balançou a cabeça —, você foi tão recomendada.

— Sou muito boa para aconselhar os clientes que querem ser aconselhados — disse ela incisivamente. — Sou muito boa na venda de produtos excelentes para pessoas que querem comprar.

— Deixe-me mostrar como lidamos com as coisas aqui... mais uma vez — disse ele com um suspiro dramático do tipo "Estou um pouco desapontado", balançando a cabeça.

Com gestos teatrais, acionou o timer de seu relógio dourado feioso e voltou a discar o número que Amber tinha acabado de tentar.

— Sra. Kirkton, oi! — A voz de Jed ressoou pelo telefone. Sem uma pausa, ele continuou: — Você está em uma lista exclusiva de indivíduos de alto valor, sabia disso? Indivíduos com alto valor merecem o melhor. As ofertas mais exclusivas, a atenção mais pessoal. É por isso que queremos oferecer um serviço de aconselhamento financeiro personalizado...

E prosseguiu assim até Jed passar a sra. Kirkton de volta para Amber para que ela anotasse os detalhes para onde enviar os contratos, dizendo baixinho:

— Quarenta e um segundos — e bateu no mostrador do relógio.

Amber anotou os detalhes da mulher e ficou pensando se a sra. Kirkton de Timpany, Connecticut, tinha alguma ideia de no que estava se inscrevendo. Esse serviço iria custar-lhe seis por cento ao ano de suas economias, antes que ela ganhasse um centavo. E esse *roubo* totalmente legítimo estava acontecendo ao seu redor.

De repente, pensou em Ori Kogon e na joalheria. Pelo menos a loja estava segurada, quando os ladrões o atacaram — estava mais protegido do que a pobre senhora Kirkton.

Queria ir embora. Queria ir até a mesa de Jed, jogar seu cartão plastificado em cima dele e dizer para continuar roubando as pessoas sem ela. Mas checara sua conta bancária antes de ir trabalhar essa manhã e sabia que precisava desse emprego no momento. Mesmo só ganhando quarenta dólares por dia, isso somava duzentos dólares por semana. Conseguiria permanecer sã e salva por mais algum tempo.

— Olá, sra. Kirkton, meu nome é Amber Jewel... — disse ela ao telefone, o mais alegremente possível.

— Amber, eu o *amo*. Eu o amo completamente, totalmente, e acho que ele sente o mesmo por mim. Honestamente, sei que posso dizer isso porque você não vai rir, mas acho que... bem, quem sabe, mas podemos ficar noivos até o Natal. Mesmo!

Amber segurou o telefone junto à cabeça enquanto, cansada e desmoralizada, desligou a TV e puxou o cobertor que tinha jogado sobre si mesma enquanto estava deitada no sofá. Porra, agora estava com frio por dentro e por fora. Muito frio. Nunca sentira nada assim quando vivia em casa, no Texas.

— *Noivos!?* — Foi um pouco difícil levar Sapphire a sério. Ela conhecera Fergus há poucas semanas, e já estava escolhendo um buquê... novamente. Tinha sido exatamente a mesma coisa-demasiado-louca-muito-cedo com Forde Houghton, e olha como é que tudo tinha terminado.

Amber se sentiu culpada. Desejava ter feito um esforço maior para conhecer Fergus na noite que saiu com eles. Lá estava a sua irmãzinha passando a noite com ele, pensando em anéis de noivado, em felizes para sempre, e quem era ele? Como era ele? Amber não tinha ideia.

E deveria, porque depois do fiasco com Forde, Sapphire precisava de ajuda para tomar decisões como essa.

— Você deveria ver como ele arrumou o apartamento — acrescentou Sapphire —, estou aqui agora.

— Onde ele está? — perguntou Amber.

— Saiu para comprar algo para comermos. O quarto é tão bonito. Tapetes xadrez ao lado da cama e fotografias da cadela da família. É uma golden retriever chamada Biscuit. Não é fofo? Seu guarda-roupa está cheio de todos os tipos de coisas que um verdadeiro cavalheiro britânico tem, Amber. Ele é o meu próprio Cary Grant.

Amber lembrou de Fergus, grande, loiro e corado, e tentou abafar uma risadinha.

— Que tipo de coisas? Espadas? Escudos? O brasão da família? — brincou ela.

— Paletós de tweed... gravatas-borboleta... um roupão xadrez... oh, e lindos brogues de couro.

— O quê?

— São sapatos. Além disso, ele tem uma daquelas escovas de cabelo de casco de tartaruga sem alças. — A voz de Sapphire desceu para um sussurro: — Ele é o homem da minha vida, Amber, sei que é ele.

— Com base no tipo da escova de cabelo?

— Ele é britânico. Adoro a ideia de me casar com alguém britânico. Imagine como deve ser Edimburgo. Tão bonita. Tão velha. Tão histórica.

— Mas um noivado, neném? Casamento? Qual é a pressa? Tão cedo depois de...

— Não mencione aquele animal! — sibilou Sapphire.

— Você pode ir visitar Edimburgo, você pode até mesmo mudar para lá, se quiser. Ninguém diz que você tem que se casar primeiro com o cara.

Amber levou o telefone até a cozinha. Havia uma embalagem de comida chinesa na geladeira que ela poderia tentar ressuscitar no micro-ondas.

— Realmente espero para o seu bem que ele seja tão bom quanto parece ser — disse a Sapphire, fazendo uma anotação mental para verificar esse cara corretamente. Na próxima vez que o encontrasse, só beberia café, não seria permitida a presença de colegas de quarto mauricinhos, e ela iria fazer uma entrevista detalhada.

Quando Amber se agachou para abrir a porta da geladeira, algo correu para se esconder ali mesmo na frente de seus olhos.

Ela gritou e deixou cair o celular. O animal afundou um pouco mais.

Ela se levantou rapidamente e ali, correndo pela bancada, estava um pequeno rato marrom. Meu Deus! Definitivamente um rato. Pequeno, sim. Mas com uma longa cauda grossa — muito maior do que um rato.

— Amber? O que foi? — gritou Sapphire do outro lado da linha.

Amber pegou novamente o celular.

— Sapphire, temos um rato. Um rato malvado. Mesmo. Verdade verdadeira.

Sapphire deu um soluço estrangulado.

— Você precisa sair do apartamento. Não pode ficar aí sozinha com um rato! Quando é que Em volta?

— Logo. Olha, tenho certeza que posso lidar com a situação. É apenas uma noite. Ok? Vou chamar um exterminador de ratos amanhã de manhã. Primeira coisa.

— Mas você tem que ir para o trabalho.

— Vou pedir demissão. É um emprego terrível, odeio cada momento dele. Estou vendendo produtos financeiros totalmente inadequados para pessoas sem noção. É revoltante.

— Mas, Amb... se você estiver desempregada, como vamos pagar o aluguel? Não é melhor ter um mau emprego do que nenhum emprego?

Amber soltou um suspiro.

— Não sei — admitiu ela, sentindo-se à beira das lágrimas. — Mas sei que não posso sair e fazer isso todos os dias e depois voltar para uma casa com ratos. As coisas podem ficar pior?

— Sim — respondeu Sapphire. — Não se esqueça de que mamãe está vindo para a cidade.

Em chegou em casa uma hora mais tarde, com uma garrafa de mai tais pré-misturados e uma sacola cheia de comida.

Mesmo sendo tarde, ela insistiu em servir grandes porções da deliciosa caçarola de frango e encheu dois copos generosos com o coquetel.

— O que tem nisso? — perguntou Amber depois de um gole.

— Rum, mais rum e um monte de outros ingredientes que fazem as pessoas felizes. Beba!

— Temos ratos — disse Amber assim que sentaram no sofá, uma de frente para o outra, pratos de comida no colo, cobertor sobre as pernas.

— Quem quer saber? Estamos prestes a ser despejadas.

— Hã?

O que Em havia feito agora?

— Tenho carregado isto na minha bolsa — disse Em e jogou um envelope amassado na direção dela. — Não queria mostrar até que você tivesse conseguido um novo emprego. Achei que você poderia pirar completamente... é uma ordem de despejo. Nosso senhorio sabe que ainda estou aqui, Amber, mesmo quando você disse a ele que era apenas temporário.

— Você tem que estar brincando — exclamou Amber. — O que diz a carta?

— Que você está sublocando, em violação do contrato, blá-blá-blá, e que todas temos que sair até 24 de dezembro.

— Véspera de Natal?! Bem, isso é um toque agradável.

Por vários minutos Amber mastigou, pensou, depois tomou uma golada de mai tai.

— Não vamos poder continuar em Manhattan, você entende, não é? — disse a Em. — Não podemos compartilhar outro apartamento de dois dormitórios do tamanho de uma caixa de fósforos e não há nada com três camas deste lado da ponte Brooklyn que possamos pagar.

Em encolheu os ombros, mastigou mais alguns bocados e respondeu:

— Estive pensando e pensando. Tenho pensado tanto que minha cabeça dói.

— Sim... Sobre o quê?

— Para começar, sobre o quão terrível suas roupas são, srta. Amber Jewel. Quer dizer, pelo amor de Deus, se você não está vestindo jeans e uma camisa xadrez, está andando por aí em um terninho com calças frouxas, parecendo ser a recepcionista no escritório municipal de Parker County. Na verdade, as meninas que atendem ao telefone lá são muuuuito mais glamourosas do que você neste momento. Quero dizer, sem maquiagem, sem manicure... — Em apontou o garfo na direção da cabeça de Amber. — E quando foi a última vez que cortou o cabelo? Nem parece que nasceu e cresceu no Texas.

— Sim, bem, estive ocupada... e... meio deprimida — disse Amber defensivamente.

— Sim, bem... você precisa de uma ajeitada e vou começar a fazer isso amanhã. Fui explorar as lojas, tenho algumas coisas novas. Mas não vou falar mais sobre isso agora. O que quero saber é: quanto dinheiro você acha que uma garota precisa?

— Para quê? — perguntou Amber.

— Para viver dele para o resto de sua vida. Você deve saber, quero dizer, você trabalhou com todos aqueles clientes ricos que tinham tanto dinheiro no banco que nunca precisariam trabalhar. Quanto é necessário?

— Em, pensei que você tinha desistido de seu sonho de um papel de protagonista — disse Amber gentilmente —, assim você não precisa se preocupar em não trabalhar novamente. Isso não vai acontecer.

— Eu sei, mas o quanto é necessário?

— Bem... isso depende. Quanto dinheiro você gostaria de ter todos os anos?

— Digamos... setenta mil dólares por ano.

Amber engasgou com a bebida.

— Isso é um monte.

— Sim, bem, quanto teria que ter no banco para ter setenta mil dólares vindo para mim a cada ano? — insistiu Em.

— Ok... bem... se você quer ter setenta mil dólares por ano só em juros, precisa ter um milhão de dólares no banco rendendo sete por cento ao ano. Dessa forma, você não precisa tocar no seu milhão, você está apenas vivendo do dinheiro que ele gera. Sete por cento ao ano não é exatamente fácil de fazer, mas com um milhão no banco, pode fazer o tipo certo de investimentos. Você teria que ter uma carteira de investimentos dividida entre aplicações seguras, garantidas e um pouco mais arriscadas — acrescentou.

— Está ficando um pouco técnico demais para mim — disse Em —, mas basicamente, se tiver um milhão de dólares no banco, recebo setenta mil dólares por ano sem levantar um dedo.

— Sim.

— Um milhão de dólares no banco... — repetiu Em. Esvaziou seu copo e pegou a garrafa. — Vamos beber mais um, certo?

— Devo voltar amanhã ao meu maravilhoso, recompensador, totalmente inspirador emprego — disse Amber, colocando a mão sobre o copo.

— Vamos — pediu Em —, você disse que era terrível e que ia parar.

— Eu sei, mas... o apartamento...

Em empurrou a mão da irmã para o lado e encheu o copo antes que ela pudesse protestar.

* * *

Na metade de seu terceiro copo de mai tai, Em exclamou:

— Então, se tivermos três milhões de dólares, seríamos capazes de viver com setenta mil dólares por ano sem termos que nos preocupar com ganhar outro dólar na vida!

— Sim — Amber riu —, se você pudesse resolver isso para nós, Em. Obviamente, teríamos que pagar impostos, a menos que esteja planejando mudar para um paraíso fiscal, e isso poderia ser em algum lugar ensolarado, por favor, porque está frio de verdade lá fora e não estou muito feliz com isso.

— Talvez... — Em tomou outro gole de sua bebida, em seguida, seus olhos verdes brilharam na direção de Amber como os de um gato.

— Talvez esteja planejando algo grande, algo realmente grande... talvez esteja planejando uma maneira para que todas nós possamos viver felizes para sempre.

— Mas você não sabe planejar — comentou Amber. Agora se sentia quente e confusa com o álcool. — Eu sou a planejadora. Você é a louca, imprudente e impulsiva.

— Exatamente — disse Em —, você é a planejadora, Amber; Sapphire é a informante e eu sou a irresponsável que vai andar no lado selvagem da vida para conseguir o que quer.

— Sobre o que você está falando? — perguntou Amber com um suspiro. Era tarde e Em estava ficando bêbada.

— Temos tudo arrumado. As três irmãs podem se unir para isso. Estamos todas em posição, e você e Sapphire ainda nem perceberam. — Em estava sorrindo para ela, falando num sussurro, os olhos ainda brilhando na luz baixa. — É um sinal, Amber. O trio perfeito. Acho que isso estava destinado a acontecer. Esse é o nosso plano C.

— Em, você surtou. Do que está falando? — repetiu Amber.

Em inclinou-se para perto dela e, no sussurro mais baixo possível, apenas audível para Amber, disse:

— Nós temos que roubar as joias.

— Hã?

— As joias da duquesa de Windsor. Temos que roubá-las da casa de leilões, vendê-las para um colecionador e todas viveremos felizes para sempre.

Amber desatou a rir.

— Hora de dormir — disse ela com sua melhor voz de irmã mais velha. Levantou-se e ajudou Em a sair do sofá. — Escove os dentes e vá para a cama, menina. Tenho certeza que vai estar muito mais sóbria pela manhã

Capítulo Catorze

— Ele disse que iria levá-la para as Bahamas no aniversário dela.

— Que pena!

— Eu sei, ela esperava que ele a levasse a Cartier.

Na manhã seguinte, quando Amber abriu os olhos, o relógio mostrou que dormira quase uma hora a mais do que devia. Sentou-se, sentiu a testa latejando e lembrou-se dos mai tais com um arrepio.

E foi assim que soube que não ia voltar a trabalhar na central de trambiques de Jed. Existiam outras maneiras de ganhar a vida — deveria haver!

Agora precisava levantar, tomar uma aspirina e descobrir o que fazer com sua vida.

O apartamento estava em silêncio. Sapphire não voltara para casa e Em já havia saído para trabalhar na butique.

Amber saiu de seu quarto e viu uma cadeira colocada na frente de sua porta. O bilhete grudado nela dizia: "Isto é para você, senhorita Amber. Vista e deixe-a mudar sua vida. Em."

E pendurada na parte traseira da cadeira estava uma jaqueta de pele branca como a neve. Um casaco de pele *verdadeira*? Era? Era pele de arminho branco, não era?

Amber não resistiu e passou as mãos sobre a gola macia como neve. A pele definitivamente parecia real. O quanto poderia ter custado essa peça? Amber não tinha ideia. Em tinha comprado? Será que tinha essa quantia no seu cartão de crédito?

Ou Em a tinha *roubado*?

Se Em roubara um casaco de pele verdadeira, valendo possivelmente milhares de dólares, então Em estava procurando encrenca. E iria encontrá-la mais cedo do que imaginava.

Amber pegou a jaqueta e não resistiu a enfiar os braços nas mangas forradas de cetim.

Ó, meu Deus!

A jaqueta vestia perfeitamente. Sentiu a maciez dos pelos em seus pulsos e ergueu o colarinho, ajustando-o ao seu pescoço. Olhando no espelho, viu como estava glamourosa mesmo com o cabelo despenteado e vestindo um pijama.

Pegou seu celular e mandou uma mensagem para Em: Vc ROUBOU ESTA JQTA?

Alguns momentos depois veio a resposta: EMPRSTDA, Ñ ROUBADA! DIVIRTA-SE! Ñ USE COM JEANS!

De volta ao quarto, Amber tentou escolher uma roupa que combinasse com a jaqueta. Fazia muito tempo desde que tivera que escolher o que vestir, porque durante a semana usava suas roupas de trabalho e nos fins de semana usava jeans e ia de bicicleta para o trabalho voluntário de jardinagem.

Então agora, enquanto procurava alguma coisa interessante para usar com uma jaqueta de arminho no guarda-roupa... não havia exatamente várias opções pulando nos cabides.

Viu uma blusa azul-marinho de seda com babados, muito velha. Um presente de sua mãe no último Natal, mas nunca a usara. Talvez combinasse com uma jaqueta de arminho.

Nada mais no guarda-roupa parecia combinar. Deveria ir olhar no armário de Em? Poderia haver uma saia — que não fosse muito apertada ou muito curta. Em teria o tipo certo de botas também. Os pés de Em eram um número menor do que os de Amber, mas a jaqueta não parecia pedir calçados confortáveis.

No armário minúsculo de Em, Amber encontrou uma saia reta azul forte que parecia ser na altura do seu joelho, e um par de botas de amarrar pretas com salto alto. Enquanto estudava as botas, Amber analisou o que estava pensando. O que era realmente diferente hoje? A única coisa diferente — e não era boa — era que ia sair de um emprego e começar a procurar outro novamente. Seria mais fácil encontrar um emprego vestindo uma saia reta e uma jaqueta de pele?

Amber estava saindo do quarto, com a saia e as botas em suas mãos, quando viu folhas impressas no criado-mudo desarrumado de Em.

A página de cima era uma cópia de uma matéria pequena sobre a possibilidade de joias da duquesa serem postas à venda novamente em um "leiloeiro ainda não identificado em Nova York".

Amber folheou as outras páginas. Em andara pesquisando ontem à noite e encontrara outras notícias sobre as joias reais. Uma manchete marcada com caneta vermelha dizia COLECIONADORES GASTAM MILHÕES EM SUA PAIXÃO PELA DUQUESA. Havia uma imagem granulada em preto e branco de um broche que era difícil de identificar.

Amber pousou as páginas, sentindo-se desconfortável, mas lembrou-se de que Em era uma ladra de lojas impulsiva, ocasional. Não era uma ladra de verdade. Não era uma criminosa. Tudo o que dissera sobre roubar as joias na noite passada era brincadeira. E, se Em estava ligeiramente obcecada pela duquesa de Windsor e suas joias, era porque estava passando por um momento difícil.

De volta a seu quarto, Amber vestiu a blusa de seda, a saia reta, prendendo a respiração para subir o zíper, calçou as botas e, finalmente, vestiu a jaqueta.

Olhou no espelho e riu. Era demais. Não parecia nada com ela. Mas seria divertido brincar hoje. Na verdade, a jaqueta ainda pedia mais acessórios, então pegou seus brincos de ouro em forma de pingentes no porta-joias. Brincos que só se lembrava de ter usado uma vez. Em seguida escovou os cabelos, puxando-os para trás em um rabo de cavalo apertado, e passou um brilho cor de amora nos lábios.

Amber deu ao seu reflexo um sorriso sofisticado. Agora, parecia muito mais com uma moradora de Manhattan: Do Upper East Side, para ser exata.

— Oi, sou Amber Jewel — disse ao espelho. — Olá, meu nome é Philippa de Clavel — experimentou, imaginando como esse nome tinha aparecido em sua cabeça. E riu de si mesma.

Pegando o celular, decidiu fazer a ligação mais difícil do dia para acabar com tudo o mais depressa possível.

— Oi, poderia falar com Jed, por favor? — Acariciou a jaqueta para se acalmar enquanto esperava, e sentiu seu coração bater.

— Bom-dia — disse a voz de Jed na linha.

— Oi Jed, é Amber Jewel...

— Ah, por favor, não diga que está telefonando para me dizer que está doente. Sei que fui um pouco duro com você ontem, mas os primeiros dias são os mais difíceis. Você vai chegar lá.

— Não, não estou doente. Peço demissão — disse Amber simplesmente.

— Você pede demissão? Você não pode pedir demissão, passei horas treinando você. — Agora Jed parecia estar zangado.

— Posso. Peço demissão.

— Nós não podemos pagar-lhe pelo tempo que você trabalhou.

— Claro que pode, vou enviar uma cobrança — disse ela com uma voz tão firme que assustou a si própria. Talvez fosse a jaqueta falando.

— Boa sorte na tentativa! — Jed retrucou rispidamente e bateu o telefone.

Bem, ela não esperava que fosse ser uma conversa agradável.

Foi até a cozinha e preparou um pouco de café instantâneo. Depois pegou seu laptop, redigiu uma fatura, mandou por e-mail para o escritório de Jed e incluiu uma linha: "Pagamento em trinta dias ou cobrança judicial."

O tirano. É claro que tinha que pagar a quantia miserável que lhe devia pelo trabalho que havia feito. Iria apenas cobrir o custo da passagem ida e volta de trem até Hoboken.

Amber leu seus e-mails e visitou todos os sites importantes de ofertas de emprego. Havia algumas novas oportunidades, novas empresas a contatar — não parecia tão impossível. Não parecia mesmo. Então, não muito depois das nove da manhã, decidiu sair e ir comer alguma coisa para o café da manhã.

Andando pela rua 17, Amber repentinamente sentiu-se muito consciente de sua roupa nova. Era difícil andar com as botas, a saia encurtava seus passos, e a jaqueta — a jaqueta era tão vistosa que a deixava envergonhada.

E se Em a *tivesse* roubado? E se houvesse fotos da jaqueta nos jornais? Todo mundo que passava parecia estar olhando para a jaqueta com demasiado interesse.

As luzes estavam acesas na loja de Ori e, pela primeira vez desde o roubo, uma pequena coleção de joias estava na vitrine, apesar de os marionetes assaltantes não estarem mais lá.

Amber decidiu entrar.

Dentro, viu que a loja havia sido arrumada e repintada. Novas vitrines foram instaladas e um novo relógio estava na parede.

— Olá, está tudo lindo — disse Amber a Ori. — Até parece que não aconteceu nada.

— Olá, srta. Amber! Continue pensando assim. Vou continuar pensando assim também. Não podemos deixar que aqueles filhos da mãe acabem com a nossa paz de espírito, a nossa serenidade interior. Certo?

Ele deu um sorriso rápido.

— Então já está com novo estoque? — perguntou ela, dando uma olhada pela loja. Havia muito menos joias em exposição do que antes. Encontraram algumas das joias que foram roubadas?

— Nada. Aqueles cretinos levaram até mesmo os marionetes feitos por encomenda! A única coisa que recebi de volta foi o brinco de diamante que sua irmã colocou em minha caixa de correio. Ela é um amor de pessoa. Muitas pessoas não teriam feito isso.

— Não, mas Sapphire é a pessoa mais honesta que conheço — concordou Amber. — Como vai recuperar tudo o que perdeu? — perguntou. — Existe algum tipo de registro de joias perdidas?

— Sim, acho que sim. Mas não sei se as pessoas que irão comprar dos ladrões irão checar isso. Provavelmente vão vender todas as minhas lindas peças por aproximadamente um quarto do que realmente valem. Foi o que o detetive disse. É de partir meu coração. Todos os meus lindos diamantes sul-africanos com procedência certificada. Os cretinos vão vender peças no total de três milhões por quinhentos mil. O cara com a arma, provavelmente, ganhará uns trezentos e cinquenta mil, o mais jovem talvez receba cento e cinquenta mil. Provavelmente estão dando as peças de graça. Alguma gostosona no Bronx está andando agora com um diamante de cem mil dólares e nem sabe disso. Corta meu coração — repetiu ele. — Quer um *bagel* com queijo diet? Há dois dentro deste saco.

— Não, estou bem, obrigada. Então desistiu dos *knishes*? — perguntou com um sorriso.

— Estou seguindo um programa de coração saudável. Seguindo todas as ordens do médico.

— Bom para você.

— Você e sua irmã estão bem? — perguntou Ori. — Você parece bem. Na verdade, você parece ótima. Linda jaqueta.

— Oh... — Amber estava tão desacostumada a receber esse tipo de elogio que por um momento não sabia o que dizer. — Obrigada — conseguiu dizer —, estamos bem. Mas vai demorar um pouco antes que possamos comprar joias novamente.

Ori balançou a cabeça vigorosamente.

— Não. Venham quando a loja estiver totalmente abastecida e lhes darei um desconto inesquecível. Vocês meninas tiveram uma influência. Quem sabe o que ele poderia ter feito se vocês não estivessem aqui? Poderia estar morto, em vez de começar a trabalhar para ter um coração saudável.

Deu um tapinha no peito.

— É muita gentileza sua. Contarei a Sapphire. Você tem seguro? Quero dizer, vai receber todo o seu dinheiro de volta?

— Quase. Há um prejuízo grande: duzentos mil dólares. Mas o seguro vai pagar 1,3 milhão.

— Pensei que tivesse perdido três milhões.

— Varejo. Três milhões no varejo equivalem a 1,5 milhão para mim.

— Entendi.

— E você, como vai? Tem certeza de que está bem?

— Totalmente bem. Sapphire também parece bem.

— Bom, quero que vocês voltem e venham ver as joias novamente.

— Obrigada — respondeu Amber. — Vamos pensar a respeito.

— Você precisa de alguns diamantes bonitos para combinar com essa jaqueta chique. É arminho? — perguntou.

— Oh, não sei... — Ela apalpou o braço, insegura. — Foi um... presente. Da minha mãe.

— Bem, você deve ser uma filha muito especial. Mas já sabia disso.

— Preciso ir agora... cuide-se e contarei sobre sua oferta a Sapphire — acrescentou Amber quando abriu a porta.

Andando com saltos desconhecidos, olhou para baixo para ter certeza de que não iria tropeçar em algum buraco na calçada.

— Calma! Vá com calma... oh... srta. Amber?

A pessoa que quase derrubara estava segurando seu braço. Ela olhou para cima e viu o detetive Jack Desmoine. O rosto dele se iluminou com um sorriso divertido.

— Desculpe — disse ela. — Não estava olhando.

— Não! Está com pressa? Indo a algum lugar legal?

— Só vou tomar um café.

— Bem, deixe-me pagar um café, então.

— Sério?

— Claro. Por que não?

— Não estava indo ver Ori?

— Sim, mas estou um pouco adiantado. E se não bebo pelo menos um café de hora em hora, viro um lobisomem, ou será uma abóbora? Não sei, nunca fiquei tanto tempo sem um café.

Amber não pôde evitar um leve sorriso.

— Vamos lá. Nunca recuse um café gratuito. Que tal aqui? — Ele indicou o Café Dainty Cupcake do outro lado da rua, que era rosa e branco e lindamente decorado, vendendo bolinhos sem glúten ou lactose, com cerca de oitenta e cinco calorias cada.

— Não — ela balançou a cabeça —, você parece mais um cara que gosta de bolinhos feitos em uma padaria simples.

— Ah... — Ele estreitou os olhos. — Está deduzindo coisas a meu respeito, srta. Amber? Esse é o meu trabalho. Sou o detetive, lembre-se. Mas, sim, um bolinho de padaria é uma boa.

Demoraram alguns minutos para caminhar até lá, Amber lutando com os calcanhares e a saia, enquanto Desmoine a mantinha informada sobre as novidades do roubo — não que houvesse alguma.

Confrontado com a quantidade esmagadora de ofertas na padaria, o detetive conseguiu limitar a escolha em três bolinhos para si mesmo, e insistiu para que Amber comesse o de chocolate branco com mirtilo, não o de aveia que ela havia escolhido.

Ele pagou por tudo, apesar da óbvia dor no seu rosto.

— Nossa! Que bairro caro. É quase tão caro quanto o norte da cidade — disse ele, sentando-se em uma cadeira na frente dela na mesinha.

— Você trabalha em toda a Manhattan, detetive Desmoine?

Ele sorriu ao ouvir isso.

— Tudo bem, pode me chamar de Jack. Mas vou continuar chamando você de senhorita Amber. Porque meio que gosto disso. Acho que combina com você.

— Jack.

Ela gostava desse nome. Combinava com ele.

— Sim... em toda a Manhattan — respondeu ele à pergunta. — Depende do crime. Tenho algumas áreas especiais de interesse.

— Portanto, nada sobre os caras que roubaram a joalheria?

— Ainda não. Mas recebemos a bala do hospital, o que é sempre útil, e estamos vigiando joalherias em vários bairros menos chiques.

— Ori, o sr. Kogon, disse que esses caras vão vender o que roubaram por um quarto do seu valor.

— Sim, se tiverem sorte — disse Jack, dando uma mordida grande no bolinho. — Humm. Fantástico. — Depois de várias mastigadas, acrescentou: — A menos que seja um verdadeiro artigo de colecionador, há uma grande perda no valor das joias roubadas. Não que esteja aconselhando entrar nesse ramo de trabalho — brincou. — Você e sua irmã estão bem? Não muito traumatizadas? Não estão pensando em processar a seguradora de Ori buscando uma indenização? Isso acontece nos dias de hoje.

— Meu Deus, não. Não, estamos bem.

— Como seu namorado reagiu? Ele a ajudou?

— O quê? Oh... Não tenho namorado.

— Certo... — Ele fez uma pausa ao receber a informação, e então perguntou: — Algum sinal de um emprego?

— Bem, achei um, mas só durou um dia.

As sobrancelhas de Jack ergueram-se, sobrancelhas grossas como uma taturana que se destacavam contra a sua pele clara. Os olhos sob as sobrancelhas eram inteligentes e não se afastaram do rosto dela. A primeira impressão de Amber era que ele não era a pessoa mais inteligente do planeta, mas agora, olhando para o rosto dele com mais cuidado, sabia que estivera errada. Desconfiava que a mente por trás daqueles olhos raramente estava em repouso.

— Como assim? — perguntou ele, dando outra grande mordida.

— Como assim o quê?

Tinha esquecido sobre o que falavam.

— Seu emprego durou apenas um dia — disse ele, sorrindo para ela.

— Oh, era um péssimo emprego, vendendo ações baratas para pessoas que acham que entendem de investimentos. Ganhando dinheiro para os patrões e explorando os clientes.

— Ah. — Jack deu de ombros. — Não é isso o capitalismo?

— Não é o que quero fazer.

— O que você quer fazer?

Foi a vez de Amber encolher os ombros.

— Voltar para a gestão de ativos, acho.

— O que é isso? Tomar conta do dinheiro de outras pessoas? O tipo de pessoas que têm tanto dinheiro que nem sequer sabem o que fazer com ele? Parece um problema bom de se ter.

— Acho que sim. A vida parece ser muito mais fácil quando você tem muito dinheiro.

Jack concordou com a cabeça e enfiou os restos do bolinho número um em sua boca.

— Não. A taxa de suicídio é inacreditável. Depois as disputas, até mesmo os assassinatos por causa da herança. Os ricos têm tantos problemas quanto nós. Talvez até mais.

— Bem, olhando do ângulo em que estou não parece ser assim.

— Você perdeu o seu emprego. É um momento difícil. Mas você parece ser uma garota inteligente, determinada — continuou Jack. — Será que foi demitida porque gastou tempo demais pensando por si própria em vez de pensar para eles?

— Ah! Algo parecido.

Amber olhou para seu bolinho de mirtilo e quebrou um cantinho. Ela começou a mastigar pensativamente.

— O que é essa jaqueta que você está vestindo? Vai a algum lugar chique? Não tenho certeza se você combina com essa jaqueta. Você parece ser do tipo que prefere jeans, camisa xadrez e chapéu de vaqueiro.

— A última vez que usei um chapéu desses não me dei muito bem — respondeu ela, sorrindo.

— Aposto que fica bem com um daqueles chapéus. Qual a história da jaqueta? Está experimentando o visual de princesa da Park Avenue?

Ele esticou o braço e tocou sua manga. Ela deu um pequeno salto.

— Não. Em me desafiou a usá-la por um dia. Disse que iria mudar minha vida.

Agora foi a vez de Jack rir.

— Está funcionando?

Amber riu de volta. Lindas covinhas apareciam ao lado do sorriso dele e havia outra covinha no queixo. Não tinha notado isso antes. Deveria ser um inferno para barbear o queixo. Percebeu surpresa que, embora não tivesse certeza se gostava do detetive me-chame-Jack-Desmoine, estava definitivamente atraída por ele.

Uma paixonite meio inesperada. Era um pouco excitante, há muito tempo não tinha uma quedinha por alguém. Será que o policial tinha uma queda por ela? Estava doida para descobrir. Sapphire achava que ele gostava dela — será mesmo? *No duro?*

— Se essa jaqueta mudou a minha vida? Não sei — respondeu ela com um sorriso —, são apenas 10h40.

— Fica bem em você — disse Jack —, mas acho que você precisa se descobrir um pouco. Acho que é o que se faz quando se tem vinte e quatro anos.

— Como você sabe...?

—Tenho a sua data de nascimento no arquivo, lembra?

— Entendi. — Amber sentiu-se um pouco analisada demais. Recostou-se na cadeira.

— Então você cresceu em uma fazenda? — perguntou ele. — Isso é incomum, não encontro muitas testemunhas que cresceram em uma fazenda.

— Deve ser difícil mesmo em Manhattan.

— É uma dessas fazendas que estão na família há gerações? Algum jovem vaqueiro fez sua reivindicação por volta de 1800 e a família Jewel está lá desde então?

Amber balançou a cabeça.

— Não. É melhor do que isso. Meu pai ganhou a fazenda em um jogo de cartas.

Jack revirou os olhos e riu.

— Essa é boa. Isso é que é o Velho Oeste. Quando e como isso aconteceu?

Amber olhou Jack nos olhos. A história era bem conhecida entre amigos e família, mas era algo que jamais contara a um estranho.

—Vá em frente — disse ele, brincando e baixando a voz. — Não vou contar a ninguém.

Seus olhos eram amigáveis, inspiravam confiança.

— Bem... eu tinha dois anos, Sapphire estava a caminho e meu pai era apenas um ajudante de vaqueiro em outra fazenda, muito hábil com o gado, eficiente sobre um cavalo, mas sem terras próprias — começou ela. — Seu chefe era um jogador que adorava beber. Uma noite, enquanto meu pai permaneceu bem sóbrio, as apostas cresceram mais e mais até a fazenda inteira estar sobre a mesa. E meu pai ganhou.

Jack deu um assobio baixo.

— Pôquer? — perguntou ele.

— Sim, na versão Texas Hold'em.

Jack sorriu para Amber, bebeu todo o café da sua xícara e disse:

— Essa é a melhor história que vou ouvir hoje. Ganhar uma fazenda em um jogo de cartas. Hum.

Ele olhou para o relógio.

— Tenho que ir embora — disse ele. — Ori está esperando pelo relatório sobre o andamento do processo.

Amber ficou triste porque ele não poderia ficar, mas determinada a não demonstrar seu desapontamento, apontou para o terceiro bolinho intocado no prato dele e disse:

— Eles vão embrulhar isso para você.

— Certo. Posso oferecer a Ori como uma oferta de paz, uma vez que não tenho muito para lhe dizer. — Pegou o prato e por um momento parecia sem saber o que dizer.

— Obrigada pelo meu — disse Amber, apontando para o seu bolinho meio comido.

— Sempre que quiser. Então, srta. Amber... posso telefonar para você?

Capítulo Quinze

— *Acho que sei exatamente com que tipo de pessoas estamos lidando, Lauren.*

— *Ah, sim. O tipo que precisa comprar móveis. Nem um centavo de dinheiro velho.*

—Italian Spode azul! — Sapphire segurou o delicado prato na mão e observou a cena pintada. — Eles têm Spode. É nesta porcelana que quero comer durante o resto da minha vida. Ainda não posso acreditar que fui obrigada a devolver tudo.

As irmãs estavam na loja de departamentos Barneys, na Madison Avenue. Ficava aberta até mais tarde e elas deveriam estar fazendo as compras de Natal, mas ninguém havia comprado um presente até o momento.

Foi ideia de Em. Ela e Amber pegaram Sapphire no trabalho e caminharam juntas do Upper East Side até a loja, maravilhando-se com todas as lindas vitrines no caminho.

Olharam os colares de diamante *vintage* nas lojas de joias antigas. Sapphire parara para admirar pinturas a óleo nas galerias de arte. E assim que chegaram à Quinta Avenida, cada vitrine era mais tentadora do que a anterior. Olharam as lojas de joias, de bolsas Louis Vuitton e de roupas de grife custando milhares de dólares. Agora Em as estava levando através da luxuosa área de artigos para o lar da Barneys.

— Quais eram os seus copos de cristal? — perguntou Em, caminhando em direção à parede de cristais.

— Oh! — Sapphire correu na direção delas. — Lá estão eles! — exclamou ela com um suspiro de perda.

— Estes são tão, tão bonitos — disse Em, levantando uma das delicadas taças de vinho de cristal.

Sapphire tirou a taça da sua mão e olhou para ela melancolicamente.

— Deveria estar em minha casa maravilhosa, servindo vinho branco gelado para os convidados para jantar... Planejava estar grávida agora.

— Arre, chega Sapphire — reclamou Amber. — Você estaria casada com um cafajeste que ainda não teria chegado na sua casa bonita por causa de uma pequena "reunião de negócios", em um quarto de motel no caminho para casa, depois de sair do trabalho.

— Ai! — disse Em, dando um cutucão nas costelas de Amber. — Você não precisa de um marido para ter uma vida bonita, cheia de coisas bonitas, Sapph, você só precisa de dinheiro. Montes e montes de dinheiro. Vamos comer alguma coisa aqui. Eu pago.

— Você paga? — perguntou Amber — Você abandonou a peça e não tem condições de se dar ao luxo de bancar um jantar aqui.

— Tenho dois empregos e um cartão de crédito. Não preciso da peça. E não se esqueça de que você pagou a maioria dos coquetéis na outra noite. Agora é minha vez.

Em escolheu um vinho espumante para acompanhar a refeição e, depois de fazer Sapphire e Amber beberem uma segunda taça, começou novamente a falar sobre dinheiro.

— Então você, Sapphire, gostaria de ter uma casa bonita, cheia de coisas bonitas. Se fosse rica poderia comprar as taças de cristal, a porcelana Spode, sem falar que poderia desembrulhar todos os talheres que vem acumulando desde que tinha oito anos e começar a usá-los.

Imagine! Se fosse rica, poderia começar a viver do jeito que queria viver sem ter que esperar pelo Senhor Homem Perfeito.

Em virou-se para Amber.

— Imagine ser suficientemente rica para resolver todos os nossos problemas... até mesmo os da nossa mãe. Imagine, Amber. Poderia fazer qualquer coisa que quisesse fazer. Poderia ser exatamente o tipo de pessoa que deseja ser, sem precisar ler um único livro de autoajuda, bastava colocar suas mãos no dinheiro. É só dinheiro... mas ele pode nos libertar.

Havia uma intensidade no olhar de Em que estava deixando Amber inquieta.

Sapphire deu uma risadinha.

— Especialistas em joias antigas não ganham muito. E nunca irão ganhar muito.

— Mas eles poderiam... — sugeriu Em.

— Ah, caramba Em, você não vai começar novamente com aquela ideia maluca do plano C, não é? — perguntou Amber.

— O que você quer dizer? — perguntou Sapphire, erguendo os olhos.

— Sapphire, você sabe quais são as joias mais importantes e as mais desejadas — começou Em —, sabe os nomes de *todos* os colecionadores importantes. Além disso, você está ali, trabalha com os leiloeiros — prosseguiu ela, com a voz baixa, mas perfeitamente clara. — Você é uma *privilegiada*.

Sapphire olhou Em com uma expressão vazia.

— O que diabos você está falando? — perguntou.

— Você nunca se sentiu tentada a pegar uma coisinha da Wilson, Sapphire?

Amber revirou os olhos. Em era maluca. Em sempre fora muito estranha e meio incomum, mas agora estava *louca*.

Quando Sapphire finalmente entendeu o que Em estava tentando dizer, seu rosto foi inundado pelo espanto.

— Roubar?! — sibilou ela. — Quer que *roube* coisas do meu trabalho para você vender?

Em começou a protestar:

— Bem, não exatamente... de fato... nem mesmo você...

— Mas então o que está *exatamente* querendo dizer? — Sapphire exigiu uma resposta.

— Estive pensando sobre isso. Estive pensando muito sobre isso — começou Em, enchendo novamente o copo de Sapphire. Sua irmã só olhou para o vinho. — Sou uma ladra — continuou Em. — Roubo coisas o tempo todo. Furto. Sou boa nisso. Nunca fui pega. Amber é a garota do dinheiro. Sabe tudo sobre "Transações Financeiras Internacionais", também conhecido como "movimentar grandes somas de dinheiro". Você é a informante, Sapphire. Só precisa me dizer onde devo estar e quando. Isto é tudo. Isso é tudo!

A emoção brilhava no rosto de Em quando ela acrescentou:

— Nós podemos fazer isso, Sapphire, e você pode ter tudo que sempre quis. Nunca mais terá que trabalhar novamente. Vamos resolver os problemas da nossa mãe com a hipoteca... e todas nós vamos viver felizes para sempre.

Então, tentando não parecer demasiado cínica, acrescentou:

— Sem precisar encontrar um príncipe.

Sapphire olhou para Em e, em seguida, para Amber.

— Em? — Amber decidiu que era hora de deixar as coisas claras. —Você está drogada?

Em riu. Jogou a cabeça para trás e deu uma gargalhada cristalina, levemente assustadora, que Amber achou tão aterrorizante como o pensamento de que sua irmã poderia ter alterado quimicamente sua mente.

— Não — disse Em, parando de rir abruptamente, seus olhos alternando entre as duas irmãs —, estou a mil por hora.

O queixo de Sapphire caiu um pouco.

Mas, se Em pensou que ela ia cair na conversa dela, pensou errado.

Sapphire apertou os lábios e respirou fundo.

— Nunca! — exclamou. — Nunca, nunca estive envolvida em um roubo. Não conte comigo. Esqueça isso. O que você está pensando, Em? Quero dizer, testemunhamos um assalto, eu e Amber. Alguém apontou uma arma para a minha cabeça, atirou contra o proprietário e detonaram o lugar inteiro. Isso é o que roubar é, Em. Agora a polícia está atrás deles.

— Não estou falando de um roubo ou armas! — protestou Em. — Só furtos. Vários furtos de alto nível.

Sapphire balançou a cabeça.

— O que nossa mãe acharia disso? — perguntou ela. — Ou o papai? Que Deus guarde sua alma. Ou Fergus? — Com as narinas dilatadas, acrescentou: — Ou a princesa Grace? Roubar é algo que a princesa Grace jamais faria ou poderia fazer.

Capítulo Dezesseis

— Se a sua mãe pudesse ser mais como a minha mãe, Lauren.

— Como? Morta?

— Exatamente.

— Olá meu senhor, sou a sra. Howard Jewel, de Bluff Dale Valley, Parker County, Texas, e precisamos de outra jarra de margaritas.

Amber olhou para Em e revirou os olhos. A mãe delas estava em Nova York e ainda se apresentava como sra. Howard Jewel de Bluff Dale, Parker County.

No entanto, no Astoria, com seu andar para a Liga Junior, os funcionários estavam habituados a esse tipo de comportamento de dama sulista.

A primeira jarra já estava vazia, tornando o reencontro entre mãe e filhas muito menos doloroso do que poderia ter sido. Embora Amber não tivesse bebido o quanto gostaria para enfrentar a inevitável discussão sobre sua carreira que se seguiria.

A sra. Howard Jewel — "Mamãe" para suas filhas, Ruby para os que foram à escola com ela ou já a conheciam havia mais de vinte anos — estava sentada em uma poltrona superestofada do hotel, como se estivesse em um trono.

Ela também era superestofada. Uma vida inteira comendo à moda sulista acaba transformando todos, exceto os severamente disciplinados, mas a mãe delas usava um cafetã de seda vermelho com altivez, acompanhado por um impressionante conjunto de joias de ouro.

— Então o que estava dizendo? Ah, sim... mesmo a sra. David Wetherstone, dos Wetherstone de Creek Estate, não foi capaz de salvar sua bela casa do estrago do comercialismo. Vai abrir as suas portas para hóspedes pagantes, de maio a setembro. Aparentemente o telhado precisa ser substituído, e isso vai custar centenas de milhares de dólares que os Wetherstone simplesmente não têm. Mas ninguém pensa sequer em vender a casa, ela me disse. Os Wetherstone vivem lá há cinco gerações.

— Será que ela vai vestir-se como Scarlett O'Hara e oferecer ao turista a autêntica experiência de *E o Vento Levou*? — perguntou Em com um sorriso malicioso.

— Scarlett não, mas fala-se em receber os visitantes em um vestido de baile e oferecer um chá da tarde tradicional à moda do sul — respondeu mamãe. — Então, sabe com quem esbarrei no clube na semana passada? — perguntou enquanto o garçom se aproximou, removeu o copo usado e serviu uma grande dose de margarita em um copo limpo.

— Obrigada, é muita gentileza sua, meu senhor. Bem, foi com a Suzy. Vocês conhecem minha velha amiga, Suzy Tellman. Ela me disse que Minty Clayton, você sabe, do Paradise Golf Claytons Club, vai se casar...

Ela interrompeu a frase e bateu de leve no braço de Sapphire com simpatia. As três irmãs entenderam imediatamente.

— Forde Houghton.

— Minty? — Amber engasgou.

— Ela só tem dezoito anos! — disse Em com voz esganiçada.

— Forde vai se casar? — perguntou Sapphire, parecendo um pouco confusa. — Na minha opinião, ele poderia ter tentado me contar. Pessoalmente.

— Aparentemente Minty tem vinte anos. Então, ele tem apenas oito anos a mais. Mas era de se imaginar que depois do que aconteceu com Sapphire algumas famílias poderiam querer ser um pouco mais cuidadosas com suas preciosas filhas caçulas. — Mamãe fungou. — Quer dizer, há brega... e há *brega, brega.*

Lá estava ele, o insulto final: brega, brega.

Mamãe ainda não havia ajustado suas contas com Forde Houghton. Ele humilhara sua filha, e portanto a ela, da forma mais pública possível. Nunca, jamais iria perdoá-lo. E certamente nunca deixaria a sociedade de Parker County pensar que o tinha perdoado.

— Bem, boa sorte Minty — disse Em, erguendo seu copo. — Espero que tenha feito algo para merecer toda a merda que está vindo a caminho.

Mamãe a fuzilou com os olhos. Não precisava fazer o discurso sobre palavrões, elas já o tinham ouvido diversas vezes antes.

— Desculpe, mas aqui é Nova York — disse Em rapidamente.

— Quando for para casa, não poderá usar esse tipo de linguagem — exclamou Mamãe — ou as pessoas irão comentar.

— Isso é tudo que quero da vida, mãe — respondeu Em, no mais profundo sotaque texano —, ser comentada.

— Oh, não se preocupe com isso! Todas as três já estão sendo profundamente, profundamente comentadas.

— Fergus! — disse Sapphire, pulando no seu assento com a emoção em ver seu namorado novo entrando pela porta do bar. — Mãe, Em... este é Fergus.

Depois de Fergus ter dado um beijo suave nos lábios de Sapphire, apertou as mãos de suas irmãs e, em seguida, as mãos de sua mãe com muita elegância.

— É um prazer conhecê-la, sra. Jewel. Sapphire me disse muitas coisas sobre a senhora.

Um copo foi trazido, cheio até a borda e rapidamente reabastecido enquanto ele contava a todos sobre si mesmo e sua viagem de

Edimburgo, na Escócia, até Nova York, através de empregos em Londres e Hong Kong.

— Sou louco pela Sapphire — ele estava dizendo à mãe delas —, ela é a garota mais doce que já conheci.

— Você acha que ele é de verdade? — sussurrou Em para Amber.

— Se é, então é perfeito para Sapphire — comentou Amber. Não tenho certeza de que ele pode manter o ritmo da mamãe quando se trata de coquetéis.

— Quem pode?

As irmãs observaram o quão feliz Sapphire estava na presença de Fergus.

— Ele parece realmente, realmente gentil — sussurrou Amber para Em.

— Ela merece alguém maravilhoso depois do que passou.

— Ei, não merecemos todas? — Amber, brincou, e em seguida acrescentou: — Se esse cara fizer algo que a magoe, vou matá-lo. *Deveríamos* ter matado Forde.

— Certas pessoas — comentou Em com um olhar sombrio — decidiram cancelar o plano de vingança no último momento.

— Ainda acho que uma pichação e fazer alguém caminhar pela rua principal da cidade nu é um pouco século passado. Talvez até um pouco mais de um século.

Fergus e Mamãe estavam absorvidos em uma conversa sobre uma família de Parker County que viveu na Grã-Bretanha. Ele escutou a história até o fim, mas finalmente teve que admitir que não, não os conhecia.

— Aposto que sua mãe quer você de volta na Inglaterra — disse-lhe mamãe.

— Escócia — corrigiu ele suavemente —, minha família mora em Edimburgo.

— Quero todas as minhas bebês de volta no Texas — acrescentou mamãe, virando um rosto perturbado para as suas meninas.

— Oh, oh — advertiu Amber —, aqui vamos nós.

— Poderia arrumar tudo do jeito que elas querem. Amber poderia trabalhar no Bank of America em Fort Worth...

— Acho que não — retrucou Amber. — Não se esqueça que tentei encontrar um emprego no Texas por muito tempo.

— Em sabe perfeitamente bem que poderia estrelar em cada peça que quisesse no auditório de Fort Worth.

— Ó Senhor! — exclamou Em.

— Além disso, você seria a capa da revista *Parker County* pelo menos uma vez por trimestre. Tenho certeza disso. Conheço a Verity Lane.

— Oh, por favor, mãe! — sibilou Em.

— E Sapphire... bem para a minha linda Sapphire — continuou ela, batendo na mão de Sapphire com carinho. — Tenho um bom número de jovens encantadores, nascidos em famílias boas e respeitáveis com pedigrees, mas a minha Sapphire parece estar cuidando disso sozinha. — Ela sorriu para Fergus em aprovação.

— Simplesmente maravilhoso — respondeu Fergus, tentando beber o seu segundo, ou já era o terceiro copo de margarita —, que mãe simplesmente maravilhosa você tem, Sapphire.

— Você está bem? — perguntou Sapphire preocupada.

— Por quê? Não pareço bem?

— Não. Você está pálido — disse Sapphire.

— Estou com uma dor de cabeça latejante. E não tenho certeza de que o que está nesse copo vai cair bem.

— Para um britânico, você não é muito de beber — acrescentou Em.

— Querida, talvez seja hora de ele tomar um táxi para casa — sugeriu Amber a Sapphire, perguntando-se se Fergus não havia tomado uns golinhos antes de sair de casa para criar coragem.

— Fergus, quer que o leve para casa? — perguntou Sapphire.

— Não! — Fergus se levantou, mas parecia um pouco instável. — Sou eu quem deve levar *você* para casa, minha linda menina.

— Vamos, vamos pegar um táxi — ela o convenceu e, depois de dar um beijo de boa-noite na mamãe, começou a levar Fergus para fora do bar do hotel.

— Não passe pela soleira da porta — gritou mamãe atrás dela com uma voz quase tão arrastada como a de Fergus. — Não entre no apartamento dele e não caia na conversa dele se a convidar para tomar uma xícara de café. É o truque mais velho do mundo.

— Mãe! — Amber a repreendeu. — Estamos no bar do Astoria. As pessoas vão falar sobre você.

— Não quero que falem a meu respeito — acrescentou mamãe muito mais calma —, mas acho que ainda falam. Mesmo tendo a fazenda há mais de vinte anos, em alguns lugares ainda comentam sobre o que o seu pai fez.

— O que você quer dizer? — perguntou Amber.

— Bem, vocês sabem tudo sobre o jogo de cartas...

— Claro — disse Em.

Nas raras ocasiões em que Howard Jewel contara a história para suas filhas, ele explicou que havia ganhado a fazenda de seiscentos hectares com o seu amigo Art Rigby, porque fora o único homem que não bebeu, por isso sua mente era afiada. Ele raramente bebia, e era bom em matemática, sabia contar as cartas.

Algumas semanas depois do jogo, Art decidiu que ser proprietário de uma fazenda não era a sua praia e passou a sua parte para Howard. O Bluff Valley Ranch foi administrado por Howard, até o dia de sua morte repentina há dezoito meses.

— O que aconteceu com o proprietário? O homem que perdeu a fazenda para você? — Amber lembrava-se de ter perguntado a seu pai.

— Bebeu até morrer — fora a resposta curta.

— As pessoas estão comentando sobre a hipoteca? — Amber perguntou a sua mãe. — Você sabe que não serei capaz de lhe dar dinheiro para este ano. Vou ao banco com você e vamos ampliar o prazo da hipoteca. Acho que isso não vai ser um problema.

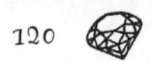

— Conheço Wesley Crane do banco desde que ele usava fraldas, — disse mamãe, como se isso resolvesse as coisas. — Vocês todas vão passar o Natal em casa, não vão? Reservei as passagens há semanas para vocês.

— Bem, acho que sim, mas temos de encontrar um apartamento novo em primeiro lugar — disse Amber sem muita confiança.

— Então, o que estava sendo comentado? Sobre o papai? — perguntou Em tentando distrair a mãe do interrogatório sobre o Natal.

— Fui ao funeral de Art, na semana passada — começou mamãe. — Não via os Rigby há anos, mas ouvi que Art havia falecido e eles estiveram no funeral do seu pai, de modo que tudo parecia certo, e depois fomos para a casa, comer uma linda galinha cozida com vagem...

— O prato número um nos funerais do sul — comentou Amber.

Mamãe ergueu as sobrancelhas e continuou.

— Estávamos conversando sobre os velhos tempos quando... quando... bem, tudo veio à tona.

Em e Amber ficaram surpresas quando sua mãe, de repente, soluçou.

— O que aconteceu? — disse Amber, colocando de leve uma mão no braço da mãe.

— Ah, começaram a falar sobre o jogo, e como Howard e Art ganharam a fazenda. Mas depois Art decidiu dar tudo para Howard. Ainda falam disso depois de todos esses anos, que Howard havia trapaceado e Art deu a fazenda porque não queria ser parte da trapaça.

Amber bateu o copo de bebida em cima da mesa.

— Quem disse isso? — disse furiosa. — Quando o papai nem está aqui para se defender!

— Oh, não sei quem começou, mas alguém começou com o boato e depois todo mundo queria falar sobre isso. "É verdade?", eles perguntaram. "Estão todos mortos agora... a fazenda é sua, você pode nos dizer. É verdade que Howard trapaceou?"

— E você disse que *não*! — exclamou Amber. Ela nunca tinha ouvido nada a respeito antes. Nunca soube que havia algum tipo de rumor sobre seu pai. Foi há muito tempo. O pai dela administrara a fazenda com muito sucesso durante vinte e dois anos quando seu bom e velho coração de repente parou de bater.

— Claro que disse a eles: não, não era verdade — disse mamãe, sua voz um sussurro agitado agora. Estava no bar do Waldorf Astoria. Esse não era um lugar para fazer uma cena.

Então, sentou-se, estendeu a mão para o copo e tomou um gole.

— Mas preciso compartilhar isso com vocês. — disse ela, ainda sussurrando. — Não posso carregar tudo sozinha. Sabem... Howard trapaceou. Ele só falou nisso uma vez. Mas é verdade. Ele trapaceou para ganhar a fazenda.

Capítulo Dezessete

— Oh, ele era o pai absolutamente perfeito.

— Costumava vir para a cidade duas vezes por ano, no Natal e no aniversário dela, para levá-la para fazer compras na Tiffany.

Duas horas depois, Amber ainda estava chorando, escondida em seu quarto com o laptop no colo, lendo e relendo o blog de seu pai sobre a fazenda. Ler seus pensamentos, suas observações sobre o gado ao longo das estações, foi o mais próximo que jamais chegara de ter uma conversa com ele.

Seu pai era uma montanha de homem, com um metro e noventa, muito bronzeado, e com ombros tão largos que era impossível contornar suas costas passando os braços ao redor dele. Seus sérios olhos azuis estavam sempre vasculhando o horizonte, a maneira do pecuarista, constantemente à procura de alguma coisa.

Mas ele roubara. Ele trapaceara para conseguir a fazenda!

Não importava o que a sua mãe dissera para tentar justificar o crime: o dono anterior não era boa pessoa. Sempre caindo de bêbado e a fazenda caindo com ele. Seu pai teve a astúcia para vencer, mas somente ao manobrar as cartas na direção certa.

— Nunca mais trapaceou em sua vida. Nunca jogou outro jogo de cartas. Ele era um homem íntegro, Amber, queridinha. Fez a coisa errada, mas pelo motivo certo.

Amber, deitada na cama, desempregada em Nova York, sentiu-se tão vazia e inconsolável como no dia em que Em telefonara para o escritório para dar a notícia de que seu pai havia sido encontrado no pasto, morto.

Lembrava-se de olhar para fora de sua janela do escritório, imaginando por que Em faria uma piada tão horrível. Passaram-se longos, longos minutos para que ela aceitasse a verdade.

Depois disso Amber passou pelos piores dias de sua vida, e só esperava nunca mais ter que passar por uma morte tão chocante ou devastadora.

Agora, apesar de já ter passado da meia-noite, alguém bateu na porta de seu quarto. Ela não respondeu.

— Vamos lá — suplicou Em —, trouxe uma xícara de café.

— Descafeinado?

— Sim, lógico, porque até parece que você vai dormir como um bebê esta noite.

E Em entrou no quarto.

— Onde está Sapphire? — perguntou Amber com a voz embargada e cheia de lágrimas.

— Ela ligou. Vai passar a noite lá. Acha que o homem da vida dela está doente e vai ficar cuidando dele.

— Você não contou a ela, não é?

— Não. Mas ela tem que saber. Não podemos esconder isso dela. Agora é parte da história da família.

Ao ouvir isso, Amber sentiu outro soluço formar em sua garganta. Em sentou na beira da cama e entregou-lhe uma xícara de café com leite. Amber teve de perguntar:

— Como é que você nem parece estar chateada?

Em apenas sorriu.

— Porque não estou chateada — admitiu ela. — Estou aliviada. Sinto que um peso enorme foi tirado dos meus ombros.

— O quê?

— Sempre foi óbvio que você e Sapphire herdaram características de papai. Você é muito inteligente e muito boa em matemática, assim como ele. Sapphire é um doce de pessoa, uma texana à moda antiga, como ele. Eu... sempre me perguntei o que tinha herdado de papai. Às vezes, até questionava se éramos parentes... ou se, talvez, nossa mãe teria pulado a cerca...

— Em!

— Mas é verdade, nem sequer sou parecida com vocês, sou mais baixa, com mais curvas e nós somos bem... diferentes.

— Em — disse Amber, mas com muito mais simpatia agora —, por favor, não pense assim. É claro que somos irmãs.

— Mas agora... agora sei que, nessa altura em que estou me preparando para andar no lado delinquente da vida para conseguir o que quero, sei que sou como meu pai.

Amber poderia ter protestado, poderia ter desejado expressar novamente sua raiva, de que seu pai havia trapaceado, que baseara todo o seu sucesso, toda a sua *vida* em uma mentira. Mas, quando olhou para Em, viu lágrimas de felicidade brilhando nos olhos dela e não pôde suportar discutir com ela.

— Sinto que essa é a coisa mais importante que já descobri sobre papai — disse Em — ou sobre mim mesma. Ele roubou, Amber, um grande roubo. Ele trapaceou uma vez e ganhou toda a fazenda. Ele sempre costumava dizer: "Pense grande!"

Amber assentiu.

— Mas...

— Agora entendo o que ele queria dizer — disse Em e estava novamente com aquele olhar animado e imprudente — quando roubei essa jaqueta...

— Você disse que pegou emprestado!

— Emprestei do universo — disse Em encolhendo os ombros, como se isso explicasse tudo. — Sabe por que roubo coisas? Porque é emocionante, porque fico excitada. Mas até ter roubado essa jaqueta, só roubara coisas pequenas e sem importância, coisas que não iriam causar muitos problemas se fosse apanhada. Peguei a jaqueta para me testar, para ver se poderia roubar algo grande.

— Em, estou ficando assustada com você. Você não está raciocinando direito.

— Não tenha medo por mim. Descobri o que amo fazer! Sabe como roubei essa jaqueta? Foi num impulso... foi uma explosão! Entrei na loja e representei meu papel. Já vi o suficiente dessas senhoras desocupadas entrarem e agirem como se fossem as donas do lugar, então me transformei em uma delas. Entrei, olhei em volta, experimentei um monte de coisas. Dei uma canseira tremenda nas duas vendedoras. Acabei com elas: "poderia trazer aquele", "vou experimentar um tamanho maior", "talvez um tamanho menor", "você acha que isso combina?", "me faça um favor e arrume a etiqueta para mim, ela está prejudicando o caimento". Depois pedi para reservarem as duas peças mais caras da loja usando um nome e um telefone falso e sai pela porta com uma jaqueta de arminho custando cinco mil dólares debaixo do braço! Não foi fantástico?

— Para ser sincera, não acho. Cinco mil dólares? Oh, Em...

— Todo esse tempo, pensei que queria fazer coisas ultrajantes no palco, mas agora acho que é muito mais estimulante ser ousada, original e ultrajante na vida real. Me senti tão poderosa andando pela calçada com a jaqueta em meus braços, até liguei para Royston. Lembra dele?

— Em!

— Mas infelizmente ele estava ocupado — disse Em. — Essa jaqueta mudou a minha vida — prosseguiu ela. Seus olhos tinham um brilho perigoso que parecia ser convicção. — Quero pensar grande. Correr grandes riscos, viver no limite e ser bem recompensada por isso. Amber, essas joias podem ser a nossa única chance. Papai arriscou no jogo, e agora nós temos que arriscar também. Quem ousa ganha.

Antes de Amber rir, gritar ou protestar contra a loucura de Em, uma mensagem de texto bipou no celular.

— Uau... quem está tentando falar com você à uma da manhã? — perguntou Em, pegando o telefone antes de Amber.

— T︁ENHO 2 INGRESSOS PARA O JOGO DE AMANHÃ DOS D︁ALLAS C︁OWBOYS X G︁IANTS. O︁H, JÁ É HOJE. Q︁UER IR? V︁AMOS. V︁AI SER DIVERTIDO. J︁ACK D︁ESMOINE — leu Em. — Quem diabos é Jack Desmoine?

Amber sentiu o rosto corar... e o estômago embrulhar um pouco. O policial a estava convidando para sair. O policial talvez esteja um pouco interessado nela.

— É o detetive — disse ela timidamente.

— Ora, passe geleia nos meus ouvidos e me enfie em um formigueiro! — gritou Em. — Decido me tornar uma criminosa bem quando você começa a namorar um *detetive*!

Amber desligou o telefone e disparou uma olhada para Em que deveria dizer "não pergunte".

Em aproximou-se da irmã.

— Que parte do blog você está lendo?

Amber desceu na tela e começou a ler: "Não há recompensa sem risco. Todo agricultor sabe disso. Todo ano colocamos as sementes no chão, ajudamos os bezerros a nascer e não há garantia de que algo vá crescer grande e forte ou conseguir um bom preço. Tudo é arriscado. Mas quanto maior o risco, mais doce será a recompensa. Deus sabe que amo a minha fazenda. Arriscaria tudo, exceto, claro, minha família, pela minha fazenda!"

— Ah. Que tal? — perguntou Em. — Quanto maior o risco, mais doce será a recompensa. É um sinal, Amber. Ele está nos dizendo para seguir em frente. Amber, não posso fazer isso sem você.

— Em, você não pode fazer isso e ponto final. Você vai para a cadeia. Durante anos!

— Olha, pelo menos faça um pouco de pesquisa para mim? — implorou Em. — Você é a inteligente da família. Pelo menos pode descobrir quem são os colecionadores e que tipo de pessoas são? E me explicar algo sobre a movimentação de grandes somas de dinheiro. Acho que não posso simplesmente entrar no Chase Manhattan e pedir para abrir uma conta de três milhões com um nome falso.

Amber deu uma fungada desdenhosa.

— Não, a menos que queira ser presa imediatamente.

— Só investigue um pouco Amber, uma pesquisinha de nada para mim. Você é tão inteligente, sei que vai descobrir uma maneira para nós fazermos isso.

— Em, isso é conversa de louco. — Amber suspirou. — Tudo isso é completamente impossível.

— O que papai sempre dizia? As únicas coisas que são impossíveis são aquelas que você nunca tentou. Somente um crime sem vítimas, Amber, e tudo poderia dar certo, para sempre.

Capítulo Dezoito

— Sabe exatamente que trabalho seria perfeito para o marido dela?

— Sim: milionário!

Eram oito da manhã e Amber já estava na frente do computador, de banho tomado, vestida, uma xícara de café fresco ao seu lado, enviando currículos para empregadores em potencial, quando Em saiu do seu quarto.

— Ei, não está meio atrasada? — perguntou Amber.

— É meu dia de folga — respondeu Em —, trabalhei no sábado passado.

— Certo... tem planos? — perguntou Amber, esperando que ela não fosse ficar andando pelo apartamento o dia todo, enchendo o saco.

—Ah, tenho. Planos muito, muito grandes — respondeu Em, indo para a cozinha para ligar a cafeteira.

— Algo além de realizar o roubo de joias do século, obviamente, — disse Amber, com a voz cheia de sarcasmo.

—Ah, Amber, basta fazer uma pesquisinha para mim. Simplesmente o básico. Destravar a porta para mim e depois resolvo tudo sozinha.

Amber balançou a cabeça.

— Tudo bem, volte para o seu empreguinho estúpido, oferecendo consultoria financeira ruim para as pessoas que não sabem como fazer as coisas. Você não acha que isso também é um roubo? Viver para sempre roubando um pouco a cada dia não é tão ruim quanto roubar algo grande uma vez só? Para onde quer que se olhe, as pessoas estão roubando, incluindo o nosso próprio pai! Talvez todos os conselhos que recebemos quando éramos crianças sobre sermos honestas tenham sido apenas para nos manter na ignorância. Todas as pessoas, em todos os lugares, estão roubando. Estão todos se preocupando consigo mesmos e pegando tudo o que acham que devem pegar.

Amber suspirou e balançou a cabeça.

— Há outras maneiras de ganhar a vida, Em — disse suavemente —, e não tem que ser atuando ou roubando. Essas não são as únicas maneiras. E, lembre-se, pedi demissão daquela porcaria de emprego.

Em colocou a xícara de café sobre a mesa de Amber.

— Apenas me ensine como abrir uma conta bancária na Suíça, por favor? — pediu com sua melhor vozinha de irmã caçula.

Amber virou-se para o monitor.

— Sim claro, sem dúvida posso ensinar como abrir uma conta bancária na Suíça e explicar por que você não pode esconder dinheiro roubado nela — respondeu ela.

Amber digitou "Abrir uma conta bancária na Suíça" e clicou em Buscar. Toneladas de informação invadiram a tela.

— Como abrir uma conta bancária na Suíça — leu em voz alta em um site bancário. — Abrir uma conta bancária na Suíça é igual a abrir uma conta em qualquer outro país. É necessário apresentar a seguinte documentação: passaporte, comprovante de endereço, declarações fiscais etc. Além disso, segundo as leis internacionais contra a lavagem de dinheiro, você terá que apresentar comprovantes de onde vem o dinheiro que será depositado em sua conta.

— O quê? — protestou Em. — Pensei que bastava chegar à Suíça, entregar o dinheiro e receber uma chave do cofre!

— Talvez em filmes antigos — disse Amber —, mas não é mais assim nos dias de hoje, quando alguém pode verificar sua ficha com o clique de um botão.

Ela leu o resto da página e resumiu para Em:

— Aqui diz que ainda se pode abrir uma conta numerada no banco, mas o banco precisa saber quem você é, mais uma vez apresentando a documentação completa.

— Huh — resmungou Em emburrada.

— Movimentar os seus milhões roubados pelo mundo não vai ser tão fácil como você pensava — Amber debochou delicadamente.

— Huh! — repetiu Em, parecendo zangada.

O telefone do apartamento tocou.

— Sapphire — disse Amber, vendo o número no identificador de chamadas.

Em apertou o botão de viva voz dizendo a Amber:

— Isso vai ser divertido.

— Oi? — A voz de Sapphire ecoou na sala.

— E aí, como foi a sua festa de pijama? — Em queria saber.

— Oi, Sapphire, como está? — perguntou Amber.

— Oh, oi, as duas estão em casa? Estão bem? Quantas margaritas a mais vocês beberam?

— Um monte — confirmou Em. — O Fergus sobreviveu?

— Ah, sim, como ele mesmo disse, sobreviveu para lutar outro dia. Não é doce?

— Demais — respondeu Amber.

— Como foi o resto da noite com mamãe? — perguntou Sapphire.

— Interessante... vamos somente dizer que foi muito interessante — disse Em.

— Espero que ela não tenha convidado todas as pessoas do bar para cantar "A Rosa Amarela do Texas".

— Não. Graças a Deus — respondeu Amber.

— Vai voltar para casa depois do trabalho?

— Sim, preciso de roupas limpas. Não posso acreditar que vim trabalhar usando o mesmo vestido. As pessoas vão comentar. Estou usando as cuecas de Fergus — confidenciou ela em um sussurro agitado. — Não havia mais nada que pudesse fazer. Não ia usar as calcinhas de ontem! Eeek!

— Bastava virar a calcinha do avesso, mocinha — disse Amber.

— Yeeee-ha! — Em aplaudiu.

— Oh... ele está aqui! — disse Sapphire. Ouviram uma batida e depois a voz de Fergus, um pouco baixa, dizendo docemente:

— Bom-dia, Sapphire, trouxe uma xícara de chá.

— Ela não desligou o celular — disse Amber para Em. Ela estendeu o braço para desligar o vivavoz, mas Em segurou sua mão.

— Shhh! Quero ouvir como ele é realmente com ela. Ele existe mesmo?

— Excelente. Obrigada — respondeu Sapphire.

— Chegue mais para lá — disse Fergus. — Quero mostrar as fotos.

Amber e Em ouviram o arrastar das cadeiras quando Fergus sentou-se ao lado de Sapphire, em seguida, o clique do teclado e uma risadinha de Sapphire.

— Olhe para isso! — disse Fergus. — Não é de tirar o fôlego? Não é o broche mais maravilhoso que você já viu? A duquesa tinha um gosto magnífico. Tudo o que ela usava era extremamente elegante.

— Uau! — concordou Sapphire.

— O broche poderá estar aqui na próxima quarta-feira.

— Na *próxima quarta-feira*? — repetiu Em, com voz surpresa. — Não vou ter tempo...

— Junto com isso — acrescentou Fergus. — Veja esse colar. Esmeraldas de quatro quilates, cercadas por diamantes e montadas em platina com um dos designs art déco mais estupendos que já vi.

— Magnífico! — engasgou Sapphire. — Essa peça vai ser vendida por pelo menos um milhão, não é?

— Estamos esperando chegar a dois milhões e meio — respondeu Fergus.

— Não diga!

— Então, na próxima quarta-feira as peças, obviamente, chegarão ao escritório do sr. Wilson em primeiro lugar. O plano é fazer o transporte em um carro blindado às dez horas da manhã... é tão excitante.

— Não! — guinchou Sapphire — Tenho certeza que você não deveria me contar.

— Não deveria contar a ninguém, mas...

Amber não ouviu o resto das palavras, mas suspeitou que a conversa passou a ser romântica porque a voz da Sapphire também virou um sussurro.

Depois ela perguntou:

— Mas as peças vão ser expostas antes do leilão, não vão?

— Claro, é uma publicidade maravilhosa para a Wilson. As joias serão exibidas durante o feriado antes do leilão, mas o sr. Wilson está contratando seguranças armados, colocando detectores de metais nas portas e montando vitrines com vidro à prova de balas.

— Então, ninguém será capaz de experimentá-las? — perguntou Sapphire.

— Acho que não. Não penso que as pessoas que estão fazendo fila para comprar essas peças estejam preocupadas em encontrar um ajuste perfeito. Você já viu a lista dos colecionadores?

— Não — respondeu Sapphire e mais ruídos de cliques seguiram-se. Fergus estava, obviamente, buscando informações em seu computador.

— Este cara, Montanari — começou Fergus —, é um empresário com empresas na Itália e na Suíça. Ele já gastou sete milhões de dólares em joias da duquesa. É dono de dois colares, um anel e um broche, mas não uma pantera. Aparentemente está desesperado por uma pantera.

— Estes dois são igualmente obcecados — continuou Fergus —, Kaydo Tanaka e Wei Kanebo.

Amber olhou para Em e viu a concentração extasiada em seu rosto. Inclinou-se, apertou o botão e terminou a chamada.

— Amber! — Em sibilou. — Estava começando a ficar interessante!

— Interessante demais — disse Amber. — Em, não deveríamos ter ouvido isso. Estávamos bisbilhotando nossa própria irmã! Por favor, esqueça isso. Exceto a parte sobre os guardas armados e o vidro à prova de balas... tente manter essas informações em destaque na sua imaginação hiperativa.

— Como foi mesmo que a sra. De La Hoz causou a sua demissão? — perguntou Em.

— Não sei o que ela fez, me disseram que tinham que reduzir o número de funcionários de qualquer maneira.

— Sim, mas ela se queixou a seu respeito. Por que isso?

— Porque ela tinha uma fundação beneficente que só deu dinheiro para seus parentes, investiguei e disse que ela não podia fazer isso. Bem, pelo menos não por muito tempo, porque a Receita Federal iria atrás dela. Agora ela está vendendo suas joias, porque os fiscais estão atrás dela.

— Nada a ver com você? — perguntou Em, arqueando uma sobrancelha.

Amber riu.

— Não! Não a denunciei. Mas talvez ela esteja fechando a fundação e fazendo um ajuste financeiro.

— Como é que se monta uma instituição de caridade?

— Hummm... Não sei muito sobre isso. Mas acho que deve ir ao escritório local da Receita Federal e começar preenchendo montes e montes de formulários.

— As instituições de caridade podem ter contas bancárias?

— Claro.

— Em nome da instituição?

— Acho que sim.

— Certo... e como se chamam os países onde o governo dos Estados Unidos não pode pegar você, não importa o que você tenha feito?

Amber sorriu.

— Ok, agora você está me assustando de novo.

— Qual é o nome disso? — insistiu Em.

— Países sem tratado de extradição para os Estados Unidos.

— Que impressionante. Então, que países são esses?

— Não sei! Mas podemos perguntar ao Google. — Amber virou novamente para o monitor.

— Sério? — Em pulou do sofá e ficou ao lado de Amber enquanto ela digitava "países sem tratado de extradição para os Estados Unidos". A lista inteira apareceu na Wikipedia.

— Argélia, Namíbia, Montenegro... — disse Em, lendo alguns dos nomes ao acaso. — Nunca ouvi falar deles. Caramba, estava meio que planejando ficar perto de Manhattan e gastar um monte na Tiffany's. Quando ficar rica não quero ter que mudar para a Namíbia!

Amber clicou no link.

— É na África — disse ela —, tem praias.

Depois ela checou Montenegro.

As fotos eram incrivelmente bonitas. Montanhas cobertas de neve, praias, chalés de madeira.

— É na Europa — disse ela, surpresa.

— Você sempre quis ir para a Europa. A Torre Eiffel, as ruínas romanas — comentou Em.

— Sim, como turista. Não como uma das mulheres mais procuradas pelos Estados Unidos.

— O país tem os homens mais altos da Europa — disse Em, lendo um parágrafo com atenção. — Não parece tão ruim. Poderíamos ficar escondidas por um tempo, e arrumar alguns namorados realmente altos.

Assim que Amber começou a rir, seu celular bipou. Em arrebatou-o da mesa e leu em voz alta:

— Jogo, hoje. ainda não recebi resposta. Sim ou não? Diga que sim. Por favor? Jack.

— Me dê aqui — pediu Amber, mas Em correu para o outro lado do sofá.

— EM! — gritou Amber.

— E sim — disse Em, digitando em alta velocidade, clicando exageradamente no botão enviar.

Antes de Amber chegar perto de Em, o celular bipou com uma nova mensagem.

— Boa menina. Ótimo, g8, entrada 5, vejo você lá — leu Em em voz alta.

— Me dê isso! — insistiu Amber. Mas seu rosto estava em chamas e seu coração batendo com a emoção. Ela queria ir a um encontro com Jack, sim, realmente queria. Mas nunca teria coragem de dizer sim sem a interferência de Em.

—Tarde demais, Amber tem um encontro. Você tem que manter o policial na linha, Amber. — Em brincou. — Se vamos nos tornar criminosas internacionais, precisamos de um policial do nosso lado. Para levar uma bala se for preciso.

— Cale a boca Em, você é doida!

Capítulo Dezenove

— Ele a pediu em casamento usando o telão do estádio, durante um jogo dos Knicks!

— Mas ela odeia basquete.

— Odiava, Betty. O diamante do anel é do tamanho de uma bola de basquete.

Amber seguiu a multidão saindo da estação e caminhou em direção ao estádio.

Tinha um encontro. Um encontro como deve ser. Um encontro onde conhecia o cara e ele a convidara para sair: um encontro do tipo "vamos ver um jogo juntos". Um encontro à moda antiga. Um encontro que ela podia entender... um encontro que estava fazendo seu estômago revirar, como quando estava na escola.

Não estava mais em Manhattan. Não havia garotas loiras e magras em saltos altos olhando para ela com desdém, fazendo com que se sentisse desarrumada. E não havia robôs corporativos vestindo ternos e falando aos celulares, fazendo com que ela se sentisse a mulher mais fracassada da cidade.

Sentiu o ajuste confortável da sua jaqueta de couro surrada ao redor dos ombros. Por baixo, sentia o conforto de sua camisa favorita, em xadrez vermelho e branco. Vestia seu jeans mais antigo e gasto, e calçava botas velhas de couro castanho.

Usava essas botas havia cinco anos. Quase podia ouvir a voz de seu pai: "Aposto que estão apenas começando a ficar confortáveis, hein, Ambie?"

Ninguém mais neste mundo iria chamá-la de Ambie. Era esse o apelido que seu pai lhe dera. Percebeu que se sentia bem no meio da multidão, sentindo os ombros relaxarem um pouco. Podia ouvir muitos sotaques texanos — os fãs mais ferrenhos viajaram para o norte para passar um par de dias na "velha Nova York" e torcer pelos Cowboys.

— Olha Roy... não confio na porcaria da comida ianque... trouxe uma geladeirinha cheia de cerveja e burritos feitos por Leanne — dizia para seu amigo um homem enorme vestindo uma grossa camisa xadrez preta e vermelha, carregando pendurada no ombro uma grande geladeira portátil amarela e branca que oscilava entre eles.

Amber parou e tentou descobrir onde estava. Ele disse que estaria neste portão de entrada. Olhou em volta e tentou localizá-lo. De repente sentiu um tapa pesado nas costas.

— Achei você!

Virou-se e viu Jack sorrindo para ela.

— Olhe só para você! — acrescentou ele. — Quase não a reconheci. A última vez que a vi, você estava usando arminho... agora está vestida como uma vaqueira!

— Ei, você também está um pouco diferente — comentou ela rapidamente, apontando para a calça jeans e a jaqueta dos NY Giants.

— Ó, meu Deus. Você vai sentar no lado dos Cowboys vestindo essa jaqueta?

Jack balançou a cabeça lentamente e seu sorriso aumentou, revelando as covinhas das bochechas que ela havia notado antes.

— Não! — gritou ela. — Você está me levando para o seu lado da torcida?

— Ei, você é a garota. Se eu for para o seu lado, aqueles texanos enormes vão bater em mim.

— Puxa vida. No meio da torcida dos Giants. Isso é demais... meu pobre pai vai se revirar no túmulo.

Ela estava brincando, mas o rosto de Jack mudou de expressão.

— Oh... quando você falou sobre ele a última vez... eu não sabia que ele estava morto.

— Sim, está... — E desviou o assunto. Isso era um encontro, não era? Não queria falar a respeito disso tão cedo. Mas...

— Quando isso aconteceu? — perguntou Jack.

— Bem... foi há um ano e meio. Muito repentino. Ele não estava doente ou nada. Teve um ataque cardíaco. Completamente inesperado.

— Sinto muito.

Trocaram um olhar e Amber teve a sensação de que ele entendia. Ele sabia que ela estava tentando não falar muito a respeito, mas havia um mundo de tristeza, mesmo naquelas poucas palavras.

— Perdi meu pai há quatro anos e ainda sinto falta dele — disse ele, pegando na mão dela e começando a caminhar em direção à entrada. — Há tanta coisa que gostaria de conversar com ele, você sabe.

— Sim, é assim mesmo — concordou Amber, completamente consciente de que ele segurava sua mão com firmeza —, nunca segui muito os conselhos dele. Mas gostaria de poder discutir coisas com ele.

— É simplesmente a pior coisa que pode acontecer às pessoas.

Ela olhou para ele e de repente quis sorrir.

— A morte? — perguntou ela.

— Sim. — Ele sorriu. — Ok, os primeiros minutos estão indo bem. Já discutimos a morte, agora devemos ir encontrar algo para comer?

— Claro.

— Vou sentir saudades de comer quando estiver morto — acrescentou ele.

— Se vamos sentar no meio da torcida dos ianques, então temos que comer comida texana — insistiu ela, apontando na direção da barraca Tex-Mex.

— Siga em frente, vaqueira.
— Acho que você não deve me chamar assim.
— Você não cresceu em uma fazenda?
— Sim.
— Você sabe andar a cavalo?
— Claro.
— Seu pai criava gado?
— Uhuh.
— Então você é uma vaqueira. Caso encerrado.
— Sou uma gerente de ativos desempregada.
Jack parou na frente da barraca Tex-Mex.
— Certo, o que peço?
Enquanto Amber lia o menu com ele explicando os prós e contras de feijão frito, um texano enorme e barbudo, vestindo (*yee-haw!*) um chapéu Stetson, inclinou-se e interrompeu-a.
— Sim, mas isso é apenas uma amostra em forma de comida de lanchonete. 'Ocê precisa ir ao Texas para ver o que é comida de verdade. — Ele inclinou a cabeça na direção de Jack. — Esse é o seu namorado ianque? — perguntou a Amber.
Ela corou em resposta.
— Pois então recomendo que dê o fora nele agora mesmo e venha assistir ao jogo comigo.
— Ora, estou lisonjeada, senhor, mas...
— Ei! — interrompeu Jack. — Este é o nosso primeiro encontro, você tem que deixá-la me dar uma chance.
— Além disso, ele é um policial — disse Amber ao texano.
— Oh, puxa, não sabia que estava cantando a garota do xerife. Isso não vai acabar bem — disse o texano com um sorriso bem-humorado. — Aproveitem o jogo. Mas vamos ACABAR com 'ocês. 'Ocê vai ver.
— 'Ocê vai ver? — Jack virou-se para perguntar a ela, assim que a montanha masculina afastou-se com passos pesados.

— 'Ocê vai ver... 'ocê vai ver — disse Amber com um sorriso e encolheu os ombros —, melhor se acostumar com isso... 'ôcê vai ver! Ó, meu Deus, você vai comer tudo isso? — perguntou, olhando horrorizada para o pedido de Jack.

— Ei, está debochando do xerife? Como disse, vou sentir saudades de comer quando estiver morto.

— 'Ôce vai ver — brincou Amber.

Quando se sentaram, Amber viu que tinham bons lugares com uma excelente vista. Lugares caros.

— Uhuh — concordou Jack, mastigando e engolindo, antes que pudesse dizer mais. — Fiz um favor a uma pessoa e recebi um presente muito bom em troca.

— Isso não é corrupção policial? — brincou Amber.

— Ooooh, língua afiada. Não se preocupe, registrei o meu presente. Sou totalmente honesto — respondeu Jack, enquanto mastigava um burrito com feijão. — Hummmm, estou adorando isso. Você sabe cozinhar essas coisas?

Amber balançou a cabeça. Em seguida, exagerando seu sotaque texano, disse-lhe:

— Ninguém cozinha Tex-Mex. Vou falar procê, há um restaurante Tex-Mex sensacional em praticamente todas as esquinas do Texas. Não faz sentido cozinhar quando é muito bom e muito barato comer fora.

— Hummm... você sabe cozinhar?

— Querido, faço uma torta de pêssego que é de chorar...

— Não me diga: é a receita secreta da família.

— Da minha tia-avó May-Beth.

— Eu sabia — disse ele com a boca cheia.

— Não, estou brincando. Peguei a receita na revista *Parker County*.

Jack deu uma gargalhada.

— Ei, é uma grande honra ter sua receita publicada na revista *Parker County*. Em apareceu duas vezes na capa.

— Em?

— Minha irmã caçula.

— Ah, sim, eu me lembro. Como vai Sapphire?

— Vai bem.

— Nenhum estresse pós-traumático? Nenhum comportamento inusitado? Está se recuperando bem?

— Sim — respondeu Amber.

— E você?

— Oh... Sou uma pessoa diferente. Não reconheço a mim mesma — brincou Amber, mordendo um pedaço da salsicha empanada.

— Como assim? — perguntou Jack.

— Primeiro, nunca tive um encontro divertido em Nova York, até...

— Agora. — Ele sorriu para ela. — Puxa vida, então se eu estragar tudo você nunca mais sairá em um encontro novamente. — Ele tomou um gole de cerveja. — A propósito, pegamos os caras.

— Os caras que namorei antes? — brincou ela. — Espero que tenha prendido todos.

— Ah, ah. Não. Os que roubaram Ori.

— Ó, meu Deus... — Mas enquanto Amber tentava assimilar a informação, ouviu-se um rugido enorme nos alto-falantes e no meio da multidão enquanto os jogadores entravam em campo.

Amber olhou para Jack, ansiosa. Ele estava batendo palmas e apontando para um jogador, mas tudo o que ela conseguia pensar era: eles pegaram os caras! Os policiais pegaram os ladrões! As joias tinham sido encontradas. Os ladrões não conseguiram se dar bem. Precisava contar isso para Em o mais cedo possível antes que ela tivesse outra ideia para o seu plano maluco.

— Não se preocupe — disse Jack acima do ruído —, vou contar tudo assim que as coisas se acalmem.

Finalmente, todos sentaram, o jogo começou e, no meio de salsichas empanadas, feijão frito, pausas para urros e gritos, e assistir às melhores jogadas, Jack contou tudo o que podia contar.

— Você vai ser chamada como testemunha, então quando conto as coisas estou limitado aos fatos que conheço. Mas você é esperta, Amber, você sabe a diferença.

Ela assentiu com a cabeça.

— Foi muito simples. Não é como nos livros de crime onde é tudo complicado e todas as pistas devem ser desvendadas por um super-detetive.

— Tipo Agatha Christie?

— Exatamente. Li alguns dos livros dela. Muito inteligente.

— Sério?

— Sim, então, alguém correspondente à descrição aparece em um dos joalheiros que temos em nossa lista. Ele tenta vender algo grande. Começa uma discussão sobre o preço e ele puxa uma arma. A polícia está suficientemente perto para prendê-lo na cena do crime. A arma corresponde à que foi disparada na loja, as joias são de Ori, mais joias foram encontradas na casa desse cara, junto com alguns dos marionetes de Ori, que eles pegaram. Você se lembra? De qualquer forma, provavelmente, você, Sapphire e Ori terão de fazer uma identificação.

— Ó, meu Deus. Sapphire vai ficar apavorada.

— Você não?

— Acho que não.

— Nós vamos ajudá-la a passar por isso.

— E o outro cara?

— Bem... você viu aquele passe? — exclamou Jack, apontando para o jogo. — Inacreditável!

Durante alguns minutos, eles se concentraram no jogo, levantando-se para ver melhor, Jack gritando para o jogador chegar à linha de fundo, Amber torcendo para que alguém no time dos texanos o derrubasse.

A bola saiu pela lateral.

— Linda jogada! — gritou Jack e mordeu seu burrito.

— Terrível! — gemeu Amber, voltando para o seu lugar. — E o outro cara?

Jack balançou a cabeça.

— Acho que você não vai gostar disso.

— Ele morreu? Vocês atiraram nele? — perguntou ela ansiosa.

— Ei! De jeito nenhum! Acho que você teria visto isso no noticiário. Não... hummm... nós tivemos... bem, o soltei. Ele é um garoto. Tem apenas dezesseis anos. Fora obrigado pelo tio.

— Você o soltou?

— Você parece um pouco aliviada. Pensei que ficaria furiosa. O tio dele apontou uma arma para a cabeça de sua irmã!

— Nossa — disse Amber, sem segurança para fazer qualquer comentário.

— Conheci o rapaz. Conheci a mãe e, excepcionalmente, conheci o pai dele. Ladrões não costumam ter um pai por perto — continuou Jack. — O garoto não tem um registro criminal. Só fez uma coisa louca que poderia ter arruinado o resto de sua vida.

— Mas você o soltou? Como pôde fazer isso?

— Não existem evidências suficientes para o condenar. Teve que ser assim. Dei um tremendo susto nele e nos pais dele, às vezes é bom que a polícia salve alguém de um caminho errado... salvá-los de si mesmos.

— Huh.

— Mas isso me custou uma promoção — disse Jack, voltando sua atenção para a partida.

— Por quê?

— Meu chefe é um filho da mãe. Isso é o suficiente.

— Todos os chefes são uns filhos da mãe pelo que sei.

— Sim, percebi que você é do tipo estrela solitária. Provavelmente vai trabalhar por conta própria um dia, não vai vaqueira? Gosto disso. Talvez eu também vá trabalhar por conta própria um dia.

— Como se faz isso na polícia?

— Não faço a mínima ideia. Talvez tenha que me tornar um xerife.

Jack riu e ela riu com ele. Então ele olhou para ela, as sobrancelhas um pouco erguidas, e moveu seu rosto de modo interrogativo na direção do dela.

Na fração de segundo que teve para decidir, percebeu que queria que o detetive com as covinhas no rosto e senso de humor a beijasse.

Em seguida estavam se beijando e, apesar do gosto de burrito e das provocações dos rapazes nos bancos atrás deles, sentiu as mãos de Jack segurando firme as laterais de seu rosto e fechou os olhos, sentindo essa pessoa verdadeira tão perto dela. Essa pessoa, realmente interessante, que queria estar com ela.

E foi uma sensação incrível.

Capítulo Vinte

> — Embrulhei as sobras do jantar e quando tentei
> dá-las ao mendigo na esquina...
>
> — Não me diga: ele era intolerante à lactose?

Já era o fim da tarde de sábado quando Amber voltou para o apartamento. Passara várias horas nos jardins comunitários, depois fora de metrô até Williamsburg para verificar três apartamentos para alugar que estavam dentro do seu orçamento.

Tudo o que tinha visto parecia muito pior do que o lugar em que se encontravam, e os proprietários que mostravam os apartamentos haviam deixado claro que todas as três irmãs deveriam estar trabalhando antes que pudessem assinar um contrato de locação.

A ideia de ter que voltar para Jed em Hoboken e pedir uma segunda chance estava deixando Amber deprimida, apesar das lembranças do beijo de despedida com Jack na estação de metrô invadirem a sua mente e afastarem esses pensamentos sombrios.

Jack possuía um talento incomparável para beijar. Não tinha dúvidas sobre isso.

— Amber! — exclamou Em. — Onde esteve o dia todo? Queremos um relatório completo sobre o jogo ontem à noite, por favor. Não é, Sapph?

— Pode apostar — concordou Sapph e sentou-se para ouvir, enrolada em uma toalha com o cabelo molhado escorrendo sobre os ombros.

— Foi bom... ele é uma boa companhia — disse Amber, ouvindo as gargalhadas de Em.

— Boa companhia? — repetiu Em. — Você parece a tia Mamie. Deu tudo certo, menina? Vocês se deram bem? Sei que não passaram a noite juntos, porque vi o seu casaco no sofá quando cheguei em casa ontem à noite, mas você queria?

— Ele foi muito legal e isso é tudo que vou contar. Vai sair hoje à noite com o Fergus? — Amber virou-se para Sapphire, querendo escapar do interrogatório.

— Sim, vou apenas secar o cabelo, trocar de roupa e depois comer em algum bar inglês na margem do rio.

— Bar inglês? Acho que talvez a palavra que você procura seja pub — disse Em.

— Sim, o nome é The Old Pub. Vocês têm planos? Vão sair para comer ou algo assim?

— Não estamos comendo em casa — respondeu Amber. — Se não comermos em casa, talvez os ratos morram de fome.

— Ó, meu Deus. Não quero viver mais aqui — reclamou Sapphire e ficou em pé num salto. — Isso me dá arrepios.

— Não se preocupe, não vamos viver aqui por muito tempo — respondeu Amber —, só mais duas semanas antes de termos que sair. Fui ver apartamentos em Williamsburg.

— Williamsburg! Cara, aquilo é o fim do mundo. Por favor, não me diga que temos que mudar para lá.

— Não vi nada de bom e preciso de um emprego antes de podermos assinar um contrato.

— Pare de se preocupar, estou chegando com um plano — garantiu Em, sentada no sofá. Sapphire voltou para o banheiro para aplicar loções, poções e maquiagem, e Em foi até o quarto dela, levando consigo, Amber notou, o celular de Sapphire.

Assim que Em fechou a porta, o celular de Sapphire tocou. Amber ouviu Em falar, depois saiu do quarto, assim que Sapphire saiu do banheiro.

— Ah, que chato e você está tão bonita... — começou Em

— O quê? — perguntou Sapphire.

— Acabei de atender o seu celular, espero que você não se importe, mas pensei que poderia ser importante.

— Tudo bem. Era o Fergus?

— Sim. Ele diz que está muito cansado e, se você não se importar, quer cancelar o encontro para o jantar. Pediu muitas desculpas. Foi realmente doce — acrescentou Em.

— Oh. Ele está bem? Quer que ligue para ele? Vou ligar para ele. — Sapphire decidiu e pegou o telefone.

— Não. Ele disse que estava indo comprar algo para comer e depois planejava ir para a cama muito cedo. Disse que eu poderia lhe dar um beijo de boa-noite.

— Ah... que docinho — disse Sapphire, mas parecia um pouco desapontada.

— Tenho que me arrumar para o trabalho — acrescentou Em.

— Pensei que ia tirar uma noite de folga. Você já trabalhou cinco noites seguidas — comentou Amber.

— Eu sei, mas acabaram de ligar. Aparentemente, um grupo apareceu para celebrar uma festa de aniversário e eles estão ficando loucos. Sapph? Posso levar o seu telefone? O meu está descarregado e detesto ter que chegar tarde da noite em casa sem um telefone.

— Claro — disse Sapphire, e Em deslizou o celular de sua irmã para dentro da bolsa.

— Amber, preciso pedir um favor... — Em baixou a cabeça e olhou para ela de modo incomum, meio suplicante.

— O quê?

— Bem, é apenas... poderia vir trabalhar comigo?

— O quê? — perguntou Amber, espantada. — Que diabo é isso?

— Eles estão sem pessoal. Vão pagar em dobro, além das gorjetas de um sábado à noite perto do Natal...

— Você disse que eu iria?

Amber não podia acreditar.

— Bem, você pode ganhar trezentos dólares hoje à noite e pensei que ficaria muito grata por isso. Por favor? — suplicou Em. — Eu disse que você iria.

— Não posso ser garçonete! O último trabalho de garçonete que tive foi na feira de verão da escola quando tinha doze anos, e deixei cair um jarro de limonada gelada no colo do prefeito.

— Você pode ficar na recepção, só precisa cuidar do balcão de reservas e acompanhar as pessoas até as mesas, você vai ficar bem. Vamos lá, mudar de ares, vestir-se... honestamente, vai ser mais divertido do que sentar esperando que o policial telefone.

— Não estou sentada esperando o policial ligar!

— Ele ligou? — perguntou Sapphire.

— Ele enviou uma mensagem — respondeu Amber e imediatamente se arrependeu, porque agora as duas irmãs começaram a se aproximar, desesperadas por mais informações.

— Ele quer me encontrar novamente, mas não respondi. Isso é tudo que vou contar. Ok?

— Vocês realmente vão me deixar em casa sozinha com o rato? — perguntou Sapphire quando Em e Amber foram para seus quartos para trocar de roupas.

— Apenas por algumas horas — prometeu Amber. — Fique com a vassoura na mão, para poder bater nele se ele aparecer!

Só de pensar nisso, Sapphire deu um gritinho.

Assim que Amber e Em saíram para a rua, Em pegou sua irmã mais velha pelo braço e começou a conduzi-la em direção ao metrô.

— Bem — começou ela —, esqueça tudo o que disse lá em cima. Este é o plano verdadeiro...

Capítulo Vinte e Um

> *— Aparentemente, também servem cervejas artesanais maravilhosas neste lugar.*
>
> *— Pena que só bebemos champanhe.*

Em e Amber caminharam rapidamente ao longo da rua desconhecida, margeando o rio, os casacos firmemente fechados. Fazia muito frio perto da água em uma noite de dezembro.

— Deve ser aqui — disse Em, apontando para um bar acolhedor, bem iluminado, com janelas altas.

— The Old Pub — disse Amber, lendo a placa.

Amber ainda estava tentando descobrir o que Em realmente queria ao se apropriar do encontro de Sapphire. Em só dizia que precisavam conhecer Fergus melhor antes que Sapphire cometesse outro erro terrível, devastador. E isso era verdade, precisavam conhecer Fergus melhor... mas Amber não achava que deveria ser assim, por trás das costas de Sapphire.

Na verdade, desconfiava que Em queria falar com Fergus sozinha, porque queria saber mais sobre as joias que iriam chegar à casa de leilões. Desde aquele dia na loja de departamentos, todas as perguntas que Em fez a Sapphire foram recebidas com um silêncio de pedra.

Amber esperava que Em tivesse desistido de seu plano louco de roubar as joias, mas não tinha certeza disso.

— Você não acha que Fergus vai achar isto muito estranho? Encontrar nós duas em vez de Sapphire?

Em encolheu os ombros.

— Estamos aqui para dizer-lhe para ir com calma. Estamos aqui para explicar como Forde partiu o coração dela e ele não pode fazer isso. Estamos aqui para explicar que ela não pode ir morar com ele ainda. É muito cedo.

— Mas essa é uma decisão dela — disse Amber —, não podemos interferir.

— Sim, podemos, gostaria que tivéssemos interferido antes que aquele cafajeste sem vergonha do Forde marcasse a data do casamento.

Assim que entraram no bar, Em endireitou-se e colocou um sorriso no rosto.

— Sinto-me ótima — disse — desde que roubei essa jaqueta. — Passou os dedos sobre o casaco de arminho branco. — Sinto-me invencível. Sinto que tudo vai dar certo.

Amber não pôde deixar de sorrir.

— Queria sentir o mesmo.

Uma olhada rápida no lugar e Amber viu Fergus sentado no bar, com seus cabelos dourados e um paletó de tweed. Na frente dele estava um pequeno copo daquela estranha cerveja preta irlandesa.

Estava lendo um jornal e Amber compreendeu imediatamente por que Sapphire estava tão louca por ele. Ele parecia um personagem de um filme antigo em preto e branco. Sapphire sempre quis ser a heroína em seu próprio filme preto e branco e ali estava o seu herói.

— Oi, Fergus, lembra de nós? — Em foi a primeira a falar. Fergus ergueu os olhos e um sorriso de surpresa cruzou seu rosto.

— Em... Amber? Como vão? Estão procurando Sapphire? Ela deve chegar a qualquer minuto.

— Eu sei — disse Em —, é por isso que estamos aqui.

Em deslizou seu casaco de pele, revelando um colete justo, minissaia e botas.

— Posso? — perguntou, apontando para a cadeira ao lado dele.

— Claro. E Amber, deixe-me pegar uma cadeira para você... mas ela está bem? Não aconteceu nada com Sapphire, não é?

— Oh, você é muito fofo — disse Em, sorrindo. — Não. Não aconteceu nada com Sapphire. Mas ela está cansada e a mandamos para a cama. Depois decidimos que deveríamos sair e encontrá-lo no lugar dela.

— Sério? — Fergus parecia um pouco nervoso.

— Está tudo bem — garantiu Amber.

— Sim, só precisamos saber um pouco mais sobre você, Fergus.

— Sério? Como o quê? Quer ver o meu diploma da Universidade de Cambridge?

— Sapphire teve um ano terrível — começou Amber —, precisamos cuidar dela um pouco. Você sabe que ela se apaixonou antes de...

— Sei — disse Fergus solenemente. — Por um safado. Um homem indigno.

— Exatamente. Então, queremos ter certeza de que isso nunca, nunca mais vai acontecer novamente. — Em parecia muito séria.

— Entendo muito bem.

— O que está bebendo? — perguntou Em.

— Eu? Oh, não se preocupe. Metade de um copo está bom. Não sou muito de beber, mas permita-me oferecer alguma coisa. Qual é o seu veneno favorito?

Em fez um gesto para o barman.

— Dois martínis sujos, uma porção adequada da cerveja que ele está bebendo, além de três doses de bourbon. Não se preocupe, estou pagando e depois podemos começar a falar.

Fergus levantou uma sobrancelha enquanto as bebidas foram enfileiradas na frente deles, mas não reclamou.

— Saúde — disse Em e virou o copo com a dose de bourbon. — Se quer começar a entender o Texas e os texanos, tem que começar a beber bourbon. Certo, Amber?

— Acho que sim — respondeu Amber, mas deu um gole hesitante na bebida. Com toda a honestidade, só suportava tomar bourbon com meia lata de Coca-Cola despejada por cima.

— Certo... — Fergus parecia hesitante, mas engoliu a sua dose goela abaixo e depois fez uma careta.

Ele tossiu e disse:

— Vamos tentar algo escocês e muito mais suave a seguir.

— Manda ver — desafiou Em. Assim que Fergus fez o pedido, ela perguntou:

— Quantos anos você tem?

— Vinte e oito — respondeu Fergus, se remexendo na cadeira.

— Quantas namoradas sérias você já teve?

— Três.

— Como seu último namoro acabou? — perguntou Amber.

— Posy queria se casar e eu não. Então ela terminou comigo e se mudou para Londres. Fiquei muito chateado... e decidi procurar um emprego em Nova York.

— E por que não quis se casar com Posy? — perguntou Em, tomando um gole do seu coquetel.

— Ela não era a pessoa certa para mim.

— A pessoa certa... a pessoa certa — Amber suspirou —, o que é que acontece com todo mundo, essa coisa de a pessoa certa?

— Sapphire é a pessoa certa — disse Fergus simplesmente. — Você vai perceber quando isso acontecer com você.

— Que monte de merda — disse Em. — Talvez você simplesmente esteja pronto para se acomodar... por enquanto.

Fergus balançou a cabeça.

— A pessoa certa — repetiu ele. As doses de uísque escocês chegaram. Fergus pagou por elas e os três brindaram com os copos.

Fergus desejou-lhes algo que soava como:

— *Slanjevarrrrrr* — antes de virar o copo.

— Você é quem sabe — brincou Amber. — Agora conte-nos tudo a seu respeito. Trabalho, faculdade, sua família escocesa.

Fergus fez isso, bebericando ocasionalmente no enorme copo de cerveja preta. Enquanto falava sobre sua mãe, pai e irmã mais velha, Em e Amber ouviam e perceberam que ele estava começando a suar.

— Você está dizendo a verdade? — perguntou Em desconfiada. — Você está com uma cara de culpado.

— Apenas com calor — disse ele, tirando o paletó —, acho que vou ao banheiro lavar meu rosto. Disse que era fraco com bebidas.

Levantou-se e afastou-se cambaleando.

— Ele não parece estar bem — comentou Amber com Em. — Parece estar no mesmo estado da outra noite, quando Sapphire teve que levá-lo para casa.

— Está apenas um pouco bêbado — disse Em — e isso é bom porque vamos poder arrancar a verdade dele com facilidade. Vamos lá, vamos pedir mais bebidas. Ooooh, ele deixou o celular no balcão. Interessante.

— Em... — advertiu Amber.

Mas Em já estava com o celular na mão.

— Melhor só verificar as chamadas mais recentes. Se há outra pessoa certa na vida dele, precisamos saber.

— Em! — sibilou Amber.

— Você procura pistas interessantes aqui — disse Em, pegando a pasta de Fergus e colocando-a no colo de Amber.

— O quê? — protestou Amber, mas mesmo assim abaixou os olhos e espiou dentro.

— Yves M? Isso parece completamente suspeito — disse Em. — Estou copiando o número. É estranho. Provavelmente inglês. A menina que ele deixou para trás, talvez.

— Coloque-a de volta — disse Amber, devolvendo a pasta para sua irmã, acrescentando aflita: — ele vai voltar a qualquer segundo!

Em colocou o celular no balcão. Depois correu para colocar a pasta novamente apoiada na cadeira, mas calculou mal a distância. A pasta caiu e várias brochuras e arquivos se espalharam no chão.

— Meerrrda! — sibilou Em.

Amber olhou para baixo e viu um arquivo fino e branco com a etiqueta "Procedimento de Segurança" entre os outros folhetos e documentos espalhados. Em pegou e deu uma folheada, checando as páginas.

— Em! Ele está vindo! — advertiu Amber. Em colocou o arquivo atrás da maleta e Fergus apareceu.

Um segundo depois o arquivo branco desapareceu, exatamente quando Fergus aproximou-se da mesa.

— Desculpe, lamentamos muito. Acho que chutei sua pasta e tudo caiu — Amber tentou explicar.

— Oh! — Fergus ajoelhou-se, parecendo preocupado. Amber e Em se esforçavam para recolher os arquivos que tinham caído.

Havia uma brochura com a frase "Tesouros da Duquesa" escrita na frente com uma letra elaborada.

— Você deve estar muito ocupado planejando essa venda — disse Amber, entregando a brochura.

— Sim — respondeu Fergus laconicamente.

— Oh, as joias da duquesa — comentou Em com um grande sorriso. — Quero ouvir cada detalhezinho sobre elas. Aparentemente vocês estão esperando receber dois milhões de dólares por peça.

— Pelo menos — respondeu Fergus. — Essa é uma estimativa muito conservadora.

Assim que a pasta foi arrumada, Fergus se recostou na cadeira, ainda suado e acalorado.

— Quem sabe deveríamos dar uma volta? — sugeriu Em.

Na rua, no vento frio cortante, Fergus pareceu reviver.

— Foi muito interessante encontrar vocês duas — disse ele, com as maneiras perfeitas de volta. — Sua irmã é adorável. Vou cuidar dela. Adorá-la — acrescentou.

— Por favor, apenas não crie a esperança de coisas que você não está preparado para dar — disse Amber.

— Acho que temos que ser um pouco mais claras com você — acrescentou Em. — Tudo está indo muito rápido, muito cedo. Você precisa esfriar as coisas, meu amigo, precisa deixar Sapphire sozinha por um tempo — disse ela e aproximou-se dele. — Como vocês podem estar falando sobre casamento... já? Depois do que ela passou?

— Mas ela acha que me ama — insistiu Fergus.

— Sabe qual o verdadeiro motivo de estarmos aqui esta noite? — continuou Em. — Estamos aqui para dizer que você deve se afastar da Sapphire. Esfriar. Romper o namoro. Deixá-la sozinha. Não importa o quanto você quer ouvir o que ela diz. Ela não está pronta ainda. Ainda está apaixonada por Houghton. Como poderia não estar? Deveria ter se casado em junho. Só se passaram alguns meses!

Amber deu um cutucão duro na irmã.

— Não — sussurrou ela. — Você está indo longe demais. Não é justo.

Fergus parecia surpreso com a explosão de Em.

— Posso esperar — disse ele finalmente. — Posso esperar por ela. Farei tudo o que for preciso fazer...

— Bom, o que você tem a fazer agora é recuar — disse Em com firmeza —, recuar. Entendeu? Ou quem sabe devemos tentar descobrir mais sobre Yves M... — Em estreitou os olhos e olhou para Fergus.

— O quê? — perguntou ele, parecendo realmente surpreso.

— Exatamente — disse Em —, há coisas que sabemos... coisas que você não acha que sabemos. Mas sabemos — acrescentou em uma voz que soava misteriosa, mas Amber sabia, que era assim que a voz de Em deveria soar depois de dois martínis sujos, um bourbon e um uísque.

— Quer pegar esse táxi? — perguntou Amber, quando ouviu sons de pneus sobre as pedras antigas dessa parte da cidade. — Vamos a pé até o metrô.

— Ok... Não se importam? — perguntou Fergus, ainda parecendo um pouco atordoado.

— Sim — disse Amber. — Táxi! — chamou ela, acenando com o braço. — Aqui!

— Afaste-se da Sapphire — lembrou-lhe Em quando ele se dirigiu para o táxi.

— Certo, entendi — disse ele com a voz tensa.

Assim que o táxi partiu, Amber virou-se para a irmã.

— Sei que você bebeu muito, mas o que diabos foi aquilo?

— Talvez, se Sapphire não estiver sonhando acordada em sua casa de leilões, ela se torne um pouco mais útil para os meus planos — respondeu Em.

— Seus planos? Seus planos! Você não tem um plano, Em — exclamou Amber. — Você apenas tem uma fantasia louca, impossível, ilegal!

Uma chuva fria e molhada tocou no rosto de Amber. Só que, olhando melhor viu que não era chuva. Era fria, branca e com uma umidade congelante.

— É neve — disse ela a Em, incapaz de controlar o espanto de sua voz —, está nevando!

Crescendo no Texas, Amber só teve contato com a neve um punhado de vezes na vida, sempre repleta de emoção.

Em começou a cantar, agora sem sinais de raiva no rosto. No lugar da raiva estava um sorriso travesso, um sinal do humor um pouco perigoso, impetuoso, que quase sempre deixava Amber preocupada.

Em abriu os braços e rodopiou na neve.

— Quero ser rica e famosa. Famosa e rica. E vou conseguir. Acredite em mim, neném. O que você quer, Amber? Já pensou realmente sobre isso?

Em não esperou por uma resposta, continuou a cantar.

— Preciso arrumar um emprego, Em, caso contrário não seremos capazes de alugar um novo apartamento.

Em agarrou seu braço.

— Amber, você se preocupa demais. Sabia disso? Sempre preocupada, sempre pensando, sempre planejando. Você não consegue simplesmente ser, Amber, não pode viver no momento, apenas de vez em quando?

— Acho que isso é o bourbon falando. — Amber sorriu.

— Talvez você devesse ter bebido um pouco mais. Está nevando! Neve em Manhattan. Poderia haver algo mais maravilhoso? — perguntou Em animada. — Pense no que realmente quer. Então venha comigo e nós vamos buscar.

Amber riu, mas não pôde deixar de pensar que deveria ser divertido ser tão despreocupada quanto Em. Ela flutuava ao longo da vida, leve e feliz como um floco de neve. Em queria dinheiro, queria ser famosa. Sapphire queria encontrar o sr. Maravilha, ter uma bela casa e família com ele.

O que Amber realmente queria? Pensou que queria vir para Nova York. Pensou que queria trabalhar duro no banco e pagar a hipoteca da fazenda.

Agora que o trabalho tinha ido embora e o apartamento também, ela se sentia como uma bússola sem o polo norte. Estava girando descontroladamente, tentando encontrar uma saída. Tentando descobrir qual era o melhor caminho a seguir.

— Pare de se preocupar e comece a cantar — pediu Em, braços abertos, girando e girando na neve. — Apenas me diga o que realmente quer, Amber, e vou ajudar a torná-lo seu.

Capítulo Vinte e Dois

— Minha nossa, que vista maravilhosa do parque eles têm. Você já viu, não é?

— Claro. O Central Park sempre parece mais bonito visto do terraço de um apartamento de trinta milhões de dólares.

—Você tem um bom conjunto de chaves de roda em seu apartamento?

— Como é que é?

Amber reconheceu a voz de Jack, mas não estava preparada para ouvir uma pergunta tão incomum em uma manhã de domingo.

— Chaves de roda?

— Não. Estou brincando. Tenho as chaves. Estou na sua rua, na frente do seu apartamento e estou com um pneu furado. Isso é o que acontece quando se segue alguém, acho.

— Por que você está na minha rua? — perguntou ela, sentindo um sorriso se espalhar em seu rosto.

— Olha, poderia mentir e dizer que ia para a loja de Ori... mas na verdade pensei que você gostaria de ir dar um passeio ou algo assim.

— Um passeio? Está nevando e a temperatura parece estar em dez graus negativos. E de qualquer maneira, você não deveria ter telefonado antes?

— Onde está a diversão nisso? Não é muito mais divertido alguém apenas aparecer, estar com um pneu furado e precisar trocar o pneu na frente da sua porta na neve e no frio?

Ela foi até a janela e olhou para baixo.

Ele estava de pé ao lado de um carro prateado grande, porta-malas aberto, ferramentas já na calçada.

— Sim, posso ver você! — disse ele ao telefone e acenou para ela.
— Está vestida? Roupas suficientemente grossas para descer e trocar os pneus?

— Vou descer — disse Amber, sentindo uma onda de animação. Desde o jogo de futebol, pensava nele constantemente. Porque... Porquê? Porque ele foi uma surpresa.

Ficou admirada com o quanto gostava dele. Não era seu tipo, mas no fim das contas — quem era? Nenhum namoro dera certo para ela. Então, talvez estivesse errada sobre quem era seu tipo e precisava diversificar.

Jack sabia trocar um pneu, contar uma piada e beijar bem. Talvez essas fossem qualidades fundamentais. Todo esse tempo, ela poderia estar procurando os caras errados para as coisas erradas. Jack era diferente. Era um adulto. Tinha trinta e poucos anos, ela achava. Era um detetive. Era todos os tipos de coisas sobre as quais não sabia muito. Mas estava muito interessada.

Ficou surpresa com o quanto ele parecia gostar dela. Ele estava fazendo um grande esforço, e Amber estava começando a perceber como isso a fazia sentir-se bem.

Correu para o seu quarto, feliz por Sapphire ter saído com uma amiga e Em ainda estar dormindo, assim nenhuma delas podia ser demasiado curiosa ou debochada.

Rapidamente vestiu jeans, botas, malha, echarpe e casaco grosso, depois se olhou no espelho. Arrumou um pouco o cabelo, passou blush e brilho nos lábios. Sentiu todo aquele pânico de querer ficar bonita, mas sem querer se esforçar demais.

Olhando ao redor encontrou um par de luvas, sua bolsa pequena e suas chaves. Então, sentindo o seu coração saltar com o nervosismo, saiu do apartamento e desceu as escadas.

— Oi — disse a Jack, acenando rapidamente quando saiu pela porta principal.

— Olá, Amber — disse ele, caminhando em direção a ela —, pensei que já havíamos superado a fase de oi-com-um-tchauzinho no jogo de bola. Não foi?

— Sim, acho que sim — respondeu ela e sorriu.

— Ainda bem. Foi você que eu beijei? Certo?

Ela começou a rir enquanto ele caminhou até ela, colocou as mãos nos seus ombros e puxou-a de encontro ao seu corpo.

Ele beijava bem.

Quando Jack a beijava, Amber sentia-se segura.

— Olá — disse ele. — Queria ligar para você ontem, mas foi um dia longo no trabalho. Você saiu na noite passada?

— Saí com a Em.

— Certo, de volta ao trabalho. Preciso levar esse carro para a delegacia na hora do almoço ou vou ter ainda mais problemas do que de costume. Droga, está frio — acrescentou, batendo os pés e esfregando as mãos. — Neve em dezembro é muito cedo. Já viu neve antes, vaqueira?

— Sim! Quer que vá comprar uns cafés?

— Boa ideia. Enquanto isso, é melhor o macacão aqui ficar ocupado com o macaco. — Deu um gemido. — Terrível trocadilho. Desculpe.

Quando Amber voltou do café na esquina com duas xícaras fumegantes e um pão doce para Jack, ele havia levantado a extremidade traseira do carro. Viu quando pegou uma chave de roda grande na caixa de ferramentas e começou a afrouxar as porcas que seguravam a roda no lugar.

Ele trabalhou com calma e paciência, sem nenhum problema. Quando um dos parafusos não virou, ele suspeitou que estava congelado e derramou um pouco de café quente em cima para mantê-lo em movimento.

Calçava botas pretas com sola de borracha grossa. Botas de trabalho. Nada de sola de couro e um modelo metido a besta, como os mauricinhos com quem trabalhara e namorara. Nenhum deles seria capaz de trocar o pneu do carro. Todos tinham o número do serviço de resgate na discagem rápida do celular.

Ver Jack trabalhando a fez pensar em seu pai e em outros fazendeiros. Homens capazes, práticos, que entendem as coisas e fazem o que é necessário.

Ele tirou o estepe do porta-malas, verificou-o, colocou-o em posição e, em seguida, começou a apertar os parafusos de volta no lugar.

— Quase lá — disse ele —, está com boa cara. O pneu. Não apenas você — brincou. — Então, confia em mim o suficiente para dar uma volta nessa coisa? Ainda tenho duas horas livres até voltar a trabalhar.

— Claro — respondeu ela —, aonde vamos?

— Já foi patinar no Wollman Rink no Central Park?

— Não!

— Você já patinou no gelo?

— Na verdade, não.

— Então acho que temos algo para fazer.

— Você sabe patinar no gelo?

— Sim — respondeu ele, erguendo uma sobrancelha.

— Você é surpreendente.

— Você também. Muito surpreendente.

Demorou algum tempo para chegar à zona norte da cidade, encontrar uma vaga para deixar o carro, ir até o lago congelado no parque e entrar na fila para alugar os patins. Mas o tempo passou depressa, porque estavam conversando o tempo todo. Além disso, o dia estava extraordinariamente bonito, a grama coberta com neve e a pista ocupada com patinadores nova-iorquinos: deslizando ou posando, alguns fazendo piruetas, quase todo mundo usando suas melhores roupas de inverno.

— Então por que saiu do Texas? O que realmente fez você arrumar suas malas e vir parar aqui? — perguntou Jack enquanto amarrava os patins.

— Queria trabalhar para um banco da cidade grande, queria a experiência... e precisava de uma mudança — respondeu ela. — Morei na mesma casa em Parker County toda a minha vida, tinha os mesmos amigos desde o jardim de infância. Precisava de algo mais. E um ano depois meu pai morreu, imaginei que todo mundo iria ficar bem sem a minha presença. Não esperava que minhas duas irmãs viessem se juntar a mim em poucos meses. Era como se eu tivesse soltado o gênio da garrafa. Amber vai para Nova York e de repente todo mundo também quer ir para Nova York. Ó, meu Deus, olhe para aqueles apartamentos incríveis!

Ela apontou para os edifícios impressionantes do lado Oeste, construídos para dar a cada um dos moradores uma vista do parque de tirar o fôlego.

— Deve ser maravilhoso viver em algo parecido. Que vida! Que vida completamente diferente.

Jack posicionou um dedo direto na frente do rosto dela.

— Ok, agora siga a linha. Vê que estou apontando para o quarto andar de cima para baixo?

— Sim.

— Essa família ficou tão chateada brigando sobre a herança que o irmão caçula foi baleado na cabeça pela irmã mais velha. O porteiro do prédio, que trabalha lá há vinte e oito anos me disse que foi o terceiro assassinato por dinheiro naquele prédio. Ele também disse: "Os ricos não controlam suas fortunas. Suas fortunas os controlam." Interessante, não? Agora está pronta?

— Mais ou menos.

— Vou erguer você, depois você coloca o braço aqui e vou puxá-la.

Amber pegou a mão dele e equilibrou-se desengonçada sobre os seus pés. Sentiu-se muito alta nos patins e muito instável.

— Ei, devagar — instruiu-a Jack. — Parece que estou tentando ensinar o Bambi a andar. Dobre um pouco os seus joelhos, incline-se um pouco para a frente, agora é só confiar em mim. Quanto mais devagar você for, mais vai oscilar, tem que seguir em frente, se jogar.

— Whooooaaaa! — Amber não conseguiu deixar de exclamar quando saíram deslizando, mas segurou firme, e Jack a direcionou suavemente ao longo do percurso.

— Ok, agora que tenho você sob o meu controle e você não pode fugir de mim, quero saber tudo sobre a sua ficha.

— O quê?

— Todos os encontros passados, namorados, amantes. Existe alguém suspirando por você em casa no Texas?

— Não. Ninguém suspirando. Vou poder ouvir o seu histórico? — perguntou ela.

— Oh, puxa. Quanto tempo você tem? Vamos patinar primeiro. Quando pararmos, vamos comer alguma coisa e farei uma confissão. Pequena.

— Ex-esposas? — Amber fez a pergunta sentindo um pouco de medo da resposta.

— Não. Nenhuma ex-mulher — garantiu ele —, mas algumas ex-namoradas bastante malvadas e complicadas.

— Oh. Isso não soa muito bom.

— Não... Não é nada sério. Talvez seja algo sobre ser um policial. Acho que nós atraímos garotas estranhas.

— Ah...

— Droga. Desculpe, isso também não soou bem! Esqueça o que eu disse. Talvez você esteja me deixando nervoso.

— Nervoso? Por que iria deixá-lo nervoso? Ei, sou a única aqui usando patins pela primeira vez.

— Talvez esteja nervoso porque gosto de você. Gosto muito de você.

Continuaram patinando, chegaram até a andar com um pouco de velocidade, mas não era a pressa de zunir sobre o gelo que estava deixando Amber tonta de felicidade.

Ele gostava muito dela!

Ela queria gritar em voz alta. O detetive, o excelente beijoqueiro, o cara que sabia patinar no gelo, trocar as rodas do carro e deixar os criminosos juvenis se safarem se ele gostasse dos pais deles, esse cara adulto e interessante gostava muito dela!

— Não se preocupe comigo — disse ele —, quero saber mais sobre você. Muito, muito mais. Do que você gosta? Quais os seus hobbies? Conte-me tudo.

E, de repente, ela sentiu como se tivesse muito a dizer, como se não houvesse tempo suficiente para conversar com ele antes que tivesse que voltar para a delegacia.

Quase duas horas depois, Amber voltou para o apartamento. Quando entrou, podia ver imediatamente que algo estava acontecendo. Sapphire estava sentada no sofá, um amontoado choroso rodeado por lenços de papel amassados, Em estava ao seu lado, esfregando suas costas.

— O que aconteceu? — perguntou Amber, correndo na direção de Sapphire.

— Fergus cancelou nosso encontro de hoje, do mesmo modo que cancelou o da noite passada. E pior que isso... — A voz de Sapphire perdeu a força e com um soluço pequeno apertou o lenço de papel contra o rosto.

— O quê? — perguntou Amber aflita. — O que é?

— Ele disse que não acha que devemos nos ver muito no momento. Diz que precisamos ir mais devagar. Pegar leve. Está preocupado com o fato de que estamos fazendo as coisas muito depressa.

Por um momento, ninguém disse nada.

Sapphire apenas soluçou usando lenços de papel novos, e Amber e Em encararam-se nas costas dela.

Em sacudia a cabeça, como se dissesse: "Nem pense em contar a ela."

Amber também foi sacudindo a cabeça, como se dissesse: "Viu o que você fez?"

— É tudo minha culpa — Sapphire soluçou —, é totalmente minha culpa.

— Não. Não, realmente não é — assegurou-lhe Amber.

— Mas é. Eu era a única indo rápido demais. A única falando sobre morarmos juntos. Ele é o melhor homem que *já* conheci, que jamais poderia conhecer, e o assustei.

— É a mesma coisa que aconteceu com Forde Houghton — exclamou Sapphire, olhando para cima. — Por que não posso simplesmente apreciar as coisas devagar? Por que estou sempre com tanta pressa?

— Shhh... — Amber a acalmou. — Fergus não é como Forde. Ele é legal e gosta de você. Tenho certeza de que não é você. Mas diminuir um pouco o ritmo... talvez isso seja uma coisa boa.

— Nós só saímos por algumas semanas... e eu já estava falando sobre alianças, locais para o casamento e — soluço grande — louça! — Sapphire deixou escapar. — Isso é tudo culpa minha. Eu o assustei. O deixei totalmente apavorado. Provavelmente vai sair correndo como um coelho de volta para a Escócia.

— Sapphire, por favor, não! Você vai vê-lo no trabalho amanhã. Tudo pode dar certo. Por favor, não entre em pânico.

— Quase não o vejo no trabalho — disse Sapphire. — Ele está obcecado com as joias da duquesa de Windsor. É um especialista em tudo o que diz respeito a elas e todos os que as colecionam. Já reescreveu a brochura de vendas cinquenta vezes! Oh, tenho que ir lavar o rosto...

E correu para o banheiro minúsculo.

Assim que a porta estava fechada, Amber virou-se para Em.

— Olha o que você fez — sibilou ela —, você não deveria ter interferido.

— Ok — disse Em. — Tudo bem, deixe que ela caia de cabeça por um cara da Inglaterra sobre quem sabemos quase nada. Porque da última vez ela escolheu um cara muito legal para se apaixonar.

— Puxa. Eu não sei — admitiu Amber. — Eu não sei... Em?

— Sim?

Amber abaixou a voz.

— Quando ele estava falando com a mamãe, disse que foi para a Universidade de Edimburgo, depois, no bar, lembre-se, ele perguntou...

— Será que gostaríamos de ver o seu diploma de Cambridge!

— Isso é muito estranho — disse Amber. — Não há nenhuma maneira de alguém esquecer onde cursou a faculdade. Então, por que Fergus mentiu sobre isso?

Capítulo Vinte e Três

— Então, ela prendeu o salto de seus sapatos Prada de quinhentos dólares na escada rolante e ele quebrou.

— Lauren, é isso o que acontece quando se usam sapatos baratos.

No fim da tarde de segunda-feira, o celular de Amber tocou. Era Em.

— Olha, tenho uma ideia — começou Em.

— Uh-oh.

— Você tem que vir trabalhar comigo no clube hoje à noite.

— O quê?

— Sim, você tem, porque quando eu for embora, você pode ficar com o meu emprego. Vou falar com Dino, ele é um homem muito razoável. Talvez até assine seu contrato dizendo que você está trabalhando para ele. Assim você e Sapphire podem alugar um novo lugar. Se você começar a trabalhar a partir de hoje vou ter tempo para te dar todas as dicas.

— O que quer dizer que posso ter o seu trabalho quando você for embora? Aonde você vai?

A voz de Em caiu para um sussurro.

— Assim que roubar as joias vou ter que me esconder por um tempo aqui ou em algum lugar no exterior.

— O quê? Uma vez que você roubar... Em, por favor, você não vai roubar as joias — sibilou Amber. — Já sabemos que elas estão vindo em carro blindado. Além disso a Wilson está contratando seguranças armados e montando vitrines de vidro à prova de balas. Você não vai roubá-las. Não vai sequer tentar. Trate de esquecer completamente tudo isso! Sapphire e eu não temos a intenção de passar todos os domingos à tarde visitando-a na cadeia.

— Amber, vá pegar algo no guarda-roupa e vista-se — instruiu Em. — Coloque uma roupa de balada legal, arrume o seu cabelo, adicione maquiagem, tente desencanar um pouco e parecer jovem por uma vez na vida. Depois vá para lá às sete horas. Quando não estivermos servindo drinques, acompanhando as pessoas até as suas mesas ou limpando derramamentos de bebidas na pista de dança, vou explicar exatamente como vou roubar as joias.

Bill's Place — o local mais badalado em NoHo — era muito maior, mais barulhento e mais animado do que Amber havia imaginado. Assim que entrou no bar, com todos os espelhos elegantes, abajures estilosos e estofados de veludo, sabia que estava no centro de tudo que era badalado e legal em Nova York... e usando uma roupa que não estava nada adequada.

Mas fazia muito, muito tempo desde que tinha ido a um lugar legal. Na verdade, não conseguia se lembrar se tinha ido dançar depois que se formou na faculdade.

Mas não importava. Em se aproximou, franziu a testa e suspirou ao ver a calça preta e top verde com lantejoulas de Amber. Então, depois de apresentá-la para Dino, começou a explicar todas as tarefas de uma recepcionista no Bill's Place.

Tentando falar acima da batida pulsante da música, enquanto observavam as pessoas bonitas de Nova York bebendo coquetéis e deslizando, com os quadris para a frente, na pista de dança, Amber disse a Em:

— Nunca poderei trabalhar aqui. Sou como um peixe fora d'água. Um peixinho dourado nadando em um copo de cerveja.

— Cale a boca! — disse Em. — Estou ganhando trezentos dólares por noite com gorjetas. Eles abrem cinco noites por semana, você pode alugar um apartamento em Manhattan com esse dinheiro. E é fácil...

— Boa-noite, senhor, deixe-me encontrar uma das nossas melhores mesas para o senhor. — Em disparou o seu sorriso mais encantador para um rapaz negro, alto, com a cabeça raspada, usando brincos de diamante e um casaco de peles cinza.

Quando voltou correndo para perto de Amber, Em disse:

— Ele é legal, muito legal, vou servir a ele drinques a noite toda. É o maior gângster no Lower East Side e suas gorjetas são famosas. Ele é rico, rico, rico. Quando tiver meus milhões, primeiro vou comprar peles e diamantes. Mesmo se não tiver onde dormir à noite, estarei vestindo peles e diamantes.

— Em, você tem que parar com essas coisas. Sério — disse Amber, voltando-se para colocar uma mão no ombro de Em. — Chega de fantasia. Sapphire ligou e estava histérica porque as joias chegarão um dia antes do programado. Vão chegar amanhã, não na quarta-feira. Vão ser exibidas sob um enorme esquema de segurança incluindo guardas armados a partir de amanhã. Você não vai roubá-las ou vendê-las... ou comprar peles e diamantes. Não sei em que tipo de sonho você anda vivendo ultimamente, mas precisa cair na real.

— Amanhã de manhã... *amanhã*? Tem certeza?

— Bem, isso foi o que ela disse.

— *Ela* tem certeza? Preciso ligar para ela.

— Ok, ligue para ela — respondeu Amber —, mas sabe o que mais? Antes disso me conte o seu plano.

— Sério?

— Sim, sério. Gostaria de saber como exatamente planeja fazer quatro milhões de dólares em joias desaparecem.

— Ótimo. Vamos pegar duas bandejas, enchê-las com copos vazios e caminhar lentamente para a cozinha. Dessa forma, vamos parecer ocupadas e posso te contar tudo.

Enquanto andavam entre as mesas, removendo os copos vazios e prometendo retornar rapidamente para pegar novos pedidos, Em começou a explicar.

— Vi os planos de segurança...

— Eu sei — disse Amber.

— Eles caíram da maleta de Fergus.

— E você olhou.

— As joias chegam às dez horas de carro — continuou Em —, vão direto para o escritório do sr. Wilson. O sr. Wilson, Sapphire e Fergus vão examinar as peças e fotografá-las. Em seguida, às 10h45 aproximadamente, vão ser levadas para as vitrines especiais na sala de exibição e ficarão sob guarda armada.

— Certo, assim você não tem chance.

— Não. Errado. Minha chance é quando as joias estiverem na sala de catalogação. Não estarão nas vitrines, não estarão sob guarda armada, vão estar lá na mesa com três pessoas que conheço.

— Sim, três pessoas que não vão tirar os olhos delas por um momento... e não haverá guardas na porta?

— Segundo o plano, dois guardas.

— Então? — Amber virou-se para a irmã.

— Vou entrar pela entrada de pessoal. — A voz de Em caiu para um sussurro, embora agora estivessem no corredor e sozinhas. — Vou até a sala de Sapphire, onde há uma porta de ligação...

— Que estará trancada.

Em puxou uma correntinha no pescoço. Nela havia uma chave, que ela balançou para a irmã ver.

— Ta-dah! — disse Em, triunfante. — Emprestadas, copiadas e devolvidas.

— Os guardas vão estar bem ao lado do escritório da Sapphire, porque o sr. Wilson fica na porta ao lado. Eles não vão deixar você entrar.

— Vou inventar uma distração.

— Uma distração? — Amber bufou. — Isso só funciona nos filmes. E mesmo se você entrar, como é que vai pegar as joias da Sapphire, do sr. Wilson e de Fergus?

— Não posso te dizer.

— Por que não?

— Você não vai gostar.

Amber virou-se para a irmã, horrorizada.

— Em, você não tem uma arma, não é? Em, se você tiver uma arma, vou chamar a polícia.

— Ooooh, colocou o bonitão do Jackie na discagem rápida, foi? Vai chamá-lo para que ele prenda a sua irmãzinha safada, não é?

— Em, sério. Por favor, me diga que você não tem uma arma.

— Amber, sério, não tenho uma arma. — Em brincou. — Porque este não é um crime. Não haverá vítimas porque a sra. De La Hoz fez seguro. Este é um roubo de joias elegante e inteligente.

— Você está pensando em um disfarce? — Amber quis saber.

— Claro, um disfarce fantástico, uma irresistível madame que não trabalha. Óculos escuros, peruca loira, bronzeado falso e roupas de cashmere bege.

— Só que você não tem nenhum cashmere.

— Não, terei que improvisar. Mas a jaqueta de arminho vai comigo. É o meu amuleto da sorte.

— Sempre pensei que os criminosos devessem vestir-se como faxineiros — disse Amber. — Ninguém os vê ou presta atenção a eles, e a Wilson está cheia deles. O lugar é imaculado, devem ter faxineiros andando por lá durante todo o dia e ninguém nunca os vê.

— Boa ideia!

Agora Amber desejava não ter mencionado isso. Mas Em não podia estar falando sério. Ela realmente não poderia estar falando sério sobre isso.

— E sobre todas as câmeras, Em? Deve haver uma câmera em cada corredor e em cada saída.

— Acho que não há uma câmera no escritório do chefe.

— Por que ele está levando as joias para lá, então? — Amber perguntou em voz alta. — Para o único lugar onde não há nenhuma câmera? Essa é uma ideia arriscada.

— Isso, amiguinha, é uma oportunidade.

— E o que dizer do resto?

Amber não conseguiu esconder sua irritação.

— Quero dizer, vamos supor que por algum golpe de sorte incrível você consiga distrair os guardas, evitar todas as câmeras, roubar as joias de três pessoas que por acaso não vão estar olhando... como vai sair do prédio quando o alarme estiver tocando?

— Subo pela janela do banheiro — respondeu Em. — Fui uma ginasta na escola. Vai ser muito fácil.

Enfurecida, Amber prosseguiu:

— E como vai esconder quatro milhões de dólares em joias? Como vai contrabandear as peças para fora do país? Como vai encontrar um colecionador e depois vender para ele? E exatamente onde pretende esconder o dinheiro roubado?

— Abri uma conta para uma fundação de caridade — disse Em.

— Você abriu uma conta para uma fundação de caridade? Mesmo? Uma conta falsa?

Chegaram ao fim do corredor. As duas colocaram as bandejas de bebidas no elevador para as cozinhas. Amber virou-se para Em e agarrou-a com força pelos ombros, desesperada para injetar algum bom-senso nela.

— Por favor, pare agora — insistiu. — Pare agora, enquanto ainda é apenas uma ideia. Isso não vai acontecer. Estou realmente triste porque as coisas não estão funcionando para você. Mas essa ideia não chega nem perto de ser uma resposta...

Em encolheu os ombros para se libertar das mãos de Amber. Mas Amber continuou:

— Puxa vida, Em! Perdi meu emprego, estou prestes a perder o meu apartamento, não posso ajudar a mamãe com a hipoteca e meu pai adorado acabou sendo um trapaceiro! Mas ainda sou uma pessoa completamente honesta, ainda estou tentando descobrir como ganhar a vida sem roubar um único centavo de ninguém. — Ela olhou para a irmã com raiva. — Aqueles dois caras que roubaram a loja de joias na nossa rua, eles foram pegos, Em! Um deles vai para a cadeia, o outro foi encaminhado para um programa de recuperação juvenil. Sim, você pode ter roubado umas lojas algumas vezes, mas agora precisa crescer e parar. Talvez não exista um "felizes para sempre" para nós. Talvez não exista um plano A, ou B, ou C! Talvez a gente não consiga a sorte grande, Em. Talvez só tenhamos que trabalhar duro e lutar como quase todo mundo na face da Terra. Talvez a gente não consiga entrar para o clube especial.

— De jeito nenhum! — exclamou Em. — De jeito nenhum. Vou fazer isso ou morrer tentando. Nem pense em tentar me impedir! — Com isso, girou nos calcanhares e começou a se afastar.

— Em, vou fazer o possível para impedir você — gritou Amber na direção dela. — Assim que sair daqui hoje, vou contar para Sapphire. Quando ela for trabalhar amanhã, a segurança será o dobro, o triplo do que era suposto ser. Você nem vai entrar no edifício. Se precisar, vou trancar você em seu quarto amanhã.

Nas quatro horas seguintes, Amber e Em foram as recepcionistas que mais trabalharam no clube. Percorreram incansavelmente o caminho entre a cozinha, o bar e as mesas; limparam mesas, passaram pano no chão, sorriram, encantaram, mas não trocaram mais nenhuma palavra uma com a outra.

Mais tarde, às quatro da manhã, quando a longa e cansativa noite de trabalho acabou, Em aproximou-se de Amber com um copo de Coca-Cola, repleto de gelo.

— É Cherry, sua favorita — disse Em e seu sorriso parecia apologético.

— Obrigada — respondeu Amber e deu vários goles sedentos.

— Isso está com um gosto muito estranho — foi a última coisa que ela se lembrou de ter dito a Em.

Capítulo Vinte e Quatro

> — Eu digo qual é o problema com ela: ela é vegetariana.
>
> —Vegetariana? Pensei que era alcoólatra.

Amber sabia que estava acordada. Podia ouvir sua respiração... podia ouvir um motor de carro acelerando na rua abaixo, mas não conseguia abrir os olhos.

Além disso, sua boca estava muito seca, a língua parecia estar colada no céu da boca.

O que diabos estava acontecendo?

Fez um esforço para abrir suas pálpebras e, gradualmente, uma fenda de luz começou a aparecer. Então, finalmente foi capaz de olhar com clareza ao redor. Estava em seu quarto, deitada em sua cama, completamente vestida com as calças de seda e o top que usara na boate. Seus olhos estavam inchados e grudentos com a maquiagem que colocara na noite passada.

Descolou a língua do céu da boca e sentiu um latejar forte na parte de trás da cabeça.

O que exatamente tinha acontecido com ela?

Olhou para o relógio de cabeceira. Eram 9h16. Levantou-se, balançou instável e abriu a porta do quarto.

O apartamento estava em silêncio. De alguma forma, dormira sem ouvir o barulho de Sapphire e Em ao se levantarem e saírem para o trabalho.

Amber lembrava-se de estar na boate no final do turno — mas e depois? Esforçou-se para lembrar como chegou em casa. Mas descobriu que não podia.

Algo amarelo forte na porta, logo abaixo do nível dos olhos, chamou sua atenção. Era um post-it com a letra de Em.

Amber pegou o papel e leu em voz alta:

— "Desculpe, Amber, mas não podia deixar você me impedir. Tenho que tentar ou morrer tentando. Beijos, Em."

— Ó, meu Deus — sussurrou Amber, as peças se encaixaram e ela percebeu o que Em tinha feito.

— Minha irmã me drogou. — Sentou-se pesadamente no sofá. — Minha irmã caçula me drogou. Minha irmã caçula colocou drogas na minha Cherry Coke.

Então deu um salto, correu de volta para o quarto e verificou seu despertador novamente: 9h19. As joias chegariam à Wilson em quarenta e um minutos — o que significava que Amber precisava chegar ao Upper East Side em quarenta e um minutos e impedir que Em fosse para a cadeia.

Vestiu um suéter, um casaco e em seguida colocou as botas e pegou um chapéu. Não havia tempo para limpar os olhos de panda nem mesmo para tomar um copo de água. Saiu correndo pela porta, desceu as escadas, ligando para o telefone de Sapphire em seu celular.

Secretária eletrônica.

— Sapph, me ligue. Me ligue assim que receber esta mensagem. É URGENTE!

O celular de Em estava direto no correio de voz.

— Não faça isso! — gritou ela e desligou.

Na rua 17, Amber correu até a estação de metrô no final da rua. Quando virou a esquina, prestes a correr escada abaixo, um homem subindo lhe disse:

— Não se afobe. As linhas estão paradas até a rua 34.

— O quê? Está falando sério? — perguntou ofegante, mas agora podia ver a multidão de passageiros andando em direção à saída.

— Sim. Bem-vinda a mais um dia infernal e comece a andar.

Amber olhou para o relógio: 9h27. Não conseguiria ir a pé até o Upper East Side e chegar lá a tempo. Se os trens estavam parados, todos os táxis estariam ocupados, não tinha tempo para esperar por um ônibus — precisava correr de volta para o apartamento e ir de bicicleta.

Teria que pedalar até a Wilson & Sons. De alguma forma, tinha que chegar lá a tempo de impedir que Em cometesse o maior erro de sua vida.

Capítulo Vinte e Cinco

> — *Agora, Betty, aquele diamante tem tantos quilates... que você quase poderia ultrapassar o limite de peso de uma balança com ele.*

À s nove horas e quarenta e quatro minutos o porteiro, usando um casaco longo com aba, quepe e luvas brancas, em pé do lado de fora da Aubrey Wilson & Sons, está acompanhado por um segundo porteiro e o guarda de segurança da empresa. Os três conversam nervosos, inquietos, endireitando-se e ajeitando várias vezes suas gravatas enquanto esperam.

Um dos porteiros recebe uma chamada.

Quando termina, guarda o telefone e despeja instruções para os outros dois. O guarda de segurança desaparece dentro da loja por alguns instantes e volta novamente para a rua. Os três estão alertas e preparados para a ação.

Uma limusine preta para na rua e estaciona no espaço especialmente reservado do lado de fora do edifício. Era óbvio que a imprensa não havia sido avisada e que somente um punhado de pessoas-chave dentro do edifício sabia a hora de chegada exata.

Um cartaz nas janelas informava aos transeuntes que hoje as salas de exibição só seriam abertas às onze horas: "Em razão de circunstâncias especiais."

Um homem uniformizado, carregando uma grande maleta preta, saiu do carro e entrou rapidamente na casa de leilões. Em, com uma espessa camada de bronzeado falso e uma longa peruca preta, está sentada, exatamente do outro lado da rua, observando tudo em um assento junto à janela no café Ernie. Toma o resto do café, depois se levanta e se apressa em pagar a conta.

Consegue ver o cartaz na janela da frente informando ao público que as portas estarão fechadas até as onze horas, mas graças a Sapphire ela sabe o código de segurança a ser digitado para a porta dos fundos e não está preocupada. Na verdade Em sente-se calma, preparada e excitada, como uma atriz de pé, na lateral do palco, esperando a cortina se abrir.

Aguarda o momento de realizar a performance de sua vida. Em não existe mais... é hora de Emerald entrar em cena.

Levando uma pequena mochila no ombro, Emerald atravessa a rua em direção à esquerda da casa de leilões e anda depressa por um pequeno beco lateral. Corre para a direita em uma rua estreita e se aproxima da porta dos fundos. Não há ninguém por perto, ela puxa o lenço branco de sua mochila e o enrola ao redor de seus cabelos, amarrando-o sob o queixo.

Depois digita o código, empurra a porta de trás e entra. Ainda não sabe exatamente como isso tudo vai dar certo, mas não há como negar o estímulo excitante da adrenalina em suas veias.

Emerald corre por um pequeno corredor lateral, arranca fora a capa de chuva e a coloca na mochila. Agora está vestida como uma faxineira, com jeans, tênis e um avental rosa e branco, e um passe para funcionários feito em casa pendurado ao seu pescoço.

Segue em direção ao banheiro dos funcionários que sabe que fica no piso térreo. Mantendo os olhos baixos, não olha para quem passa por ela. Usando o lenço e o uniforme de faxineira, sente-se estranhamente invisível, exatamente como Amber dissera. Ninguém a para, ninguém faz perguntas. Vê o banheiro e se apressa em entrar no cubículo com a janela.

É uma janela pequena, a um metro e oitenta de altura. Mas Emerald lembra a si mesma que fez atletismo por doze anos. Consegue manter-se pendurada nos anéis de ginástica por mais de dez minutos, de modo que isso deve ser uma moleza. Além disso, fica no piso térreo. Não é que ela precise saltar para chegar do outro lado.

Revira a mochila, tirando uma lata de aerossol e panos de limpeza. Puxa o seu lenço branco até o queixo e prende com um alfinete. Enfia tudo de volta na mochila e escuta para se certificar de que é a única pessoa no banheiro.

Destrava a porta do cubículo e sai. Acima dele, vê o armário de produtos de escritório, onde pensa que pode deixar sua mochila por alguns minutos. Estica-se e enfia a mochila dentro. E decide seguir em frente antes que mude de ideia.

No corredor, Emerald sussurra baixinho:

—Vire à direita na escada, suba um piso, vire à esquerda no corredor, depois vire à direita e na segunda porta, à esquerda.

Segue suas próprias instruções o mais rapidamente possível. Passa por uma mulher bem-vestida no corredor, mas mantém os olhos baixos.

Agora está no corredor dos escritórios de Sapphire e do sr. Wilson. Há apenas um guarda de segurança na frente da porta da sala do sr. Wilson. Emerald esperava dois. Desistiu de causar uma distração: resolveu simplesmente entrar calmamente no escritório de Sapphire, como se fazer a limpeza do escritório nesse momento fosse a coisa mais normal do mundo.

Mas, enquanto caminha em direção ao guarda, segurando os panos de limpeza e o aerossol, se pergunta como isso vai funcionar.

Por que ele iria deixá-la chegar assim perto da sala com as joias? E ele não iria dar uma olhada perigosamente perto de seu rosto?

Assim que começa a diminuir o passo, sem saber se realmente tem a coragem de entrar direto no escritório da Sapphire, o guarda vira abruptamente e segue na direção contrária. O rosto de Emerald se ilumina. Sabe que tem apenas alguns momentos, ele pode voltar, mas agora tem uma oportunidade. Uma oportunidade de ouro!

Abaixa a maçaneta do escritório da Sapphire... está aberta. Entra na sala. Está limpa, arrumada e tem o cheiro do perfume de rosas de Sapphire.

Enquanto Emerald anda na ponta dos pés em direção à porta entre as salas, procurando a chave em seu pescoço, avista a foto de família que Sapphire tem em uma moldura de prata sobre a mesa. Foi tirada há cinco anos, um instantâneo desbotado deles cinco. De repente Emerald se lembra do dia tão vividamente como se fora ontem.

Um raro dia de folga para seus pais, todos empilhados na caminhonete, indo pescar com uma cesta de piquenique enorme. Claro que todas as aventuras e desastres de costume ocorreram. Amber escorregara, caíra e fora atacada por uma sanguessuga, sua mãe fora picada no nariz, só pegaram um peixe pequeno e todo mundo ficou queimado de sol. Mas agora, olhando para a foto, Emerald entendeu, com lágrimas nos olhos, que dias como esse são um presente do céu, e só se percebe como são preciosos depois que acabam.

Olhou para a chave em sua mão direita e a lata de spray de pimenta na mão esquerda, e se perguntou se estava louca.

Sério? Realmente!

Está realmente pensando que pode destravar a porta, entrar e jogar um spray de pimenta no rosto da sua própria irmã, a doce Sapphire?

Ela não pode fazer isso.

Está em pé na sala, com as ferramentas em suas mãos... mas nunca, nunca se sentiu tão insegura a respeito de um roubo quando roubava lojas. Acha que não consegue. Quando se está em dúvida, há a certeza de um fracasso.

— Aaaargh!!

Dois gritos e um som de algo quebrando vindo do escritório do sr. Wilson, seguido pelos sons de uma luta.

Outro grito.

— Não! Não! — Uma voz de homem bradou.

Novamente um grito.

— Sapphire! — grita Em. — Você está bem?

A porta bate, Em pode ouvir gritos e soluços. Com as mãos tremendo, se atrapalha para colocar a chave copiada na fechadura.

Abre a porta e vê o caos no escritório do sr. Wilson.

Sapphire está sentada em uma cadeira, com as mãos na frente de seus olhos. O sr. Wilson está no chão, também com as mãos na frente do rosto.

Em cima da mesa e da escrivaninha estão uma mala e duas caixas de joias, ambas abertas, reviradas e vazias.

— Acho que é pimenta! — grita Sapphire. — Jogaram spray de pimenta na gente!

— O alarme! — grita o sr. Wilson. — Alguém ligue o alarme.

Em está em pé na soleira da porta com um disfarce pesado e uma lata de spray de pimenta em suas mãos... Mesmo sendo inocente, apesar de Sapphire estar ferida, Emerald sabe que tem que girar nos calcanhares e correr. Agora.

— O que está acontecendo? O que aconteceu?

Emerald reconheceu a voz de Fergus ao longe. Deve estar no corredor, correndo em direção à porta.

Fecha a porta de ligação e volta rapidamente para o corredor. Vira uma esquina cegamente, e então soa o terrível barulho do alarme.

Emerald, em pânico, passa por uma porta e descobre que está em outro escritório. Não pode ficar aqui. Não pode ficar em qualquer lugar! Tem que continuar fingindo ser uma faxineira inocente e tem que dar o fora daqui.

Apanha um cesto de lixo debaixo da mesa e volta para o corredor.

Esquerda, direita, descendo as escadas... finalmente, Emerald chega ao banheiro. Mas, apesar do alarme estridente ressoar pelo prédio, alguém está no cubículo com a janela. Com o coração batendo forte, retira a mochila do armário de suprimentos e se tranca no segundo cubículo. De repente, está apavorada e furiosa. Tenta parar de chorar por causa da confusão, do medo e da raiva. Seus planos foram frustrados! Por ela mesma! Por outro ladrão!

Alguém realizou o crime que deveria cometer. Alguém tem os tesouros. Agora, nesse exato momento... alguém está fugindo com eles.

Emerald não teve coragem. Logo no último momento, não pôde fazê-lo. Sente seu espírito quebrado. Como se nunca fosse se recuperar.

Emerald tira o lenço, o avental de limpeza e a peruca longa e escura. Agora, prende seu cabelo em uma peruca curta, ruiva encaracolada.

Embala tudo em sua bolsa, não esquecendo a identidade falsa. Fecha o zíper e espera, ouvindo. Ouve uma descarga. Ouve a trava da porta sendo aberta. Parece demorar uma eternidade até ouvir a torneira aberta. Então, mesmo com o alarme soando, ouve o secador de mãos. Finalmente a porta se abre e se fecha. Emerald se agacha, ouvindo atentamente: assim que tudo parecer livre, vai correr para o outro cubículo, trancar-se e escapar pela janela.

Enquanto espera, o sol surge por trás de uma nuvem e um feixe de luz viaja pela janela, sobre a abertura na parte superior da parede divisória, e bate em linha reta no cesto de lixo que Emerald trouxe com ela até o cubículo, só porque não pensou em deixá-lo para trás.

Emerald vê um brilho.

E se agacha.

Remove os copos de café, envelopes e pedaços de papel amassados, e com um suspiro de espanto vê o brilho de diamantes e esmeraldas, uma parte do colar mais fabuloso do que jamais poderia ter imaginado.

Pega o colar, puxa-o para fora e olha incrédula. O colar? Como pode o colar estar aqui? Como foi parar em uma lata de lixo... em um escritório... no corredor do roubo? Freneticamente, Em remove papéis e um pacote de salgadinhos antigo, e agora consegue ver... a pantera! O broche de pantera da duquesa de Windsor também está aqui. Como pode ser possível?

Remove o broche do lixo e o segura em frente aos olhos. A peça é de tirar o fôlego. Os olhos de rubi brilham como se o animal estivesse realmente vivo.

Emerald faz uma varredura final da lata de lixo, até o fundo, lutando entre os papéis rasgados.

A porta do banheiro se abre.

— Alguém aqui? — chama uma voz profunda e masculina acima do alarme disparado.

Em sente seu coração parar.

Vai ser pega. Como é que alguém vai alguma vez acreditar que mesmo que ela planejasse roubar não fez nada? Está disfarçada, está segurando as joias... parece completamente culpada. Nunca vai escapar dessa.

— Ei, você aí — a voz chama.

Em permanece em silêncio.

— Você, no cubículo.

Ele bate à porta.

— Sim? — guincha Em.

— Você precisa sair. É um bloqueio. Todos para o salão de recepção.

— Ok — guincha ela de volta.

Com dedos trêmulos, enfia os panos de limpeza, o spray de pimenta e os tesouros que ela encontrou dentro de sua mochila. Em seguida dá descarga e abre a porta.

Em vez de ficar cara a cara com o guarda de segurança, descobre que ele saiu do banheiro, talvez para dar-lhe um momento de privacidade. Essa é a sua única chance de escapar. Corre para o cubículo ao lado da janela, joga a bolsa para fora, então ergue o corpo para passar pela janela, espreme-se um pouco e cai no chão do outro lado.

Pegando a mochila, sai correndo pelo beco de trás.

Assim que vira uma esquina, volta a caminhar.

Passa as mãos trêmulas sobre sua peruca vermelha para se certificar de que ainda está tudo no lugar. Seu coração nunca bateu tanto em sua vida. Se sente fraca com o medo. Nenhuma apresentação teatral foi tão difícil. Tão impossível. Tão aterrorizante! Nunca, nunca mais vai fazer algo assim novamente.

Emerald quer gritar e gritar para liberar o terror. Também quer se enrolar em posição fetal e chorar. Mas apressa o passo, andando o mais rapidamente possível, virando na próxima esquina... Não tem ideia, não tem a menor ideia do que fazer a seguir.

Já pode ouvir as sirenes.

A polícia está a caminho. Um grande crime foi cometido, uma grande investigação está prestes a começar.

Em está andando desorientada com uma mochila cheia de tesouros.

Vira outra esquina e quase tromba com Amber em sua bicicleta.

Capítulo Vinte e Seis

— Eles se conheceram na ponte Brooklyn.

— Que romântico.

— Nem tanto. Ele a derrubou da bicicleta com seu Porsche Cayenne!

—Amber! — disse Em, em voz baixa, pouco acima de um sussurro.

— Em? É você? É você mesma?

Amber a encara. Sua irmã está com um bronzeado falso e seu cabelo está escondido sob uma peruca ruiva. Embora Amber esteja bem na frente dela, quase não a reconhece.

— Oh, graças a Deus encontrei você, graças a Deus. Estava tão preocupada que não ia chegar a tempo! — diz Amber, ofegante. Seu rosto está vermelho e suado, nunca pedalou tão rápido em sua vida.

Em apenas olha para ela, sem dizer nada.

— Em? — pergunta Amber.

Em ainda não responde.

Nesse momento, pela primeira vez, Amber ouve as sirenes e o rugido distante do alarme.

— Em? — pergunta ela novamente. — Você não fez... você não tem... — Sua voz subiu de tom com o pânico.

Em implora com os olhos para Amber.

— Foi um erro — sussurra ela —, foi tudo um engano. Você tem que acreditar em mim. Ajude-me, Amber! Ajude-me... ninguém mais vai acreditar em mim. Ajude-me, ajude-me! Ou vou para a cadeia.

Amber olha para sua irmã mais nova, espantada.

— Cadeia? O que você quer dizer?

— Vão pensar que fui eu. Mas não fui eu. Estou com elas... mas não fui eu!

Amber nunca vira Em mais assustada ou mais vulnerável na vida. Todo o instinto maternal, protetor e fraternal de Amber desperta imediatamente e se prepara para lutar. Qualquer que tenha sido o erro cometido, Amber não vai deixar Em ir para a cadeia.

Vai fazer o que tiver que fazer.

— Você está com as joias? — pergunta Amber, tentando manter a voz baixa, tentando manter a calma.

Em balançou a cabeça e explicou em um sussurro apavorado:

— Não cheguei a fazer o roubo. Havia mais alguém. Mas estou com as joias... estou com elas por engano — repete Em, parecendo desesperada.

— Onde estão? — pergunta Amber.

Em apontou para a sua mochila.

Amber olhou ao redor do beco vazio. Alguém poderia aparecer a qualquer momento. Droga, a polícia poderia aparecer a qualquer momento.

Pegou a mochila de Em e abriu o zíper do bolso da frente.

— Inacreditável! — exclamou em voz baixa, olhando dentro da mochila e vendo um monte deslumbrante de ouro, diamantes, esmeraldas e platina brilhando para ela.

Rapidamente pegou um saco de plástico na cesta de bicicleta, apanhou as joias e colocou o saco de plástico cheio com o tesouro real em sua bolsa de mensageiro.

— Vá até o Daffy's — ordenou Amber a Em, que está parada, atordoada. —Você conhece a Daffy's, a loja de departamentos, fica apenas a um quarteirão de distância. Vá para o banheiro e troque de roupa. Em seguida, vá para o trabalho. Diga ao Marlese que dormiu demais. Vá trabalhar e ter um dia normal.

Em concorda com a cabeça.

— Sapphire está bem, não é? — pergunta Amber, de repente, lembrando que a sua outra irmã poderia estar envolvida.

Em concorda.

— Acho que sim...

— Ela sabe que você estava lá?

Em balança a cabeça.

— Acho que não.

— Vá para o Daffy's — repete Amber, preocupada com Em, que está tão atordoada que poderia esquecer.

— Aonde você vai? — pergunta Em.

— Eu? Tenho que tirar isto daqui. Preciso tentar ter uma ideia.

Capítulo Vinte e Sete

— *Oh, ninguém mais quer saber de ouro. O ouro está desvalorizado.*

— *Ouvi dizer que as garotas de hoje só se interessam por diamantes ou ienes chineses.*

O alarme alto e estridente ainda soava furiosamente nas instalações da Aubrey Wilson & Sons. Ressoava nos ouvidos de Sapphire, misturando-se com todos os outros sons de pânico: portas batendo, pés correndo pelos corredores, gritos angustiados. Agora podiam ouvir sirenes na rua.

Do outro lado da sala o sr. Wilson gritava:

— Parem! Socorro! Alguém ajude! As joias!

Então, baixando a voz, perguntou, incrédulo:

— Elas sumiram? Foram mesmo roubadas?

— Apenas me digam, exatamente, o que aconteceu aqui?

— Fergus! — Sapphire chamou ao ouvir o som de sua voz. — Fergus... socorro!

Ela sentiu o braço dele em volta de seu ombro.

— Você está bem? — perguntou ele, preocupado.

— Os meus olhos...

— Ó, meu Deus! Deixe-me ir buscar água para os seus olhos, para vocês dois.

— Não! — protestou o sr. Wilson. — Você tem que fazer alguma coisa. Tem que parar o ladrão. Tem que pegar as joias de volta!

— As portas estão fechadas, a polícia está a caminho — Fergus o acalmou.

Seu braço saiu do ombro de Sapphire.

— Não, espere — protestou ela, querendo mantê-lo ali mesmo ao lado dela.

— Você precisa de água — insistiu ele. — Já volto, prometo. — Ela podia ouvi-lo correr para fora da sala, assim como alguém entrando depressa.

— Sr. Wilson? O que aconteceu?

Mais passos... podia ouvir várias pessoas entrando na sala, aglomerando-se em volta dela, colocando as mãos em seus ombros.

— Sapphire!

— Sr. Wilson!

— Vocês estão bem?

— O que aconteceu?

— Nós ouvimos o alarme...

— Fomos roubados! — gritou o sr. Wilson. — Estamos cegos! As joias foram roubadas! Por que diabos vocês acham que ativei o alarme? O ladrão foi encontrado? Os porteiros viram alguém? Ninguém o parou?

O sr. Wilson estava frenético, desesperado e com raiva.

— Ó, meu Deus. Roubadas? As joias foram roubadas? — perguntou alguém.

— As joias!

— Alguém as roubou?

O pânico começou a crescer na sala.

— Querem se acalmar? Assim que o alarme soa, todas as portas do edifício fecham e a polícia é chamada. Eles estarão aqui a qualquer minuto. Pelo que sabemos, o ladrão pode ainda estar no edifício.

Sapphire reconheceu a voz. Foi Mark Holgate, um dos leiloeiros favoritos do sr. Wilson.

— A polícia? A qualquer minuto? É muito tarde! — gritou o sr. Wilson. — Ele vai fugir. Estamos na cidade de Nova York. Precisamos pará-lo agora!

— Sapphire, aqui, tenho algumas toalhas molhadas. Coitadinha da minha querida.

Sapphire ouviu a voz de Fergus mais uma vez ao seu lado. Então sentiu a umidade fria acalmando os olhos doloridos.

Quando abriu as pálpebras, conseguiu ver uma cena borrada.

Fergus, Mark, o sr. Wilson e alguns outros funcionários lotavam a sala.

— O que exatamente aconteceu? — perguntou Mark, com urgência em sua voz.

— Houve uma batida na porta e eu abri — começou o sr. Wilson. — Um homem de macacão com uma meia-calça preta cobrindo o rosto entrou, espirrando algo em nossos rostos. Ficamos cegos. Então...

A voz do sr. Wilson tremia quando ele acrescentou:

— Ele pegou as joias.

— Todas elas? — perguntou Mark, chocado.

— Não sei. Olhe em cima da mesa. Olhe as caixas. Não consigo ver. Não consigo verificar. Não consigo ver nada!

— Não consigo encontrá-las — disse Sapphire entre lágrimas. — Estou apalpando com as mãos. Não as encontro.

Mais toalhas molhadas limpas foram entregues ao sr. Wilson.

Depois de um momento, Mark confirmou:

— Não há nada aqui e as caixas estão vazias.

Passos e mais vozes no corredor, o som foi crescendo, se aproximando.

— Ok... Mike e outros três funcionários estão andando por todo o edifício, verificando e fechando todas as saídas. Christine, forme uma equipe para fazer uma pesquisa rápida de todos, além dos nomes, endereços, dados para contato. Todos os funcionários do prédio e os departamentos de todos. Queremos que todas as mesas, pastas, armários de arquivos, todos os móveis sejam verificados. Lewis, você verifica as câmeras. Confira todas as gravações dos últimos vinte minutos o mais rápido possível. Precisamos de todas as pistas. E rapidamente! Peça ajuda. Há algumas pessoas muito impacientes e ricas envolvidas nisso e todos sabemos que elas não suportam esperar.

— Sim, senhor.

— Matt, você fica aqui comigo. Esta é a cena do crime. Estas são nossas principais testemunhas. Ei! Esta é uma cena de crime — repetiu a voz. — Todas as pessoas que não estavam aqui quando as joias foram roubadas, por favor, saiam da sala agora com seus DNAs. Vão para o átrio, onde serão revistados, identificados e...

O detetive olhou para o sinal acima da porta ao lado e teve um golpe de inspiração:

— Catalogados.

Depois entrou corretamente na sala.

Com uma voz cheia de surpresa, disse:

— Sapphire Jewel? É você?

Sapphire mudou a toalha de seus olhos. A água fria e as lágrimas quentes estavam limpando sua visão borrada rapidamente.

Em pé, diante dela, capa de chuva sobre os ombros e com uma expressão meio de surpresa meio de amizade no rosto, estava Jack Desmoine.

Ele se aproximou e se ajoelhou ao lado dela.

— Como está? Você não se machucou?

— Apenas meus olhos.

Ele se inclinou para o rosto dela e deu uma olhada.

— Ai. Uma forte dose de pimenta bem de perto. Parece que seu chefe recebeu a mesma quantidade.

Sapphire não aguentou e de repente explodiu em soluços violentos. Nunca tinha sentido tanto medo, ficado tão abalada, em toda a sua vida.

O braço de Jack envolveu seus ombros.

— Está tudo bem. Você vai ficar bem.

— Não vou, não — gritou. — Nunca mais vou voltar a ficar bem. Isso é um desastre.

A violência dos soluços surpreendeu a todos na sala.

— Você vai ficar bem — insistiu Jack. — Agora todo mundo precisa se acalmar. Quanto mais rápido pudermos obter as informações, melhor. Sr. Wilson, talvez saiba que Sapphire foi testemunha em outro roubo que investiguei recentemente. Foi forçada a deitar no chão e o assaltante apontou uma arma para a sua cabeça.

Ao se lembrar daquela noite, Sapphire começou a chorar mais forte.

— Então, vou fazer as perguntas para a srta. Jewel o mais breve possível, depois vou ligar para sua irmã vir buscá-la.

No meio das lágrimas, Sapphire respondeu às perguntas de Jack. Apenas vagamente ciente da equipe forense andando pela sala: investigando, procurando impressões digitais, examinando.

— Diga-me todos os detalhes que lembra sobre a pessoa que entrou na sala. Você teve tempo para ver alguma coisa? A cor dos olhos? Altura? Algo sobre as mãos. Nada de anormal ou reconhecível em tudo?

— Olhos azuis — disse o sr. Wilson.

— O senhor parece ter certeza disso.

— Tenho certeza disso. Impressionantes olhos azuis brilhantes.

— Você notou isso, Sapphire?

— Não. — Sapphire balançou a cabeça e limpou o rosto com a toalha.

— Alto — acrescentou o sr. Wilson — e musculoso. Era um cara grande debaixo do macacão.

— Sim — concordou Sapphire. — Sapatos marrons. De couro — acrescentou.

— Ele disse alguma coisa? — perguntou Jack. — Algum tipo de sotaque que poderiam identificar?

Sapphire e o sr. Wilson balançaram a cabeça.

— Ele não disse uma palavra — respondeu Sapphire. — Entrou, e era óbvio pela meia sobre o rosto qual o motivo da sua presença. Logo depois, pulverizou o sr. Wilson e depois a mim. Tentei fugir, mas ele me segurou.

— Ele estava usando luvas?

Sapphire assentiu.

— Havia uma voz... — lembrou o sr. Wilson —, agora que penso nisso, havia uma voz. Tenho certeza de que ouvi uma voz feminina chamando o nome da Sapphire.

— Ó, meu Deus! — exclamou Sapphire. — Pensei que tinha imaginado isso. Pensei que estava ouvindo coisas.

— Foi logo depois do que aconteceu — acrescentou o sr. Wilson —, a porta lateral abriu e uma mulher perguntou se ela estava bem.

— Você reconheceu a voz? — perguntou Jack.

Sapphire olhou para ele. Através da visão embaçada, podia ver que o rosto dele estava muito sério, muito preocupado.

Era um ponto importante. Ela sabia o como era importante e quantas pistas sua resposta poderia dar. Mas não podia dizer. Não podia dizer que tinha certeza de que sua irmã Em havia feito a pergunta.

— Não — disse ela simplesmente.

— Detetive, por favor, me diga que sua equipe não está só aqui, por favor me diga que estão vasculhando o prédio, vasculhando as ruas — disse o sr. Wilson, começando a soar desesperado. — Este é um roubo de quatro milhões de dólares. São joias mundialmente famosas. E nada, nada jamais, jamais foi roubado de Aubrey Wilson & Sons antes, em cento e cinquenta anos de história! Isso é um desastre. Um ultraje. Uma tragédia.

— Nada nunca foi roubado de vocês antes? Não acredito nisso. — Jack pareceu um pouco irritado.

— Bem... nada que uma investigação interna não tivesse resolvido discretamente — confidenciou o sr. Wilson.

— Huh... precisamos saber tudo sobre as possibilidades de um trabalho interno. Quantas pessoas exatamente sabiam quando o carro blindado iria chegar? Vocês acham que um transeunte iria encontrar o caminho para a sala certa por acaso? E onde estava a sua segurança? Sua equipe é a minha principal suspeita, a menos que algo aconteça para sugerir o contrário.

— Meus funcionários! — disse o sr. Wilson, ofegante.

Passos apressados no corredor aproximaram-se da sala.

— Detetive!

Um dos policiais da equipe enfiou a cabeça pela porta.

— Encontramos algo — disse ele. — Temos imagens de uma garota de cabelos curtos saltando de uma janela de banheiro com uma mochila!

Capítulo Vinte e Oito

— Não sei quem ainda tem tempo para cuidar do jardim.

— Oh, eu sei. Toda aquela contratação e demissão de jardineiros. É muito cansativo.

Isso era ridículo. Louco!
Como aconteceu?
Como é que a Amber da noite passada, que estava dizendo: "Em, por favor, pare, você não pode fazer isso", estava agora, esta manhã... pedalando no meio do trânsito de Manhattan, com um tesouro roubado de milhões de dólares em uma cesta de bicicleta?

Ela, Amber Jewel, administradora de ativos, uma garota com um currículo brilhante, estava em uma bicicleta, cambaleando, balançando para lá e para cá, mal sendo capaz de obter velocidade suficiente para andar em linha reta com quatro milhões de dólares... quatro milhões de dólares em joias roubadas em sua cesta. Estava tão assustada que pânico não era mais a palavra certa para descrever a sensação. Sua respiração estava ofegante como se tivesse acabado de correr uma maratona.

Joias *reais*!
Joias reais roubadas — meu Jesus Cristinho!
Esmeraldas e diamantes que outrora estiveram pendurados no pescoço mimado da duquesa mais famosa do mundo estavam embrulha-

dos em um saco plástico da Bed, Bath & Beyond dentro de sua bolsa mensageiro, enquanto ela pedalava em um pânico cego por Nova York.

— Olhe para onde vai, dona! — gritou um pedestre quando ela quase bateu em seus tornozelos. Amber queria gritar.

Não queria fazer isso. Queria se livrar de toda a situação. Agora! Nunca quis saber dos planos.

Mas já era tarde demais: estava envolvida.

Amber pensou em outras coisas malucas que fizera no passado para impedir que a sua irmãzinha caçula se metesse em confusão. Realmente nada se comparava com isso. Pode ter começado com: "Não, Em nunca teria jogado uma pedra naquela janela" — apesar de as mãos dela estarem sujas com a terra da pedra —, mas agora estava escondendo joias roubadas para Em não ir para a cadeia!

Amber passou por um solavanco na estrada e se agarrou ao guidão. Não pôde deixar de gritar e várias cabeças se viraram em sua direção.

Estava sendo procurada! Talvez a polícia já tivesse passado por rádio uma descrição sua em toda a cidade. Esse era um pesadelo de proporções monstruosas. Mas precisava ficar calma.

Se pudesse apenas manter a calma e pensar direito, poderia descobrir uma maneira para saírem dessa confusão.

Primeiro de tudo, tinha que esconder as joias. Depois, poderia ir a algum lugar tranquilo e calmo, escutar a história de Em e descobrir um caminho a seguir.

— Ó, meu Deus, ómeudeus, ómeudeus... — repetiu Amber para si mesma como um mantra enquanto pedalava — fique calma, fique calma.

Respirou fundo e soltou o ar devagar, pensando nos seus favoritos livros de autoajuda.

— Estou me movendo na direção de meus objetivos — disse ela em voz alta. — Estou conseguindo — sussurrou —, posso conseguir tudo o que desejo alcançar. Estou calma. Estou me sentindo muito, muito calma...

De alguma forma, as pernas fracas e as mãos trêmulas moveram a bicicleta para a frente. Na verdade, sua bicicleta seguia em direção ao lugar que melhor conhecia. Estava levando Amber e as joias da duquesa de Windsor para os jardins da Comunidade 6B.

— Ei, Amber! Oi!

Fitch, o guarda de período integral do parque, acenou quando ela atravessou os portões do local. Era um cara atlético e magro, bronzeado durante todo o ano, com um rabo de cavalo. Independentemente do tempo, sempre usava botas de trilha e shorts.

— Sentimos sua falta no domingo! — disse ele. — Mas você está aqui agora... legal.

— Oi! — respondeu ela, percebendo imediatamente como a sua voz soou estranha e estridente.

Estacionou a bicicleta e foi na direção dele, imaginando como estava conseguindo andar sobre as pernas trêmulas.

Tinha a impressão de que conseguia ouvir o tilintar dos diamantes e esmeraldas balançando em sua bolsa.

— Oi... Tenho um pouco de tempo livre hoje e pensei em gastá-lo no jardim. Ajudá-lo a plantar mais árvores.

— Agora, é um trabalho muito frio. Mas estamos tentando fazer uma pequena linha de bordos.

— Como é que está plantando árvores em dezembro?

— Eu sei, talvez não funcione. Mas as mudas foram um presente e chegaram agora, então... — Ele encolheu os ombros. — Vamos tentar.

— Ok. — Ele ainda estava plantando árvores. Hoje! De alguma forma, ela sabia que esse era o melhor lugar, porque qual o melhor lugar para esconder os tesouros do que um buraco no chão?

Seguiu Fitch, com seu passo relaxado e rabo de cavalo muito hippie, até o barracão onde guardavam as ferramentas e as novas mudas.

— Encha um carrinho de mão e pode começar. Preciso terminar de plantar os bulbos antes de poder vir ajudar.

— Não tem problema — respondeu Amber. Respirou lentamente, várias vezes, tentando acalmar-se. Gostava do cheiro do barracão de ferramentas. Cheiro de gasolina e terra, que a fazia se lembrar da fazenda.

Colocou duas pás de tamanhos diferentes, um saco de adubo e três mudas de bordos no carrinho de mão e empurrou-o até o local que Fitch havia mostrado.

Foi só quando a pá pontiaguda estava em suas mãos e ela começou a cavar que sentiu o terror afrouxar ligeiramente em seu peito.

Por longos minutos concentrados, Amber cavou duro até ter aberto um buraco profundo com cerca de dois metros quadrados. Então, olhou em volta para ver se havia alguém por perto. Fitch estava conversando com outro voluntário. Depois, juntos, começaram a caminhar em direção ao barracão.

Assim que entrassem, ela faria isso, disse a si mesma. Mas não... agora, uma mãe com um carrinho de bebê entrou pelo parque indo em sua direção.

Precisava fazer isso. Não podia esperar o dia todo pelo momento perfeito. Amber virou as costas para o galpão e a mãe com o carrinho, e começou a apalpar sua bolsa.

Seus dedos trêmulos pegaram o saco de plástico. Por um momento, ela o segurou no colo e abriu-o para que pudesse olhar para dentro. O deslumbramento de diamantes, ouro, pedras preciosas e platina era chocante.

Era verdade.

Tinha acontecido mesmo.

As joias roubadas que quase toda Nova York estava procurando estavam aqui. Em seu colo. Em um saco plástico.

Ela deu um nó no saco, jogou-o no buraco e jogou terra em cima o mais rápido que pôde.

— Amber?

A voz estava tão perto e ela estava tão nervosa que realmente gritou.

— Acalme-se — disse Fitch e colocou uma mão em seu ombro.

— Oh... oi... você me assustou.

— Percebi isso. Odeio ter de dizer isso, mas você cavou seu buraco no lugar errado. Vai ter que mudar.

— Hã? — Ela olhou de Fitch para o buraco e de volta para ele.

— Sim, quero que a fileira comece a meio metro mais à esquerda do que isso. Tudo bem?

— Não! Não, nada bem — exclamou Amber. — O quê...? Você me viu cavar um buraco e agora vem aqui e me pede para movê-lo. Azar, parceiro. Estou colocando a maldita árvore nesse maldito buraco aqui.

Sua explosão assustou os dois.

Fitch ergueu as mãos.

— Ei... Sei que agora a vida lá fora na selva corporativa é dura, mas não desconte em mim.

— Sinto muito, Fitch. Sinto muito.

Ela olhou para ele, sabendo que não poderia atender seu pedido. Como diabos iria achar o saco novamente, se não plantasse uma árvore enorme em cima dele?

Por um instante, Amber se imaginou entrando escondida no parque durante a noite para cavar todo o lugar, procurando incessantemente, como um pirata desesperado tentando encontrar o tesouro enterrado.

— Ora... — começou ela, suavemente. — Vou colocar essa árvore aqui, depois é só abrir um espaço maior entre as outras mudas. Vai ser bom. Bordos precisam de um monte de espaço. Eles crescem muito rápido.

Por um momento Fitch fez uma pausa. Ele inclinou a cabeça para o lado, fechou os olhos um pouco como se estivesse tentando imaginar as árvores.

— Tudo bem — disse ele. — E Amber?

— Sim?

— Fica fria.

— Certo...

Ela se virou e, com as mãos ainda trêmulas, estendeu-as para a árvore e sacudiu a terra suavemente de suas raízes antes de colocá-la no buraco.

— Você está bem? — perguntou Fitch.

— Estou bem.

— Suas mãos. — Ele apontou para os dedos trêmulos.

— Vim de bicicleta e quase fui atropelada por um táxi — disse ela, a primeira mentira na qual pensou.

— Cara... andar de bicicleta em Manhattan é duro — disse Fitch. — Até eu tenho medo de fazer isso.

— Fitch? — Amber ainda escavava, segurando a árvore com uma mão e movendo a terra entre as raízes com a outra. — Você tem um cigarro?

— Você fuma? — perguntou ele, parecendo surpreso.

— Não, não normalmente, mas acho que pode ajudar.

— Aqui, deixe-me terminar isso.

Com a pá, ele moveu a terra restante rapidamente para cima da árvore, depois firmou-a no solo, pisando com suas botas grossas.

— Sente-se — sugeriu ele.

Amber olhou para a grama. Era um dia seco e a neve de domingo já tinha derretido, mas soprava um vento frio. Não era o momento perfeito para sentar ao ar livre no parque.

Mas sentou a bunda na grama e aceitou o Camel Light que Fitch ofereceu.

— Ah, Deus seja louvado, pensei que você ia me dar um baseado.

— Pareço um cara que fuma baseado?

— Muito.

Ele acendeu o cigarro.

Amber inalou. Era a primeira vez que fumava desde a faculdade, exatamente dois anos atrás. Mas, puxa, esse fora um grande dia. Era a primeira vez que levava quatro milhões de dólares em joias roubadas em Nova York em uma bicicleta, e depois os enterrava debaixo de uma árvore.

O que iria acontecer a seguir?

Não tinha ideia.

Soprou a fumaça para fora com cuidado. Seu sangue ainda saltava como um sapo em seu pescoço.

— Você está com um ar assustado — comentou Fitch.

— Não diga.

Capítulo Vinte e Nove

— Ele disse que veio para Nova York para encontrar uma linda princesa.

— Que pena que a cidade o transformou em um sapo.

Amber voltara ao apartamento. Não conseguia se sentar, não conseguia ficar parada com tanto nervosismo.

Não tinha certeza se podia acreditar no que acontecera essa manhã. Em fugiu da Wilson com quatro milhões de dólares em joias, que jurava não ter roubado.

Amber enterrou o tesouro nos jardins para salvar sua irmã da prisão. E agora, o que fazer?

O assalto já estava no noticiário. Falava-se em buscas em grande escala, funcionários sob vigilância e uma recompensa. Pelo menos sabia que Sapphire estava bem.

Amber não conseguia pensar direito. Ligou o computador, mas fora incapaz de olhar para a tela por mais de alguns segundos. Agora estava na cozinha fazendo um chá de ervas em vez de café — porque o chá de ervas acalma, certo?

Amber se perguntou se Em tinha algum tranquilizante em casa. Do tipo do que colocara em sua Cherry Coke na noite passada. Foi quando ouviu o som de vozes se aproximando e passos nas escadas.

— Está tudo bem. Juro, estou bem.

Era a voz de Sapphire.

— Você pode ir agora, vou entrar em casa — disse Sapphire, e Amber ouviu o tilintar das chaves da irmã.

— Não. Vou acompanhar você até colocá-la sentada no sofá, e vou até despejar um copo pequeno de brandy na sua garganta, se for necessário. Se sua irmã não estiver em casa, vou sentar com você até ligar para um amigo ou encontrar alguém para cuidar de você.

Era a voz de Jack!

Amber respirou fundo várias vezes. O que Jack está fazendo aqui? Por que estava em sua porta? Se houvesse tempo, teria fugido para o seu quarto e se escondido. Mas a porta já estava se abrindo.

Assim que viu Sapphire, pálida de susto, com os olhos vermelhos e inchados, Amber correu para abraçá-la.

— Você está bem? Tem certeza de que está bem? — perguntou, segurando a irmã firmemente.

— Estou sobrevivendo — disse Sapphire com voz fraca —, em melhor forma do que o sr. Wilson, acho. Ele está muito chateado.

Amber olhou sobre o ombro de sua irmã e encontrou os olhos de Jack.

Sentiu toda aquela reviravolta no estômago e as palpitações no coração mais uma vez: os sintomas físicos de gostar tanto dele.

— O que está fazendo aqui? — perguntou. — Você a encontrou na rua? Estava na loja de Ori? Sapph, entre... sente. Você está muito, muito pálida.

— Você sabe sobre o roubo, certo? — perguntou Jack.

Amber assentiu.

— Sapphire e o sr. Wilson receberam um jato de spray de pimenta direto no rosto — acrescentou.

— Você recebeu um spray de pimenta? Ó, meu Deus! O que significa isso? Você vai ficar bem? Sapphire?

Mas Sapphire tinha ido ao banheiro para lavar os últimos vestígios do veneno de sua pele.

— Os olhos estão bem, só inflamados. Precisam de alguns dias para se recuperar. Mas ela recebeu um choque terrível. Esteve envolvida em dois assaltos em duas semanas.

— Envolvida? Ela não está envolvida! — protestou Amber.

— Não, sei que ela não está envolvida. O que quero dizer é que ela estava lá. Ela estava lá quando isso aconteceu, é uma testemunha-chave. Mais uma vez. É toda uma carga de estresse.

— Então você a encontrou na rua? — perguntou Amber. — Espero que pelo menos a tenham mandado para casa em um táxi depois de tudo que ela passou.

Jack sorriu.

— Eu a encontrei na Wilson, na casa de leilões. E a trouxe para casa.

— O que quer dizer?

— Sou um detetive, lembra?

Amber olhou para ele com olhar vago.

— No caso, Amber... Sou um dos detetives que investigam o roubo na casa de leilões. É um caso grande, obviamente, todo mundo vai estar envolvido, de uma forma ou de outra.

O espanto no rosto de Amber fez Jack rir.

— Você parece muito preocupada. Não sou assim tão ruim sabe, na verdade sou muito bom no meu trabalho.

— Você está investigando o roubo?

O sangue começou a pulsar nos ouvidos de Amber, e por um momento pensou que fosse desmaiar.

— Sim! — Jack estava encostado no batente da porta, sorrindo. — Por que é tão difícil de entender? Uma vez que cuidei do caso de Ori e peguei o cara, o chefe agora acha que sou um perito em roubos de joias.

Amber parou, congelada onde estava.

— Então, não vai me convidar para entrar?

Amber tentou pensar rapidamente. Havia algo incriminador aqui?

— Hã... Hum... — hesitou — talvez apenas por alguns minutos. Sapphire parece estar esgotada.

Abriu a porta e deixou Jack entrar na pequena sala de estar. Mas se afastou dele, porque dar um beijinho de olá não parecia a coisa certa no momento.

Ele olhou pelo espaço pequeno e desarrumado.

— Um lugar pequeno e acolhedor para três, não é?
— Estamos saindo na próxima semana.
— Oh. Para onde?
— Ainda não sabemos.
— Você ia me dizer?
— Hum... sim, claro. Claro.
— Domingo, na patinação, foi um dia legal. Mas você não ligou. Tentei ligar, mas ninguém atendeu.

Amber podia sentir o rubor subindo o seu pescoço em direção às orelhas. Ele tentou falar com ela.

— Estive ocupada — disse. — Trabalhei com Em na casa noturna na noite passada e... ia te ligar de volta.

— Bem, isso parece bom. O que ia dizer?

Ele ergueu as sobrancelhas e esperou.

Ela queria beijá-lo. Queria ir até ele, beijá-lo, ficar apertada contra ele e dizer: "Jack, estamos em apuros. Por favor, ajude!" Mas era impossível. Ele estava aqui com Sapphire porque estava investigando as joias roubadas.

— Eu... humm... você sabe — começou ela, vagamente. — Não sei se este é... um grande momento para...

Jack agora estava vagando livremente pelo apartamento. Foi na direção da pequena mesa com o computador. De repente Amber lembrou da pilha de notícias que Em imprimiu e estavam à direita do computador. Ela precisava pará-lo.

— Esteve olhando para essas joias, hein? — perguntou ele, pegando uma das histórias sobre coleção da duquesa de Windsor.

Amber sentiu o rosto enrubescer com o pânico.

— Bem... Sapphire estava tão entusiasmada com a venda... Acho que queríamos saber mais.

— *Guia Turístico de Montenegro*, hein?

Ele pegou o livro e folheou as fotos. Amber sentiu seu coração parar.

— Planejando as férias? — perguntou ele

— Não — ela engasgou —, não. Não tenho ideia... é da Em, um cara com quem ela está saindo é de... ei, que tal amanhã à noite? Você estará livre?

Foi o melhor que Amber conseguiu inventar sob aquelas circunstâncias. Conseguiu fazer Jack baixar o livro e voltar sua atenção para ela.

— Você quer dizer, outro encontro? — perguntou ele.

— Sim, se você quiser. É tudo. — Amber deu de ombros.

— Você quer? — perguntou ele.

Ela assentiu com entusiasmo.

O rosto de Jack se iluminou.

— Vou estar muito, muito ocupado hoje e quase todo o dia de amanhã. Mas tem uma caneta e papel? Anote esse endereço.

— Queens? — perguntou ela, assim que repetiu o endereço. — Quer que eu vá até Queens?

— É um ótimo lugar, você vai gostar. Vamos tentar nos encontrar lá para jantar às oito da noite. Mas isso vai depender muito de como Sapphire vai estar e do quanto estarei ocupado com a investigação. Meu chefe normalmente me deixa sair para comer algo, apesar de tudo.

— J's Place, 164 Alexander Gardens, Queens. — Ela olhou para o pedaço de papel. — Que tipo de lugar é?

— Você vai adorar. A comida é excelente — prometeu ele.

O celular dele começou a tocar e ele encaminhou-se direto para a porta.

— Tenho que voltar. Não deveria nem ter saído de lá. Mas queria ver Sapphire chegar em segurança em casa... além disso, bem, estava esperando encontrar você de novo, vaqueira.

Ele a beijou na boca. Em seguida a porta estava fechada e ele tinha ido embora, antes que ela tivesse a chance de reagir.

Jack.

Apesar do turbilhão de medo, pânico e tudo o mais chacoalhando seu sistema nervoso, ela não pôde deixar de sorrir para Jack e sentir um arrepio ao pensar em um novo encontro.

Mas de repente soube que era impossível. Assim como tudo agora.

Amber foi até a porta do banheiro e bateu suavemente.

— Sapphire, você está bem? — perguntou.

Sapphire abriu a porta, com o rosto lavado, os olhos ainda irritados e lacrimejantes.

— Não entendo o que aconteceu — disse ela em um sussurro. — Um homem entrou, jogou o spray de pimenta em nós e pegou as joias. Não foi Em.

Amber balançou a cabeça.

— Não.

— Mas ouvi a voz de Em — continuou Sapphire. — Em me perguntou se estava bem, depois desapareceu.

— Ainda não sei o que aconteceu. Não tive tempo para conversar com ela, mas... — Amber hesitou, sabendo que isso seria muito difícil de acreditar. — Em disse que roubou as joias por engano. E temos que acreditar nela.

— O quê?

— Na verdade, acredito nela — disse Amber — Disse que assim que pegou as joias, tudo indicava que ela era a culpada. Então escondeu as joias. Bem, na verdade, escondi as joias.

— O QUÊ? — repetiu Sapphire. Seu rosto pareceu ter ficado um tom ainda mais pálido.

— O que você fez? — perguntou em um sussurro. — Em pegou as joias? Em roubou? E você as escondeu?

Por um momento, as duas irmãs olharam uma para a outra.

Sob o olhar horrorizado da Sapphire, Amber de repente sentiu-se realmente envergonhada.

— Como você pôde fazer isso? — perguntou Sapphire. — Você arruinou a minha vida.

— Não... você não fez... você não estava... — começou Amber.

—Vamos ser pegas. Nunca mais poderei trabalhar nesse ramo novamente. Vamos todas para a cadeia. Ninguém vai acreditar que ela roubou as joias por engano! E ninguém vai acreditar que não ajudei Então a polícia está nos procurando. A NÓS! — exclamou Sapphire, sua voz em pânico.

— Não. Havia um homem...

Sapphire balançou a cabeça.

— Sim, mas havia também uma mulher. Uma mulher de cabelos curtos saltando da janela do banheiro. Eles têm o vídeo, Amber. Eles vão mostrá-lo em todos os boletins dos noticiários, eles vão melhorá-lo digitalmente e Em vai ser apanhada. Nós todas vamos ser pegas!

Ela começou a andar ao redor da pequena sala de estar, passando os dedos freneticamente pelos cabelos.

—Tudo vai ficar bem — disse Amber, mas não acreditava nisso. — Precisamos manter a calma e pensar direito. Em precisa da nossa ajuda, Sapphire. Nós podemos sair dessa.

— Não, não vamos ficar bem! — insistiu Sapphire. — Nunca, nunca mais as coisas vão voltar a ficar bem.

— Mas você não sabia disso — disse Amber urgentemente. — Em nunca lhe disse nada. Você não pode ser uma ladra se você não sabia.

— Mas sou a única que vazou a informação. Ela não teria como saber sobre o carro, o horário, o escritório do sr. Wilson ou até mesmo o código para a fechadura da porta se eu não tivesse contado. É como se tivesse pegado as joias e as colocado nas mãos dela!

— Acalme-se — disse Amber. — Todas nós precisamos nos acalmar e pensar direito.

— Acalme-se? Para podemos pensar como vamos sair dessa? E a vida vai continuar como sempre foi? Você acha que pode sair com o detetive, como se tudo estivesse normal? Que não importa que você escondeu o tesouro em algum lugar... em algum lugar deste apartamento!

Ela acenou com os braços desesperadamente.

— Não está no apartamento. Não faria nada que pudesse levá-lo às joias, Sapphire.

— Certo.

—Você ouviu — Amber tinha que perguntar — sobre o encontro?

— Sim. Pense nisso Amber, não é difícil... ele é o detetive encarregado de investigar o nosso crime.

— Pensei que, se não fosse, seria mais suspeito — respondeu Amber. — Além disso, ele estava olhando coisas na minha mesa e tive que pará-lo de alguma forma.

— Amber, uma coisa é sair com caras inadequados e outra coisa é namorar o detetive que está investigando o crime. Acredite em mim, isso é inadequado. Isso é como...

— Uma bomba-relógio? — sugeriu Amber. Um vislumbre de um sorriso passou pelo rosto de Sapphire, e depois ela olhou tristemente para Amber. — Então, o que vai acontecer agora?

Capítulo Trinta

— Odeio quando as pessoas dizem que Nova York
endurece as pessoas.

— Eu sei, Nova York faz você perceber que você não é
tão rica quanto imaginava ser.

Passava das sete horas da noite quando Em chegou ao apartamento com uma sacola com comida.
— Comprei comida — disse assim que passou pela porta.
— Disse que estava doente e não vou trabalhar no Bill's esta noite. Sendo assim, comprei o jantar. Há o suficiente para nós três. — Sua voz estava abatida, sem nenhum vestígio do costumeiro entusiasmo de Em.

Amber e Sapphire desviaram os olhos do noticiário da TV para olhar para ela.

— Eles têm imagens em vídeo — Amber começou a dizer — de alguém saindo pela janela do banheiro. Acho que é você...

— Minha nossa, Sapphire, olhe para você! — Em exclamou ao ver a palidez e os olhos vermelhos de Sapphire, e foi dar um abraço na sua irmã.

Por um momento, Sapphire resistiu ao contato, mas mudou de ideia e inclinou-se sobre o sofá para retribuir o abraço de Em.

Em apoiou-se contra ela.

— Sinto muito — sussurrou —, estou muito, muito triste. Assim que entrei em seu escritório senti que não poderia fazê-lo. Não conseguiria jogar um spray de pimenta em você. Não poderia roubar coisas de você. E, em seguida, outra pessoa fez isso. Realmente sinto muito.

Em se afastou e enxugou os olhos rapidamente com as mãos. Parecia exausta.

— Como foi que aconteceu? — perguntou Sapphire. Os olhos de Amber estavam fixos em sua irmã mais nova. Também queria saber a história completa.

— Estava em seu escritório... — começou Em, encostada na bancada da cozinha —, quando compreendi que não poderia roubar nada, quando ouvi alguém entrar na sala do sr. Wilson. Ouvi a luta, ouvi vocês dois gritarem. Abri a porta de ligação para ver se você estava bem.

— Era você! — exclamou Sapphire. — Sabia que era você.

— Mas vi o que tinha acontecido e estava ali no meio da confusão, usando um disfarce, com um spray de pimenta nas minhas mãos, ouvi Fergus vindo pelo corredor e fugi correndo. Espero que você me perdoe por não ter ajudado, mas minha situação fazia com que parecesse extremamente culpada.

— Acho que sim... — disse Sapphire lentamente.

— E depois? Amber queria saber.

— Corri. Me escondi em um escritório... Estava vestida como uma faxineira e então pensei que se carregasse um cesto de lixo ninguém olharia para mim. Então peguei um cesto e encontrei o caminho de volta para o banheiro...

Ela fez uma pausa. Sua testa franzida, como se ainda estivesse intrigada com o que aconteceu em seguida.

— No cubículo, vi as joias na lata de lixo. Estavam ali. Logo depois um guarda de segurança apareceu, pedindo que saísse e fosse para o saguão... Foi então que coloquei as joias na minha bolsa. Não sei... talvez devesse tê-las jogado no vaso sanitário...

Sapphire engasgou ao ouvir a ideia.

— Mas sabia que assim que aparecesse no saguão seria presa de qualquer maneira, então decidi pegar as provas e tentar... sair de alguma forma. Em seguida, o guarda saiu do banheiro e agarrei minha única oportunidade.

— Você saiu pela janela do banheiro, correu por algumas ruas e esbarrou em mim — Amber terminou a história.

— Ó, meu Deus... ó, meu, ó, meu Deus... — Sapphire guinchou.

— Onde você as escondeu? — perguntou, virando-se para Amber.

— Não posso dizer, você sabe disso. Você não está envolvida de forma alguma e não queremos que esteja — respondeu Amber.

— O que vai fazer? — perguntou Sapphire.

Amber percebeu que suas irmãs olhavam para ela com a mesma expressão ansiosa. Ela era quem deveria inventar um plano, deveria resolver este problema e salvá-las.

— Não poderíamos simplesmente devolvê-las? — sugeriu Sapphire.

— Eles até ofereceram uma recompensa. A Wilson e a sra. De La Hoz ofereceram uma recompensa de cem mil dólares.

— Por quatro milhões de dólares em joias? — perguntou Amber.

— Acho que a senhora De La Hoz sempre foi pão-dura quando se trata de compartilhar seu dinheiro com outras pessoas. — Balançou a cabeça. — Nenhuma de nós pode entregar as joias, Sapphire, porque ficaria muito, muito ruim para você. Você seria investigada até a morte. Mesmo que ninguém possa provar que planejamos o roubo para obter o dinheiro da recompensa, as pessoas iriam falar sobre isso para sempre.

— Eles me filmaram — disse Em, parecendo assustada —, e se encontrarem algum DNA? E melhorarem meu rosto digitalmente e o divulgarem por toda a Nova York? Alguém vai contar. Alguém vai dizer que sou eu. A menos que vocês me ajudem, vou ser pega. Vou para a cadeia por algo que nem sequer tinha a intenção de fazer.

— Só há uma coisa que podemos fazer — disse Amber finalmente.

Pensou sobre isso durante toda a tarde. E agora estava decidida.
— O que é? — perguntou Em.
—Temos que sair do país. Temos que ir para um lugar onde podemos estar seguras.
— E como vamos fazer isso? — exclamou Em. — Não temos quase nenhum dinheiro e dificilmente conseguiríamos um empréstimo. Não podemos pedir para a mãe porque ela não tem dinheiro. E com o que viveremos quando chegarmos lá? A única língua que falo é inglês.

Amber balançou a cabeça.

— Não, a única maneira de obter o dinheiro de que precisamos — disse ela, sua voz firme e profundamente séria — é vendendo as joias.

Capítulo Trinta e Um

— *Europa? Lauren, me diga, quem quer voltar para lá?*

— *Eu sei, é um lugar tão velho que não é nem mesmo do século passado.*

Uma hora depois, a comida que Em trouxe havia desaparecido, junto com quase uma garrafa inteira de vinho, e as irmãs ainda estavam debatendo o porquê, o como e o que fazer a seguir.

— Ainda acho que você poderia devolver as joias! — Sapphire dizia a cada dez minutos. Não parava de inventar maneiras novas e elaboradas para organizar uma entrega anônima.

— Mas isso não prova que sou inocente — continuava dizendo Em. — Todos vão pensar que organizamos essa coisa toda para receber o dinheiro da recompensa. E você vai acabar parecendo culpada! Essa é a pior coisa.

— Precisamos descobrir quem são os maiores colecionadores do mundo de joias da duquesa. Em seguida, tentar adivinhar qual poderia ser o mais provável a aceitar uma transação por "debaixo do balcão". Depois precisamos tentar entrar em contato... — repetiu Amber.

— Isso tudo vai ser tão fácil. Deixe-me checar a lista telefônica dos bilionários, está bem? — disse Em, sarcasticamente. — Será que existe um site com números de telefone dos ricos e famosos?

— Você sabe quem trouxe Sapphire para casa depois do assalto? — Amber perguntou a Em, porque percebeu de repente que Em nem sabia ainda disso.

— Quem?

— Jack Desmoine. O mesmo detetive que investigou o roubo de Ori. Ele está investigando o roubo da Wilson. O mesmo cara, Em, que estou namorando.

— Ah, não... Jack? Ele já apanhou os ladrões? Ele é bom em seu trabalho — disse Em, ficando visivelmente pálida.

— Basta sermos inteligentes — respondeu Amber. — Superinteligentes. Temos que fazer tudo dar certo. Escondi as joias para protegê-la. Estou envolvida até o pescoço. Se não conseguir achar uma saída, Jack vai nos mandar para a cadeia.

Era uma ideia horrível.

— Não vou sair do país — Sapphire declarou de sua ponta do sofá —, não pode me obrigar. Não fiz nada. Não vou abandonar a mãe ou o Fergus. Você deve ter visto como Fergus estava preocupado. Estava revirando o lugar de ponta-cabeça, buscando água para mim, exigindo saber onde as joias estavam e por que a polícia não estava movendo céus e terra para as encontrar.

— Você vai ficar por causa do Fergus? Mas pensei que você e Fergus estavam diminuindo o ritmo — comentou Em.

— Não concordo. — Sapphire balançou a cabeça. — Vou ficar na Wilson e dizer que você achou um emprego no exterior — acrescentou. — Se ninguém sabe que foi você, então por que não posso ficar aqui?

Em e Amber se entreolharam.

— Um emprego no exterior... sabe, até que é uma boa ideia — disse Amber. — Poderia conseguir uma entrevista... Poderia conseguir uma entrevista para um emprego em um banco... em Genebra. Genebra seria um lugar fantástico, poderíamos vendê-las lá. Poderíamos...

Então se lembrou de todos os problemas com a abertura de contas bancárias na Suíça com um dinheiro cuja procedência não poderia explicar.

— E que tal a caridade que eu fundei, poderíamos abrir uma conta para ela em Genebra? — perguntou Em. — Depois, dizer que recebemos uma doação enorme, anônima?

Amber ficou em silêncio por um momento. Tudo torto e errado. Tudo baseado em "se" e "talvez". Mas precisavam fazer alguma coisa! Em havia sido filmada. Em poucos dias, um simples fio de cabelo poderia ser encontrado ou uma testemunha poderia aparecer...

Todas corriam riscos. Se Em fosse apanhada, ninguém acreditaria que Sapphire não estava envolvida e, em seguida, Fitch iria se lembrar de ter visto Amber cavando freneticamente um buraco depois das dez da manhã de segunda-feira. Elas já estavam em risco.

Agora, tinham que arriscar mais para fugir. Não havia alternativa.

— Vou conseguir uma entrevista em Genebra — disse Amber novamente. — Em irá comigo... entraremos em contato com um colecionador e tentaremos vender as joias. Se conseguirmos, depois teremos que nos esconder no estrangeiro... por um tempo.

A ideia de abandonar a mãe, Nova York e todos os seus planos para o futuro era terrível. Mas Em havia destruído suas escolhas. Precisavam fugir.

Enquanto Amber contava seu plano, ele parecia impossível. Não tinha ideia se isso poderia ser feito.

— Montenegro — disse Em. — Não é muito longe da Suíça, e o país tem homens muito altos. — Ninguém riu.

Era tudo muito assustador, muito arriscado, e elas sabiam disso.

— A Suíça é um bom lugar para fazer a venda — disse Amber, tentando soar calma e razoável. — Quem quer que seja o colecionador, deveremos ser pagas na Suíça, porque lá é possível movimentar grandes somas de dinheiro sem parecer que se está dando um golpe em alguém.

— Sim, mas, dona Amber — começou Em —, como vamos passar pela segurança do aeroporto para a Suíça levando as joias roubadas mais famosas em todo o mundo sem parecermos duas trambiqueiras?

Sapphire olhou para Amber, olhos arregalados de medo.

— Isso não pode ser feito — disse ela —, isso é um pesadelo. Você não pode fazer isso!

— O que papai sempre dizia? — disse Amber, tentando sorrir. — As únicas coisas que são impossíveis são aquelas que você não tentou fazer.

— Quanto tempo terão que viver no exterior? — Sapphire perguntou.

— Não sei — respondeu Amber. — Até que tudo seja esquecido. Ou até que o verdadeiro criminoso seja pego, e talvez possamos explicar a nossa participação.

— Você nunca vai ser capaz de explicar por que não entregou as joias de imediato — disse Sapphire.

— Especialmente depois que nós as vendermos — acrescentou Em.

— Bom... Acho que vamos ficar longe por um bom tempo, então — disse Amber. — Até que todos esqueçam a história.

Sapphire começou a chorar.

— Por favor, não — disse Em colocando os braços em volta de sua irmã. — Já me sinto suficientemente mal. Por favor, não chore. — Em virou-se para Amber. — O que Jack disse para você?

Ela encolheu os ombros.

— Conversamos sobre Sapphire, falamos sobre o roubo...

— Ele parecia suspeitar de alguma coisa?

— Não. Nem um pouco. Foi completamente simpático... me convidou para sair novamente. Amanhã à noite. Se não estiver trabalhando até tarde... investigando nosso assalto.

— Meu Deus, Amber, espero que você tenha dito que não. Você não pode namorar o nosso detetive!

— Disse que sim. Achei que era muito melhor aceitar. Não levanto menos suspeitas se sair com ele?

— Menos suspeitas? Você está louca? Sobre o que você acha que irão falar? Depois de uns copos de vinho e uns beijos você provavelmente vai contar tudo. Não. Absolutamente não. Precisa cancelar. Diga que está doente. Ligue amanhã, diga que Sapphire está doente e você tem que ficar em casa cuidando dela.

— Por favor, pare, Em. Posso lidar com ele. Se sair para jantar com ele e falar sobre Sapphire, posso desviá-lo de nosso caminho. — Amber decidiu que era melhor não dizer o quanto queria sair para jantar com Jack, mesmo com ele investigando o roubo.

— Se conseguirmos sair dessa... — Amber fez uma pausa e tentou absorver quais as consequências de tudo — se conseguirmos acabar com isso, poderemos ter dinheiro suficiente...

Tudo era muito grande, ela não conseguia pensar nisso. Precisava pensar sobre um problema e uma solução por vez.

Mas se saíssem impunes — nenhuma delas jamais teria que trabalhar novamente. Seriam livres. Todas as três — se conseguissem convencer Sapphire a se juntar a elas.

Seriam capazes de fazer exatamente o que quisessem.

Além disso, poderiam pagar a hipoteca inteira da fazenda e nunca precisariam se preocupar com isso novamente.

— Jack pegou os caras que roubaram a loja de Ori — lembrou Em. Depois bebeu o resto da sua taça de vinho. — Não tem mais? Vou ter que sair e comprar mais.

— Aqueles caras eram provavelmente tão burros que não sabiam nem mijar em um penico sem um manual de instruções — disse Amber, usando uma expressão do pai que sempre fazia a mãe delas fazer uma careta.

Em não conseguiu sorrir ao ouvir a frase, estava tensa demais.

— Genebra — sussurrou Amber —, pois vamos para Genebra ver se podemos fazer as coisas acontecerem.

— Genebra? Podemos viver lá quando formos multimilionárias?

— Em, caia na real — Amber balançou a cabeça —, vamos ter que viver discretamente durante anos.

Em emburrou.

— Não quero viver discretamente. Se vamos realmente fazer isso, quero comprar diamantes, casacos de peles e me exibir!

— Se você se exibir, todas vamos presas — alertou Amber. Ela se inclinou sobre a mesa improvisada que haviam montado para o jantar, pegou as mãos de Em e apertou-as. — Em, vamos realmente fazer isso?

Em assentiu.

— Até que ponto está disposta a ir? — perguntou Amber.

Por um longo momento, Em olhou nos olhos da sua irmã mais velha. Então respondeu:

— Até o fim, neném. Vou até o fim.

— Yves Montanari — Sapphire deixou escapar —, ele é o colecionador que você procura. Ele vai a qualquer lugar e paga qualquer preço para pôr as mãos nas joias que pertenceram à duquesa.

Capítulo Trinta e Dois

*— O que é preciso para chamar a atenção
do garçom neste lugar?*

— Uma arma.

O coração de Amber batia tão forte que sentia o sangue pulsando em seus ouvidos.
— É aqui? — perguntou ao taxista, que tinha estacionado o veículo.
— Alexander Gardens, número 164.
— Mas onde está o J's Place? Devia ser um restaurante.
O motorista encolheu os ombros.
Amber olhou pela janela. Era uma rua residencial comum com blocos de apartamentos e uma loja de conveniência. Corona, Queens, não era um bairro de Nova York que tivesse visitado antes.
— Não sei o que fazer.
— É melhor decidir, senhora, não tenho a noite toda.
— Pode apenas esperar por mim durante dois minutos? Vou dar uma olhada.
— Claro. Mas o taxímetro está rodando.
Amber saiu do táxi e foi até a porta do número 164. Era a entrada com fachada de vidro de um bloco de apartamentos. Olhando para

o interfone com etiquetas marcando os apartamentos, Amber de repente entendeu.

Examinou os nomes no interfone e encontrou "Desmoine". Ele ia preparar o seu jantar. Foi tão inesperado, tão não Nova York, tão absolutamente estranho, que por um momento pensou em pular de volta no táxi e voltar para a estação de metrô.

Nesse momento uma voz ressoou pelo interfone:

— Está tudo bem, pode mandar o táxi embora e entrar, srta. Amber. Não vou comer você.

— Certo... Tudo bem... Estava apenas checando se era o endereço certo.

Pagou o táxi e em seguida foi de elevador até o sexto andar, conforme as instruções.

Tum... tum... tum... seu coração ainda disparava — e ding-dong.

— Olá, vaqueira.

Jack estava no corredor acarpetado, segurando a porta do apartamento aberta para ela. Seu cabelo ainda estava molhado. Vestia uma elegante camisa xadrez azul e branca, parte para fora da cintura da calça, e um pano de prato, um pouco manchado com o que parecia ser molho de tomate, por cima do ombro.

—Você deveria ter falado que estava me convidando para jantar na sua casa — reclamou Amber.

— Está tudo bem. Você está com a polícia. Nada perigoso vai acontecer... a menos que você deseje — acrescentou com um sorriso.

A frase a fez sorrir. Um pouco.

Ainda se sentia tensa e pisando em ovos. E Jack, inclinando-se para beijá-la na porta, só piorou as coisas.

— Ok — disse ele, afastando-se —, talvez você precise entrar, relaxar, comer, depois disso posso usar todo o meu charme.

— Meus planos só incluem jantar — disse Amber.

— Já entendi.

Amber começou a sentir-se produzida demais para um jantar caseiro. Sob a jaqueta de seda azul usava um corpete apertado, com alças finas, e uma saia evasê na altura do joelho. Tudo em seda encorpada brilhante, com um padrão arrojado de listras horizontais azuis e brancas.

Sapphire a tinha convencido a usar o conjunto.

— É perfeito para jantar fora e tãããããão bonito! — disse ela na cama de Amber, para onde tinha se mudado e pretendia viver para sempre, recusando-se a enfrentar tudo o que tinha acontecido. Durante o dia todo, lera e relera *Um Toque de Grace* enquanto assistia ao filme *Alta Sociedade* ininterruptamente.

Amber sentia-se tão triste por Sapphire que concordou em usar o vestido, mesmo que o tivesse usado em um encontro desastroso com um nova-iorquino metido.

— Quer tirar a jaqueta? — perguntou Jack quando ela entrou e ele fechou a porta atrás dela.

— Não... Estou bem, obrigada.

— Por favor, não fique nervosa. — Ele colocou as mãos sobre os ombros dela de um modo suave e tranquilizador e inclinou a cabeça um pouco para o lado, enquanto a olhava nos olhos. — Não vou envenenar você, sou na verdade um excelente cozinheiro.

Isso a fez sorrir um pouco mais.

— Aparentemente as mulheres acham os homens que sabem cozinhar mais atraentes — acrescentou.

— Onde você leu isso? Na *Marie Claire*?

— Vamos entrar.

Ela seguiu na direção apontada e passaram por uma porta aberta que levava a uma cozinha pequena.

— Cheira bem.

— Depois do dia que tive, preciso de um bom jantar. Você não sabe onde estão as joias reais desaparecidas, sabe? — Ele brincou.

Amber riu nervosamente e engoliu em seco.

Estavam agora em uma pequena sala de estar com uma janela grande, longa, e uma vista direta para a cidade.

— Em um dia claro posso ver até o Empire State — disse Jack.

— Lindo — disse ela e olhou ao redor da sala.

— Procurando pistas? — perguntou ele.

— Hã? — disse ela, espantada.

— Pistas. Sobre a minha personalidade real. Isso é o que eu estava fazendo quando voltei ao seu apartamento. Mas não encontrei muitas. Acho que você deve ter muitos segredos e estou desesperado para saber todos.

— Ah, ah. — Amber sorriu e tentou tirar as joias de sua mente por apenas alguns momentos. Olhou para o confortável sofá de couro marrom. A estante grande, quase transbordando de livros, os tapetes tradicionais sobre o chão de madeira escura. Era um apartamento informal, de bom gosto. Ele era um cara que também gostava de ler e, além disso, cozinhava, e deveria passar um bom tempo em casa, baseando-se na grande TV estéreo e a pilha de DVDs no canto.

A coleção de fotografias emolduradas em uma das paredes chamou sua atenção.

— Oh, a seção com a história da família — disse Jack, quando a viu olhando. — Sinta-se à vontade para espiar.

Ela foi até a parede e encontrou fotos em preto e branco de policiais. Eram muito antigas. Do tempo quando a polícia de Nova York usava longos casacos pretos com botões de metal e quepes achatados.

— São os seus parentes? — perguntou Amber.

— Sim. Esse é o meu bisavô Liam McIlvaney, de County Tyrone, no velho mundo. — Jack tentou dizer isso com um sotaque irlandês.

— Ó, meu Deus? McIlvaney?

— Sim, mas sua neta, minha mãe, casou-se com outro honrado membro da família dos policiais nova-iorquinos, um Desmoines de Queens.

— Então você é policial... por nascimento? Não sabia que isso existia.

— Meu bisavô, seus irmãos, seus filhos, os filhos deles, meus tios, o pai da minha mãe, seus irmãos e irmã, todos policiais. Meu irmão é delegado aqui no Queens. Sou uma espécie de rebelde por trabalhar na cidade como o meu bisavô.

— Então, eles vieram da Irlanda para se tornarem policiais?

— Não. Não exatamente... Olha, deixe lhe servir uma bebida. O que você quer? Cerveja? Refrigerante? Tenho um pouco de vinho também, mas não tenho ideia se é bom. O cara na loja jurou que sim...

Amber balançou a cabeça.

— Cerveja está bem. Mas em um copo. Certo? Afinal de contas você está servindo um jantar completo.

— Beber cerveja em um copo. — Jack riu. — Você é demasiado sofisticada para mim.

— Não acho. Seu sofá é uma antiguidade dos anos 1950. Isso é muito refinado.

— Herdado.

— Oh.

Quando ele voltou da geladeira com a cerveja, Amber ainda estava olhando as fotos.

— Então, o seu bisavô e os irmãos dele saíram da Irlanda para vir para Nova York a fim de se juntarem à polícia? — Ela tomou um gole de cerveja e sentiu os ombros relaxarem um pouco. Mas não era o álcool, era ele. Mesmo sendo um policial e agora ela, tecnicamente, uma criminosa, sentia-se feliz por estar com ele.

Na verdade sentia-se bem, segura em sua companhia. Sentia-se até mesmo mais bonita quando ele olhava para ela, e muito mais inteligente quando ele conversava com ela. Jack tinha um grande efeito sobre ela e ela gostava disso.

— Não exatamente — disse Jack. Eles eram rapazes do campo, que não conseguiam encontrar trabalho. Então, decidiram fazer a loucura de gastar todo o dinheiro das suas poupanças em um bilhete para Nova York. Dois deles nunca saíram da cidade. A história é a seguinte: um deles conheceu uma bela garota de County Tyrone, que tinha um irmão policial. Ele arranja emprego para dois dos irmãos. Mas o mais novo sente tanta falta do campo, mas tanta, que encontra uma maneira de sair da cidade.

— Então, para onde ele foi? — perguntou Amber. Tomou outro gole de cerveja e se sentiu mais calma, embora soubesse perfeitamente bem que não poderia ficar muito relaxada com Jack. Tinha muito, muito a esconder.
— Bem... é uma história interessante. Esse irmão mais novo segue viajando pelo norte do estado. É setembro, então consegue um emprego colhendo maçãs em Vermont. A viúva que é proprietária da fazenda e da plantação se apaixona por ele. E casa com ele. Os McIlvaney cuidam da fazenda desde então. Agora essa foto aqui — Jack inclinou-se e apontou —, sou eu, aos oito anos, com uma cesta inteira de maçãs que peguei sozinho.
— Você parece muito orgulhoso.
— E estava mesmo. Passava todas as férias de verão na fazenda, ajudando minha tia e meu tio. Eles têm duas filhas adoráveis e trabalhadoras. Mas acho que teriam gostado de ter um menino, como eu.
— Ah.
Amber tomou outro gole de seu copo.
— Você é de uma família de três meninas na terra, é claro.
— Ahã.
— Você acha que seu pai ficou desapontado?
— Acho que a única coisa que o decepcionou foi que nenhuma de nós queria ser fazendeira.
— Por quê? — perguntou Jack e apontou para a pequena mesa e duas cadeiras que tinha arrumado em frente à janela. — Espere um pouco, que vou trazer o nosso jantar.
Amber ficou observando enquanto ele pegou a travessa fumegante coberta com purê de batata gratinado na cozinha. Depois ele trouxe uma tigela de salada verde.
— Você fez salada? — perguntou Amber.
— Ah, sei que as mulheres gostam de salada.
Amber olhou para o seu rosto, percebendo a malícia em seus olhos, e de repente sentiu ciúmes de qualquer outra garota a quem Jack poderia ter servido uma salada.

— Torta de peixe com tomate. Receita de família... Você não é alérgica a peixe?

— Não. Adoro peixe.

Jack sentou-se e começaram a comer. E a falar.

Tudo sobre os verões em Vermont e sobre viver em uma fazenda no Texas.

De repente, Amber percebeu que estava falando a respeito de tudo o que tinha acontecido desde a morte de seu pai.

— Ainda há uma grande hipoteca da fazenda. A terra mal parece produzir o suficiente para cobrir os custos, mas nenhuma de nós tem coragem para vender a fazenda do papai... então resolvi seguir na direção da profissão mais bem-paga que conhecia. Tinha um emprego em um banco no Texas, mas não pagava nada comparado com o salário pago em Nova York, então me mudei para cá.

Jack sentiu a hesitação dela.

— Então você está planejando voltar para casa no Texas?

— Não sei... e se voltar... não sei quando — respondeu Amber, pensando meio desolada sobre a Suíça, Montenegro e uma fortuna roubada. Se realmente queria voltar para o Texas, não tinha exatamente tornado as coisas mais fáceis para si mesma.

— Seu plano era voltar para casa no papel de menina rica da cidade e comprar a fazenda? — perguntou Jack.

— Talvez.

— Lamento que tenha perdido seu emprego. É difícil quando os planos não dão certo. As pessoas fazem todos os tipos de coisas loucas quando seus planos não dão certo.

— Ah... — disse ela suavemente. Mal sabia ele o quanto isso era verdade.

— Você deveria abrir seu próprio escritório — disse ele. — Uma pequena corretora lá em... onde é mesmo? Parker County.

— O que quer dizer?

—Você não era uma administradora de ativos? Então abra seu próprio escritório, cuide de aposentadorias, empréstimos, contas de poupança. Aposto que as pessoas da cidade gostariam disso. Todo mundo está cheio dos bancos da cidade grande, pensando sempre como uma grande cidade, não é? Especialmente nos confins do Texas, eu acho.

— Não estamos tão no meio do mato — disse ela um pouco defensivamente. Mas era uma ideia interessante e ela gostou. — Preciso de dinheiro para começar — disse a ele.

—Talvez não tanto quanto você pensa.

E depois havia o fato de que ela era agora uma criminosa. Não podia imaginar que muitas pessoas iriam confiar seu dinheiro a uma ladra de joias internacional.

— Você conseguiria um bom retorno tendo uma empresa de investimento próprio — continuou Jack. — Seria provavelmente suficiente para comprar vários casacos de peles.

— Oh, não sou realmente uma mulher que quer casaco de peles. Vestir aquela jaqueta foi uma espécie de desafio.

— Arminho branco... aquelas jaquetas custam muito dinheiro. Recebemos um relatório de uma loja no norte da cidade sobre uma jaqueta roubada na mesma época em que encontrei você usando uma: cinco mil dólares.

— *Jura?*

Amber estava horrorizada. Por um momento, imaginou que ele estava prestes a prendê-la.

— Onde é que sua irmã conseguiu a dela?

— A mãe comprou. — De repente ele estava fazendo muitas perguntas. — E você? Acha que nunca vai deixar Nova York? — perguntou, desesperada para mudar de assunto. — Virar um detetive em Vermont?

Jack sorriu e deixou as sobrancelhas deslizarem para cima.

— Ah... bem, quando tiver filhos. Sim, sou aquele tipo de cara à moda antiga. Mais de trinta anos, assa tortas de peixe, pretende ter filhos... sim, tenho uma fantasia de criá-los no campo: cortando lenha, alimentando os animais da fazenda, o tipo de imagem de cartão-postal para essas coisas.

— Sério? — Amber sorriu. Mal se lembrava de quando havia tido um encontro onde a conversa chegasse em fantasias de como criar os filhos. O tipo de fantasias mencionadas nos encontros com homens em Nova York era de arrepiar e fazer você correr para a porta. — Aposto que você vê muito do lado feio da cidade.

—Ah, sim. Lindas adolescentes, criadas no meio do luxo em Upper West Side mortas aos quinze anos com uma overdose de heroína e todo esse tipo de coisas. Já vi o suficiente para fazer uma pessoa querer sair correndo daqui. Mas um policial raramente sai da cidade. Estamos muito presos no sistema. Esperando a próxima promoção, o próximo pequeno aumento salarial. Ligados demasiadamente à delegacia e a todas aquelas bobagens.

Quando ele disse isso pareceu, de repente, muito mais velho que ela. Ela só tinha trabalhado por alguns anos e Jack já falava como alguém que estava cansado de sua carreira.

— Desculpe se pareço um pouco cínico — disse ele. — Você gostou disso? — Ele estava olhando para o prato dela, raspado até o fim.

—Você faz uma torta maravilhosa, sr. Desmoine — respondeu ela.

— Quer um pouco mais?

Ela balançou a cabeça.

— Salada?

—Talvez.

— O que foi que disse sobre as meninas e salada?

Ela deixou que ele servisse seu prato com uma segunda porção de folhas e depois tirou a jaqueta, porque agora estava quente no apartamento.

— Lindo vestido — disse ele —, ombros ainda mais bonitos.

— Obrigada. — De repente, se sentiu novamente tímida.
— Quando o seu pai...?
— Faleceu?
— *Faleceu?* — repetiu ele, tentando não sorrir.
— Desculpe, os texanos falecem. Eles têm medo de morrer.
— Não temos todos?
— Cerca de dezoito meses atrás. No verão. Não foi um bom momento. Mas nunca é um bom momento.

— Minha mãe morreu no outono de 2002, meu pai morreu três anos depois e ainda sinto-me muito triste com isso. A pior coisa que pode acontecer às pessoas é a Morte.

— Sinto muito — disse Amber. — Sua mãe e seu pai. Isso é muito duro. — Por um momento ficou pensativa, depois acrescentou: — Sempre gostei de passar tempo com meu pai. Ele era um cara grande, forte e silencioso, um criador de gado. Era reconfortante ficar ao seu lado. Nem sempre concordava com ele. Na verdade quase nunca concordava com ele. Mas respeitava o seu ponto de vista. Ele sempre analisava as situações com cuidado.

— Acho que é isso o que se faz em uma fazenda. Leva-se tempo, as decisões são tomadas lentamente — disse Jack.

— Isso. Você se dava bem com seu pai?

— Mais ou menos. Ele era difícil de gostar. Muito, muito difícil de impressionar. Acho que é o que todos nós tentamos fazer, impressionar nossos pais. Deixe-me tirar os pratos. — Estendeu o braço para pegar o prato dela. — Linda pulseira. Antiga?

Jack levantou-se e empilhou com destreza os pratos, talheres, a saladeira e a travessa da torta em suas mãos.

— Presente de meu pai. Em tem o anel, Sapphire tem os brincos. Algo a ver com Sapphire ser o rosto da família, Em as mãos e eu sou os braços, que mantêm todas juntas. Somos um conjunto. — Ela o observou ir para a cozinha. — Você poderia ser garçom. — Amber brincou.

— Eu fui — respondeu ele. — Outro trabalho de férias, quando obviamente não estava colhendo maçãs. Sente-se no sofá. Vou trazer-lhe uma sobremesa tão boa que você provavelmente vai querer casar comigo ou algo assim.

Amber deu uma risada indignada. Mas, mesmo assim, sentiu o coração saltar. Brincar a respeito. Ter a coragem de mencionar a palavra "c". Era uma espécie de ousadia, e refrescante.

Ele realmente gostava dela.

E ela já sabia o quanto gostava dele.

Sentou no sofá e olhou para o céu noturno pela janela. As luzes da cidade brilhavam até ao fim do horizonte. A cidade de Nova York. Não esperava chegar a Queens e encontrar uma vista de Manhattan como essa. Sempre pensou em Queens como um bairro sujo, suburbano e pouco interessante. Mas, assim como o detetive Desmoine, era um local cheio de surpresas.

— Feche os olhos — disse Jack, saindo da cozinha. — Não, não é nada perigoso. Só acho que deve saborear a primeira colherada com os olhos fechados. Porque é bom demais.

Amber fechou os olhos. Ouviu Jack andar ao redor do sofá e sentiu quando ele sentou ao seu lado. Seu pulso começou a acelerar. Os pelos nos braços e ombros nus arrepiaram-se com o toque de sua camisa.

Ela ouviu o som de uma colher tilintar contra o vidro, depois sentiu a ponta do dedo dele remover um fio de cabelo caído de seu rosto e colocá-lo atrás da orelha.

Isso fez o lóbulo de sua orelha reagir e todos os cabelos da nuca arrepiarem-se.

— Abra bem — disse Jack e sua voz soou um pouco rouca.

Amber abriu os lábios, depois os fechou sobre uma colher de chá pequena e fria.

Uma explosão extraordinária de achocolatado, com sabor de café e outra coisa que ela não poderia identificar... nozes, doce... delicioso, espalhados por sua língua.

Em seguida, os lábios de Jack estavam sobre os dela.

Seu corpo inteiro pareceu entrar em alerta. Ela retornou o beijo, faminta.

Ele colocou a taça de sobremesa na mesa na frente deles e virou-se para se concentrar completamente nela.

— Olá — sussurrou ele.

— Amo a sua sobremesa — sussurrou ela de volta, beijando seu rosto: a bochecha, a testa... segurando seu rosto entre as mãos e se deslumbrando com a novidade... o estranhamento. O prazer totalmente efervescente.

—Também amo a minha sobremesa — disse ele, juntando a sua boca com a dela, passando as mãos sobre os seus ombros, pelas costas, puxando-a com força contra ele.

— Não sou a sobremesa — sussurrou ela.

— Ah sim, você é. Você é definitivamente boa o suficiente para saborear.

Amber pôs o dedo na covinha do queixo dele e sentiu os pelos da barba cortada. Pensou novamente que deveria ser difícil fazer a barba naquele ponto. Passou a mão sobre a nuca dele e sentiu o cabelo escuro suave e macio, e a pele lisa na nuca.

Sua outra mão moveu-se sob a camisa dele e ela explorou a pele firme e sem pelos de seu peito.

Em seguida, os dedos dele estavam no topo do zíper na parte lateral do vestido.

— Posso? — sussurrou ele na sua orelha.

O corpo de Amber cantarolava com a resposta "sim, sim, por favor".

Mas, em sua cabeça, ainda não tinha certeza se queria ficar seminua no sofá de Jack. Muita exposição. Muito vulnerável.

— Não sei — sussurrou ela de volta.

—Vamos continuar o beijo e descobrir.

Durante o beijo seguinte, deslizaram no sofá. Deitados lado a lado, corpos colados, Amber se sentiu mais excitada do que jamais sentira com outra pessoa há muito tempo.

Mas...

Ainda assim, o mas.

Não estava preparada para isso. Esperava um jantar em um restaurante, um beijo na calçada e um táxi para casa. Teve um arrepio ao pensar em sexo e o que aconteceria depois. Mas, ah, não... o desconforto... encontrar o momento certo para ir embora. Hoje à noite? Amanhã de manhã?

Não — já havia passado por muitos momentos pós-sexo insuportáveis no passado e não estava disposta a passar por isso novamente. Nem mesmo por ele.

Ele deslizou a alça do vestido dela do ombro e passou a ponta dos dedos sobre sua pele. Ela beijou-o e sentiu o corpo dele pressionado contra o seu, despertando os sentidos. Um desejo feroz em cada beijo.

Ela deslizou sua perna entre as pernas dele.

Então sentiu a ponta dos dedos dele arrepiar sua pele.

— Está tudo bem... — disse ele. — Isso é fantástico. Podemos parar por aqui.

Ele a beijou na bochecha. Foi gentil e amoroso. Isso a fez gostar ainda mais dele do que qualquer outro beijo.

Em seguida, o toque estridente de um celular fez os dois estremecerem.

— Merda — disse Jack rolando para fora do sofá e ficando em pé, revelando um impressionante volume em suas calças.

Encontrou o celular e o atendeu.

— Desmoine.

Ouviu atentamente enquanto Amber sentava, piscava os olhos, respirava e sentia o sangue parar de ferver em seu corpo.

— Ok. Então, quanto tempo leva para colocar uma peça de joalheria famosa na lista de procuradas da Interpol?

O coração de Amber disparou novamente. Durante vários minutos maravilhosos de êxtase, conseguiu esquecer que fez parte de um roubo de quatro milhões de dólares e que Jack era um dos detetives que procuravam por ela.

Precisava ir embora. Precisava pegar a bolsa, a jaqueta, chamar um táxi e ir embora. Tudo era impossível.

— Vinte e quatro horas! — gritou ele ao telefone. — Você está brincando comigo? Está de sacanagem comigo? Como assim, quando posso enviar um e-mail para Hong Kong, para a Rússia, para onde quer que queira em dois segundos, como pode demorar vinte e quatro horas para colocar um aviso de joias roubadas na Interpol? Procedimentos? Não dou a mínima para os procedimentos adequados!

Quando Jack desligou, ficou surpreso ao ver Amber vestindo sua jaqueta.

— Ei, você não tem que ir embora — disse ele, aproximando-se e pegando suas mãos. — Não estou esperando outras chamadas. Não teremos outras interrupções.

— Não. É tarde. Preciso ir para casa. Em está trabalhando, Sapphire está em casa sozinha esta noite e prometi que não voltaria muito tarde.

— Por favor, diga que foi uma noite agradável.

Ela deixou seus olhos contornarem o rosto dele. As sobrancelhas espessas, os olhos castanhos, os lábios e a covinha intrigante em seu queixo.

— Me diverti muito. Obrigada pelo jantar.

— Amber? — Ele passou os polegares carinhosamente pelas costas das mãos dela.

— Sim?

Se ele estava prestes a perguntar quando iriam se encontrar novamente, ela não sabia como seria capaz de dizer-lhe que não poderiam fazer isso.

— Há algo que preciso perguntar...

— Tudo bem — disse ela olhando nos olhos dele.

— Onde você estava na manhã do roubo na casa de leilões Wilson?

Capítulo Trinta e Três

— *Agora sua neta, aquela menina é inteligente demais.*

— *Isso não é bom, Lauren, ser inteligente é bom para netos. Netas precisam ser encantadoras e lindas como um botão de rosa!*

—Como foi?

Quando Amber entrou no apartamento naquela noite, apenas Em estava acordada, sentada em silêncio no escuro com uma expressão muito séria no rosto.

—Tudo bem. Nada a assinalar.
— Fez sexo com ele?
— Não!
— Deveria.
— Por quê?
— Os homens são muito mais fáceis de convencer quando se faz sexo com eles.
— Ele perguntou o que eu estava fazendo na manhã do roubo. Em parecia assustada.
—Você acha que ele é capaz de adivinhar alguma coisa?
— Não. Quase morri, mas acabou sendo uma piada dele.

— Mas você disse a ele o seu álibi?

— Sim. Estava no jardim. Em, temos vinte e quatro horas para deixar o país.

— Pensei que poderíamos manter o apartamento até o final da próxima semana.

— Acontece que são necessárias outras vinte e quatro horas para a Interpol colocar as joias na lista de procuradas em todo o mundo. Assim, durante as próximas vinte e quatro horas, podemos passar por aeroportos e ninguém terá ainda fotos das joias.

— Você está brincando comigo? — Em ergueu um exemplar do *New York Post*, do *New York Times* e depois do *Washington Post*. Cada um com duas enormes fotografias na primeira página da pantera e do colar.

— Sem falar em toda a cobertura na TV. Amber, acredite em mim, as fotos já deram a volta ao mundo. Todos estavam falando sobre o roubo na casa noturna, hoje.

— Oh... nossa... esta é a duquesa, usando a joia?

Em entregou-lhe o jornal.

Amber olhou para a mulher elegante, corpo meio virado para a câmera. A pose, o glamour expressado no pescoço fino e pálido, com milhões de dólares em joias em torno dele.

— Ela parece incrível — disse Amber, sentindo uma terrível pontada de culpa.

— Vamos tirar fotos de nós mesmas usando aquele colar antes de vendê-lo. Temos que tirar. — disse Em.

— Mas como diabos é que vamos conseguir levar as joias para fora do país?

— Talvez não seja necessário. Talvez nosso colecionador venha buscá-las pessoalmente. Talvez venha em um avião particular.

Ao ouvir a palavra "colecionador", Amber sentiu náuseas. Estava mesmo metida na encrenca. Metida até o pescoço.

— Como é que vamos encontrar o colecionador? — perguntou ela. — Procurei por ele na internet, consegui os telefones de algumas de suas empresas, mas ninguém quis transferir a ligação para ele. Um cara chegou a sugerir que eu deveria escrever uma carta!

— Posso ajudá-la nisso — disse Em com um pouco do antigo brilho travesso nos olhos. Pegou a bolsa, tirou seu celular e acenou com ele para Amber.

— Hã? — perguntou Amber.

— Acontece que o número de celular pessoal dele está comigo todo esse tempo.

— O quê? Como?

— Sim... Yves Montanari. Quanto quer apostar que ele é o "Yves M" com o longo número de telefone internacional que vi no telefone de Fergus no bar naquela noite?

— Fergus? Por que Fergus teria o número dele?

— Fergus é um dos principais assessores do sr. Wilson. Provavelmente falou pessoalmente com o sr. Montanari sobre as joias que iriam ser leiloadas, convidando-o a fazer uma oferta.

— Você tem o número de celular de Yves Montanari bem na sua mão?

— Acho que sim. Precisamos ligar para descobrir.

— Bem, então ligue.

Em balançou a cabeça.

— Acho que não. Não com um telefone nosso, ou vamos acabar com a polícia na nossa porta. Amanhã de manhã.

— Levantamos cedo — disse Amber, seguindo a linha de pensamento de Em —, vamos para a estação Grand Central e fazemos uma ligação de um telefone público.

— Exatamente. Vê, somos *espertas*. Vamos conseguir fazer isso!

Capítulo Trinta e Quatro

— *Antigamente era má educação atender uma chamada telefônica durante o jantar...*

— *Agora, se todos ao seu redor na mesa não estão negociando ações nos seus iPhones, você se preocupa se eles vão poder pagar a conta!*

Sapphire ainda está completamente perturbada — declarou Em. — Não faço a mínima ideia de por que ela decidiu que estava bem para ir ao trabalho hoje.

— Talvez ela fique bem no trabalho — respondeu Amber. — Talvez seja apenas quando está no apartamento sem nada para fazer que ela enlouqueça mais.

Ambas sentiram-se muito mal com relação à Sapphire. Ela não pedira para ser parte desse problema e queria que suas irmãs, pelo menos, tentassem sair disso.

Amber e Em andavam apressadas lado a lado em direção à estação Grand Central para fazer o telefonema. Havia filas e filas de cabines telefônicas na estação e milhares de passageiros, e Em achava que mais duas garotas em uma cabine passariam despercebidas.

Amber sentiu as mãos úmidas de medo e sua boca estava seca. Não tinha ideia de como ia fazer isso.

— Essa parece boa — disse Em, pegou sua bolsa e começou a contar as moedas de dólar, como se fossem estudantes prestes a ligar para a mãe.

— Quando foi a última vez que usou um telefone público? — perguntou Amber. — Faz tanto tempo, que esqueci como fazê-lo.

— Vamos carregá-lo com trinta dólares. Estamos ligando para um celular na Suíça. Vai custar uma fortuna.

— Quanto você tem? Pode custar cem dólares ou algo assim.

— Tenho cinquenta dólares em moedas. Sou organizada.

— Meu Deus. Talvez devêssemos comprar um cartão — sugeriu Amber. Qualquer coisa para adiar um pouco mais o momento de fazer a chamada.

— Olha, vamos apenas tentar e, se não funcionar, podemos ligar de novo.

— Ligar novamente? O estresse de ligar só uma vez pode me matar! Já estou suando como um porco no matadouro.

— Ok, fica fria, Amber. Você é a pessoa que mexe com dinheiro, você é a melhor pessoa para fazer essa ligação. — Em a lembrou. — Então, respire fundo e faça de conta que está representando um papel. Faça de conta que está de volta no banco e está montando um negócio difícil para um cliente muito linha dura. Força na peruca. Tudo bem?

Com a mão visivelmente trêmula, Amber apanhou o receptor enquanto Em colocava moeda atrás de moeda no aparelho. Amber desdobrou o canto do papel onde Em tinha rabiscado o número suíço e discou.

Em e ela ensaiaram tantas vezes o que devia dizer que sabia o discurso de cor, mas isso não diminuía a sensação de que ia vomitar nos próprios sapatos.

Após uma longa pausa, ouviu um tom de discagem desconhecido. E, antes que pudesse sequer pensar em desligar, uma voz masculina respondeu em francês.

— Você fala inglês? — perguntou ela, tentando soar o menos texana e o mais irreconhecível possível.

— Mas é claro. Como posso ser útil?
— Gostaria de falar com o sr. Montanari.
— Sim, mademoiselle, se puder me dizer do que se trata, posso ser capaz de ajudá-la.
Esse homem falava inglês melhor do que ela.
— Lamento, mas só posso falar com o sr. Montanari.
— Monsieur Montanari é um homem muito ocupado. Você está falando com Pierre, seu assistente pessoal, e preciso ter alguma ideia do motivo para a urgência.
— É muito importante, sei que ele vai querer falar comigo... É sobre sua coleção de joias e seu... — ela fez uma pausa e respirou — interesse especial. Amber estava muito concentrada em evitar que sua voz demonstrasse seu terror.
— Poderia talvez explicar um pouco mais?
— Posso ser capaz de ajudá-lo com uma compra — disse Amber. Até agora, ela estava conseguindo seguir o roteiro.
— Qual é o seu nome, mademoiselle?
— Prefiro não dizer.
— Você deseja que eu passe sua ligação para o sr. Montanari, mas nem mesmo me diz o seu nome. Isso não é possível.
— Sei que ele vai querer falar comigo — insistiu Amber, sentindo o suor escorrendo pelo corpo. Ela olhou Em, pedindo ajuda.
— Diga-lhe que vai telefonar para o sr. Kaydo Tanaka — sibilou Em. Amber obedeceu.
— Se não posso falar com o sr. Montanari, então irei passar minhas informações para o sr. Kaydo Tanaka. Sua voz já não soava fria e controlada, o pânico estava tomando conta dela.
E se a polícia estivesse observando-as? E se o assistente de Montanari estivesse gravando a ligação? E se o número da cabine telefônica apareceu no celular dele e ele estivesse chamando a polícia, enquanto a mantinha na linha?
— Vou perguntar ao sr. Montanari — veio a resposta curta e seca.

A linha ficou em silêncio.

— O que está acontecendo? — perguntou Em, incapaz de se conter.

— O cara que atendeu o telefone está falando com o sr. Montanari.

— O sr. Montanari vai atender, confie em mim. — Em sorriu. Estava gostando de cada minuto tanto quanto Amber odiava a situação.

— Boa-tarde. Aqui fala o sr. Montanari.

Amber quase deixou cair o receptor no susto.

— Alô... Olá... sr. Montanari.

Amber fechou os olhos. Tentou bloquear o pânico e imaginar que estava no banco, falando com um de seus clientes em uma chamada de rotina.

— Obrigada por falar comigo, sr. Montanari. Tenho o colar de esmeraldas e diamantes e o broche de pantera Cartier da duquesa de Windsor. Eles estão disponíveis para compra.

O sr. Montanari não respondeu. Amber sentia o silêncio tenso transatlântico. E então a linha ficou muda.

Amber olhou para Em espantada.

— Ficamos sem dinheiro? — perguntou ela.

— Não! — afirmou Em. — Ainda temos nove dólares e meio. O que aconteceu?

— Ele desligou o telefone.

— Ele desligou? Por que desligou? Temos o que ele quer. Merda! Como é que vamos conseguir o telefone do cara japonês? Sapphire não vai nos dar o número.

— Ela não pode — comentou Amber. — Ela não tem como acessar essa informação. Foi o Fergus...

— Cale a boca. Pare de falar sobre o Fergus. MERDA!

Em colocou as mãos contra as orelhas, como se tentasse encontrar alguma paz e sossego para pensar.

O telefone da cabine telefônica começou a tocar.

Amber olhou para Em, horrorizada.

— Não atenda — sibilou Amber. — Eles sabem onde estamos! Pode ser a polícia!

— Ei, garotas, vão acabar logo?

Um homem olhou para a cabine telefônica, irritado e impaciente.

— Encontre outro telefone! — respondeu Em, então pegou o receptor e entregou para Amber.

— Alô — guinchou Amber, os olhos arregalados. Ela examinou a estação, em pânico, certa de que a polícia estava prestes a abordá-las.

— Por que estou falando com alguém novo? — Uma voz com forte sotaque perguntou. — Isso não é o que foi combinado. Onde está o sr. B?

Por um momento, a mente de Amber ficou em branco. sr. B?

Então percebeu rapidamente que isso devia ter algo a ver com o outro ladrão — o homem que estava no escritório do sr. Wilson, o que havia roubado as joias. O sr. Montanari deve ter feito um acordo com ele ou talvez com um grupo criminoso inteiro. O sr. Montanari, obviamente, ainda não sabe que o sr. B não tinha as joias.

— Sr. B me pediu para falar com você. Sou a srta... C — ela conseguiu dizer.

Em ergueu as sobrancelhas, surpresa.

— O negócio é o seguinte — disse Amber. — Temos as joias. E estamos oferecendo a você primeiro. Quatro milhões de dólares. É pegar ou largar. Você pode nos encontrar em Nova York ou Genebra. — Ela esperou, nervosa demais para respirar.

— Genebra, como combinado — respondeu a voz. — Você ainda está preparada para usar o Banco de Obersaxen?

— Acho que sim. Vou confirmar — disse Amber, o cérebro em disparada.

— Muito bem. Quando chegar a Genebra, chame esse número e tomaremos as providências para a transferência. , senhorita C.

— Muito bem.

E Amber desligou.

— Ok. — Ela virou o rosto para Em com um sorriso tenso nos lábios. — Genebra, aqui vamos nós.

— Ó, meu Deus... mesmo? Estamos mesmo indo para Genebra? Ó, meu... bem, acho que só se consegue banha fervendo o porco.

— Nunca soube que diabos isso significa.

— Acho que vamos ter que pagar para ver.

— E agora?

— Agora você vai ter que cavar algumas joias, neném. Vou espremer mais o meu cartão de crédito e reservar as passagens.

Capítulo Trinta e Cinco

— Ela está sempre querendo que ele seja romântico.

— Quantas vezes teremos que explicar as coisas para ela? Somente os homens pobres têm tempo para ser românticos.

Eram quase duas e meia da tarde quando Amber chegou aos jardins. Perguntou-se o que Fitch iria imaginar ao vê-la aparecer para o trabalho voluntário, no horário do expediente, pela segunda vez nessa semana.

Assim que entrou no parque, foi direto para as árvores que plantara e ficou surpresa ao ver uma linha de árvores muito maior. Tentou orientar-se para descobrir qual das mudas de bordo escondia quatro milhões de dólares em joias.

— Oi, Amber, você de novo? — Fitch apareceu de repente, batendo em seu ombro, assustando-a tanto que ela deu um pulo. — Vou realmente sentir sua falta quando você arranjar outro emprego. Tenho que plantar uma grande área com flores hoje, então quanto mais gente, melhor.

— Você colocou muito mais árvores por aqui. — Amber apontou para a fileira.

— Sim... os fornecedores cometeram um erro e mandaram mais oito mudas, e coloquei todas juntas. Ficou bonito, não ficou?

— Sim. — Ela engoliu em seco. Sua garganta estava completamente seca. — Fitch, acho que esqueci de colocar adubo... você sabe... nas árvores que plantei... — Sua voz foi sumindo. Ela mentia muito mal e sabia que deveria dizer o mínimo possível.

— Hã? — Fitch olhou para ela, surpreso.

— O adubo para as árvores que plantei. Esqueci — continuou ela —, e as árvores vão precisar disso quando a primavera chegar. Pensei em pegar um saco pequeno e espalhar no terreno. Não vai demorar muito.

— Sério? Não. Não se incomode com isso. Venha ver os planos de plantio das novas flores. Vamos fazer a bandeira dos EUA e outros desenhos.

— Mas não vai demorar muito — argumentou Amber, e você não quer três árvores raquíticas no meio de sua fileira!

Fitch deu de ombros.

— Ok, tanto faz.

Então Amber correu para o galpão, pegou uma pá pequena e um saco de adubo. E caminhou em direção a linha de árvores devagar, tentando descobrir qual era a árvore. Ela *precisava* descobrir.

Agachou ao pé da árvore que imaginou ser a com as joias e começou a pensar. É este o ângulo no qual tinha sido capaz de ver o galpão da Fitch? E foi nesse ângulo que tinha visto o portão do parque, enquanto esperava por um momento tranquilo para colocar as joias no buraco?

Olhou para a árvore e viu a bifurcação no ramo e o nó de aparência estranha. Seu coração deu um pulinho de esperança. Agora se lembrava. Tinha certeza de que essa era a árvore.

Começou a cavar um buraco, de modo decidido.

Amber fez um buraco de tamanho razoável, com aproximadamente novecentos centímetros quadrados e trinta centímetros de profundidade. Enfiou a mão e começou a apalpar ao redor. Este deve ser o lugar. Sem dúvida... O saco devia estar mais ou menos aqui.

Cavou mais fundo, então apalpou para a esquerda. Depois para a direita.

Enfiou os dedos profundamente na terra e escavou ao redor.

Nada.

Disse a si mesma para não entrar em pânico.

— Estou enfrentando um contratempo — sussurrou ela —, mas vou alcançar meus objetivos com calma e com sucesso.

— Você fala sozinha? Você é esquisita. — Fitch estava novamente ao seu lado. Como ele conseguia aparecer do nada ao lado dela? — Você deveria saber, no caso de pensar que está ficando louca, que mudei um par de árvores um pouquinho fora do lugar. Não porque queria ganhar a discussão que tivemos, mas para abrir um pouco mais de espaço.

Três grandes buracos mais tarde e Amber estava tentando não entrar em pânico. Disse a si mesma que poderia voltar hoje à noite, se necessário, com um detector de metais. Poderia sair agora, descobrir onde comprar um detector de metais, e mais tarde, quando estivesse escuro, poderia passar por cima da cerca e procurar.

No escuro? Com uma lanterna? Como é que iria achar algo?

Não entre em pânico!

Olhou atentamente para o local onde as árvores tinham sido plantadas. Havia algum tipo de recuo que mostrasse onde uma árvore poderia ter estado antes de ser transplantada?

Amber inclinou a cabeça e abaixou-se para olhar por todo o chão. Lembrou-se de quando agachava à procura de pegadas de lince com seu pai na fazenda e uma pontada de tristeza esmagadora a invadiu como uma onda inesperada.

Deixou a dor sair com um suspiro e tentou concentrar-se novamente no chão.

Havia uma ligeira falha. Bem ali, podia ver agora, possivelmente onde havia cavado muito mais profundamente do que o necessário para esconder as joias, e Fitch provavelmente não preenchera o buraco completamente.

Começou a cavar devagar, tentando afastar o temor de que, se isso não funcionasse, não tinha certeza do que poderia ser feito. Movendo a terra com cuidado para fora do caminho, colocou os dedos dentro do buraco para sentir qualquer indício de um saco plástico. Empurrou seus dedos profundamente. Aqui! Seu dedo havia acabado de bater em alguma coisa...

Usando a pá, começou a cavar novamente, tentando manter a descarga de adrenalina sob controle.

Quando sentiu o plástico e viu as palavras: "Bed Bath & Beyond", quase chorou de alívio. Passou os dedos sobre o saco, sentindo a superfície dura do broche e do colar dentro dele.

Puxou a sacola para fora da terra e inclinou-se sobre ela para dar uma olhada disfarçada.

— O que achou aí? Um tesouro enterrado?

Amber soltou um grito de susto.

Não pôde evitar. Estava tão tensa e aterrorizada que, se uma mosca pousasse em seu ombro, teria gritado.

Amassando a sacola fechada, olhou para trás.

E ficou de frente para Jack Desmoine. Vestindo uma capa de chuva, com um olhar um pouco divertido, um pouco perplexo no rosto.

— Desculpe — disse ele. — Não queria assustar você. Nossa. Você está um pouco nervosa, não é?

— Desculpe, desculpe... Oi. O que está fazendo aqui?

Ela tentou substituir o pânico escancarado no rosto por um sorriso, mas era um esforço. Estava ajoelhada no parque, na frente de um grande buraco, com duas importantes joias roubadas no colo e um detetive ao seu lado.

— O que está fazendo aqui? — perguntou ele.

— Estou adicionando adubo! — respondeu, tentando parecer alegre e descontraída. Até colocou a pá dentro do saco com fertilizante e aspergiu um pouco no buraco.

— E o saco de plástico? É uma coisa tipo cápsula do tempo que você está plantando com a árvore? — Ele brincou.

— Não, não, é apenas... humm... nada... nada. Particular. — Ela forçou uma risadinha.

— É o seu almoço e você está tentando esconder isso de mim, certo? Porque você sabe que estou sempre com fome.

— Não, realmente não é nada. — Ela agarrou a parte superior do saco fechado e balançou a cabeça tentando dizer: é uma coisa de menina, constrangedora, não pergunte mais nada.

Podia sentir o suor de medo escorrendo por suas axilas.

— Certo... Olha, estou aqui porque preciso falar com você. E por alguma razão você não está respondendo às minhas chamadas, o que torna a coisa muito difícil. Então liguei para Sapphire e ela pensou que você podia estar aqui.

— Ok, você me achou. — Amber decidiu que iria apenas enfiar casualmente a sacola de plástico em sua bolsa de mensageiro e ficar de pé.

Seria um gesto normal.

Não seria normal continuar sentada aqui na terra, tentando esconder um saco de plástico cheio de esmeraldas, diamantes, platina e ouro entre os joelhos.

Tossiu para cobrir qualquer estranho som que os diamantes chacoalhando pudessem fazer, enfiou a sacola de joias em sua bolsa de mensageiro e levantou-se como planejado.

Sentia que seu coração estava bombeando sangue tão rápido que ela poderia realmente morrer antes de ter qualquer chance de vender as joias da duquesa.

— Então, gosta daqui? Trabalhar no jardim? — perguntou Jack.

Amber limpou as mãos sujas de terra em seu jeans.

— Claro. Lembra-me de casa.

— Você parece estar confortável — disse ele — usando jeans. Bom, preciso fazer algumas perguntas. Este é um encontro oficial. Meu parceiro está sentado ali na viatura, então não haverá beijo.

— Ok...

Ela se viu olhando profundamente nos olhos dele.

— Sapphire e Fergus. Eram namorados?

Amber hesitou. Não queria fazer nada que pudesse tornar a vida de Sapphire mais difícil do que ela e Em já haviam tornado.

— Essa é uma pergunta adequada? Tem a ver com o roubo?

— Sim, tem.

— Sapphire é absolutamente cento e dez por cento inocente. Olha, conheço Sapphire, e ela é a pessoa mais doce, mais amável, mais honesta que você pode encontrar. Por favor, deixe-a fora disso.

— Não foi isso o que perguntei, Amber.

Havia mais do que um traço de irritação na voz de Jack, e Amber sentiu novamente a distância entre eles. Ele era um adulto, com uma carreira adequada e um trabalho sério a fazer. Jack estava, obviamente, apenas checando todos os funcionários.

Esfregou uma coceira imaginária em seu nariz e encolheu os ombros levemente.

— Sapphire gosta mesmo de Fergus... e talvez eles pudessem ter namorado... mas não acho que algo estivesse acontecendo. Nada que eu soubesse. — Ela arriscou a olhar diretamente nos olhos dele novamente. — Por quê?

— Estou verificando todo mundo, Amber. É rotina. Estou verificando várias vezes as informações, procurando a pista que possa desbloquear a história. Sapphire... bem, ela foi uma testemunha surpreendente no roubo na loja de Ori e agora não consegue recordar com clareza de um único detalhe significativo. É um pouco incomum.

— Na verdade não. Ela esteve em dois roubos em duas semanas. Está apavorada! Sapphire é absolutamente honesta — insistiu Amber — Posso dizer isso de cara. Ela nunca estaria envolvida em um roubo. Pergunte ao Ori. Um brinco pequeno ficou preso na sola do seu tênis depois do roubo e ela o devolveu.

— Sim, ele me falou sobre isso. — Jack deu-lhe um de seus sorrisos fatais, com a cabeça ligeiramente inclinada. Como se estivesse se divertindo com ela.

Amber sorriu de volta. Apesar da loucura dessa situação, Jack Desmoine, o detetive no caso, era a única pessoa que a acalmava.

— A propósito, você tem terra no nariz.

— Oh.

Ela tentou limpar, mas a julgar pela expressão dele...

— Acabei de piorar tudo, certo?

— Sim — disse ele e sorriu. Enfiou a mão no bolso e tirou um guardanapo de papel.

— Você carrega guardanapos?

Ela pegou um e esfregou-o sobre o nariz.

— Como muitas vezes na rua.

— Você precisa ficar de olho nisso. Comer em qualquer lugar, beber muito café, vai acabar com úlceras no estômago.

— Um em cada dois policiais tem úlceras.

— Isso não é bom.

— Você é encantadora em se importar. E é meio difícil não beijar você. Sabia disso?

Amber riu.

— Tenho certeza de que não posso namorar você agora, porque você e sua irmã estão prestes a serem chamadas para depor no caso de Ori Kogon... e sua irmã agora é uma testemunha-chave em outro grande roubo.

— Sim. Eu sei — disse ela, sentindo uma onda de decepção —, é meio complicado.

— Mas talvez quando tudo isso acabar? Não sei quanto tempo pode levar. Mas você pode esperar um pouco?

Ela examinou o rosto dele. Seus olhos estavam fixos nos dela, e ele a olhava como se realmente falasse a sério. Esse homem — esse policial de carreira, um homem adulto — estava seriamente interessado nela. Era algo grande. Esmagador. Importante.

Ela estendeu a mão e pegou a mão dele. Ele deu um aperto quente e reconfortante.

— O que você acha? — perguntou ele.

— Não sei... quando é que tudo isso vai acabar? — repetiu ela, imaginando quando seria. E depois disse: — Tenho uma entrevista de emprego.

Ela não tinha a intenção de dizer-lhe, porque provavelmente seria o fim de tudo e, embora soubesse de tinha de terminar o namoro, não queria ser a responsável. Mas agora, aqui com ele, não podia simplesmente sair sem deixá-lo saber.

— Acho que uma grande oportunidade vai aparecer. Mas é... é meio fora da cidade.

— Bem, isso é fantástico para você — disse ele, apertando a mão dela e parecendo pouco entusiasmado. — Onde é?

Por um momento, Amber hesitou. Não sabia se devia contar. Mas, se ele estava observando Sapphire, iria descobrir de qualquer jeito. Além disso, a entrevista de emprego era a sua cobertura e fazia todo o sentido.

— É em Genebra.

— Genebra? Genebra, onde?

— Genebra, na Suíça.

Jack pareceu atordoado.

— Genebra, na Suíça? — repetiu ele. — Sim, isso é decididamente um bocado fora da cidade. Amber, você está prestes a se mudar para a Suíça e não ia me contar?

Amber olhou para baixo, sentindo o seu rosto corar.

— Não sabia se você iria se importar...

— Sim, é claro que me importo. Decididamente me importo. Quando você vai?

Isso era algo que ela não devia mesmo contar.

— No domingo — mentiu.

— O quê? Está brincando comigo? Quer dizer que se não tivesse vindo ao parque encontrá-la, hoje, esse seria o fim? Na próxima semana, você estará em Genebra, e nunca mais verei você novamente.

— Posso não conseguir o emprego.

— Mas eles estão pagando a passagem para a entrevista... isso é promissor, não é?
— Não. Estou pagando a passagem. Em vai comigo porque... Não queria ir sozinha e ela é... ela sempre quis ir para a Suíça.

Amber ficou vermelha. Ia ter que começar a mentir muito melhor.

— E o testemunho?
— Bem, acho que posso voltar se for necessário. Jack, preciso de um novo emprego. Minha mãe depende de mim.
— Não há nada mais? Não há outra maneira? Quero dizer, você realmente quer deixar Nova York? Sair do país?

A buzina do carro soou pelo parque. Jack olhou para o relógio.
— É o meu parceiro. Tenho que voltar.
— Certo.

Entreolharam-se novamente, um olhar longo, questionador.

Ela desejava poder explicar um pouco mais, ou encontrar algo para dizer que tornasse tudo mais fácil.

— Ok, bem... Foi bom conhecer você, srta. Amber. — Jack repentinamente apertou a mão dela. Estava com o rosto vermelho e zangado.
— Divirta-se em Genebra, e quem sabe um dia nos encontraremos novamente.

Girou sobre os calcanhares e marchou para fora do jardim, jogando o copo de café no lixo.

Amber ficou olhando e lutou muito contra a vontade de chorar.

Capítulo Trinta e Seis

— *Amo seus brincos. Você tem que me dizer onde os comprou!*

— *Chega, Lauren, eles ficam melhor em mim.*

A campainha da porta fez as três irmãs saltarem.
— Quem é? — disparou Sapphire, congelada, enquanto colava as últimas tiras de fita adesiva nas caixas.
— É provavelmente o homem da coleta do FedEx — sibilou Em. — Por favor, tente manter a calma.
— É cedo. Pensei que iriam fazer a coleta às sete. — disse Amber, forçando as abas da última caixa de papelão.
Amanhã, o apartamento não seria mais delas.
Amanhã, Em e Amber iriam para Genebra, e Sapphire levaria duas malas para o apartamento de Fergus. Todos os seus outros pertences estavam sendo enviados via FedEx para a fazenda.
— Fergus precisa de mim — Sapphire lhes tinha assegurado —, está completamente devastado com o roubo, totalmente transtornado. Não dorme direito, não come corretamente. Está esgotado. Sei que vocês acham que é muito cedo para morarmos juntos, mas ele precisa de mim. Ele continua dizendo que não pode perdoar a si mesmo por não ter estado do lado de fora da porta, protegendo-nos. Ao contrário

dos guardas de segurança. Puxa vida, ambos foram para o banheiro ao mesmo tempo! É simplesmente inacreditável. Eles dizem que ambos tiveram um tipo de dor de barriga e que precisaram ir. Mas mesmo assim...

Enquanto Em atendia a porta, Amber pegou a fita adesiva da mão de Sapphire e olhou ansiosamente para a sua mala vermelha e as caixas de papelão. Colocara todas as coisas importantes na mala? Não tinha ideia de quando poderia voltar aos Estados Unidos ou quando poderia recuperar novamente suas coisas.

Quando é que veria Jack novamente?

Tentou colocar Jack em uma caixa de papelão em sua mente e guardá-lo bem-fechado. Mas ele a continuava invadindo.

— Pode subir — disse Emerald ao homem na porta.

Enquanto Amber observava as caixas sendo levadas embora, sua ansiedade disparou para um novo nível.

— O que vamos fazer aqui hoje à noite? — perguntou Sapphire, olhando para o apartamento vazio.

— Todas as malas estão prontas — disse Em —, estamos todas prontas para partir amanhã. Talvez devêssemos sair e comer alguma coisa. Nossa última noite em Nova York... última noite juntas até... quem sabe quando?

— Não posso sair, e as joias? — disse Amber, apontando para a sacola de plástico pousada ao lado de seu computador.

— Leve junto — disse Em encolhendo os ombros. — Coloque na sua bolsa mensageiro e, acredite, ninguém vai roubar uma pobre sacola de plástico.

No restaurante apertado e barulhento, as irmãs repassaram os planos cuidadosamente enquanto o garçom trazia cervejas, saladas e burritos de feijão.

Comida texana. Comida reconfortante que as fazia lembrar de casa.

— Então, Sapphire, você sabe o que tem de fazer. É só continuar no seu emprego. Fique calma e tranquila. E assim que tivermos resolvido tudo com a venda... — Amber fez uma pausa para deixar que o significado das palavras fosse bem entendido pelas duas irmãs — então, por favor, você precisa pegar um avião e vir se juntar a nós. Porque, mesmo se alguém começar a ficar um pouquinho desconfiado, não seremos seguidas para onde estamos indo.

— Aonde vocês vão mesmo? — perguntou Sapphire. Ela não podia deixar de sussurrar, embora Em não parasse de pedir que não fizesse isso.

— Montenegro — respondeu Em.

— É muito pequeno — acrescentou Amber —, costumava ser parte da Iugoslávia, é bem na costa, em frente à Itália. Parece lindo: mar e montanhas.

Sapphire torceu o nariz. Geografia não era um de seus pontos fortes.

— E por que todas nós temos de ir para lá?

— Porque ninguém pode nos obrigar a voltar para os Estados Unidos se morarmos em Montenegro — respondeu Amber. — Você sabe, se alguém descobrir.

— O que não vai acontecer — acrescentou Em.

— Você não acha que vai parecer suspeito se todas nós sairmos do país? — perguntou Sapphire.

Em encolheu os ombros.

— Acho que o bonitão do Jackie só vai pensar que Amber começou a trabalhar em Genebra e suas irmãs foram visitá-la, apaixonaram-se pelo lugar e ficaram. Ele não vai ter problemas com isso, porque provavelmente vai encontrar outra garota que não se importa de ser uma esposa de policial.

— Hã? — disse Amber abruptamente. — O que é uma esposa de policial? Como é que é diferente de qualquer outro tipo de esposa?

— Ooooh, você já pensou sobre isso? — perguntou Em, os olhos arregalados.

— Já pensei sobre o quê? — perguntou Amber, irritada.
— Ser a esposa do policial Jackie?
— Ah, cale-se, Em. Você é um saco — disse Amber, sabendo que estava irritada demais. Mas Em tinha tocado um nervo muito dolorido.

— Por favor, parem — interveio Sapphire —, por favor, vocês duas. Não vai resolver nada se vocês duas ficarem dizendo maldades uma para a outra. Vocês vão se sentir muito melhor quando saírem de Nova York. Isso tudo é estressante. Vocês estão em pânico.

— Grande novidade — disse Amber, sombriamente.

— Se quiser largar tudo, Amber, basta dizer — disse Em. E olhou para a irmã. — Desculpe. Sei que você gostou do policial.

— Sim — concordou Amber. — Gostei do policial. Mas acho que é uma pena. As coisas tomaram um rumo diferente.

— Como isso é verdade! — Sapphire sorriu fracamente para as suas irmãs.

O garçom se aproximou para perguntar se estava tudo bem. Quando Em respondeu, inclinou-se de modo a expor seus seios, exibicionista. Para sua última noite em Nova York, decidira usar um colete preto de decote baixo, uma minissaia preta, botas altas pretas e um pingente verde simples em uma corrente.

Às vezes, Amber não podia deixar de pensar que as pessoas deviam olhar para as três e imaginar como se conheciam. Sapphire usava um vestido justo com um colar de pérolas e os cabelos impecavelmente arrumados; Amber usava jeans e camiseta, seus longos cabelos soltos; Em estava vestida para seduzir.

— Você sabe que nunca poderá voltar para Jack — advertiu Em —, porque se se apaixonar por ele um dia desses vai precisar desesperadamente contar a verdade para o cara.

— Não vou voltar para Jack e não vou abandonar você — disse Amber calmamente. — Nós começamos isso. Vamos até o fim. Mas me assusta, é tudo. Ainda não sei como vamos passar com as joias nos aeroportos ou como vai ser quando encontrarmos... — sua voz baixou um tom — o colecionador.

— Somos espertas, Amber — disse Em —, vamos dar um jeito.

Mais tarde naquela noite, enquanto subiam as escadas do seu apartamento, Amber comentou com as irmãs, em um tom de lamento:

— Esta poderá ser a última vez que dividiremos um apartamento.

— Sim, quando eu ficar rica — acrescentou Em —, vou ter meu próprio lugar. Mas vocês podem morar ao lado se quiserem.

Quando chegaram à porta, Em foi a primeira a ver o pedaço de papel colado nela.

— O que diabos é isso? Amber, seu nome está escrito nele.

Amber estendeu o braço, sentindo um choque de medo. Uma mensagem na porta? De alguém que sabia onde elas moravam? O que poderia significar?

Pegou o papel, desdobrou e leu em voz alta, Em e Sapphire lendo sobre os ombros dela:

— *Estou procurando você. Jack.*

— Ó merda! — Emerald foi a primeira a reagir.

— Não queremos um detetive por aí, seguindo a gente. Por que ele está procurando por nós? Aconteceu alguma coisa no trabalho, Sapph? Você notou alguma coisa? Que tal no parque, Amber? Ele disse alguma coisa que soou suspeito?

— Ele não está procurando por nós — comentou Amber. — Está procurando por mim.

— Mas por que ele está procurando você?

— Bem, não sei exatamente. Mas talvez ele queira dizer alguma coisa... ou pedir alguma coisa. Ele sabe que estou deixando a cidade — acrescentou baixinho, sabendo o quão chateada Em iria ficar.

— O quê? Você ficou louca? Você disse que estava deixando a cidade? Por favor, não me diga que contou que vai para Genebra e deu-lhe o horário e o número do voo.

— Eu disse Genebra — admitiu Amber —, mas disse que íamos no domingo.

— Amber, Amber! Então é por isso que ele está batendo à nossa porta! Você acha que ele não tem uma lista de todos os colecionadores de joias? Qual você acha que foi o primeiro pensamento que passou pela cabeça dele quando você disse que estava indo para Genebra? Que merda, Amber. Você disse que eu ia?

Amber assentiu com a cabeça, mas começou a protestar:

— Honestamente, por favor, não entre em pânico, disse que era para uma entrevista de emprego. E ele não tem motivos para não acreditar nisso. De qualquer forma, se a polícia está observando Sapphire, eles iriam descobrir de qualquer maneira. É melhor ele ouvir isso de mim com um motivo adequado. Isso é o que imaginei.

— Sim, mas teria sido melhor que ele não ouvisse uma palavra a respeito até depois de termos ido embora. Então eles não seriam capazes de nos impedir!

Não havia como negar que Em tinha razão.

— Meu Deus! Temos que sair daqui. Agora! — declarou Em. — Temos que pegar nossas malas e ir embora. Ele pode estar lá embaixo na porta da frente. Pode ter nos visto entrar. Pode haver um monte deles. Se formos revistadas...

Obviamente, as joias, que ainda estavam em uma sacola plástica dentro da bolsa mensageiro, pendurada no ombro de Amber, seriam encontradas.

— Como é que vamos sair? — perguntou Sapphire, parecendo assustada.

— Pegamos as nossas coisas e descemos a escada de incêndio — respondeu Em. — Depois vamos pela rua de trás até a rua 16.

— E para onde vamos? — perguntou Amber.

— Para um café vinte e quatro horas, se não podemos pensar em nenhum outro lugar.

— Mas minhas malas são pesadas — reclamou Sapphire. — Tenho todas as coisas que vou usar para as próximas semanas. Além de meus livros.

—Vamos lá, só leve o que pode carregar. Nossa — disse Em impaciente —, precisamos fugir. Ninguém quer acabar na cadeia, não é?

Capítulo Trinta e Sete

— Posso apostar que sei o que você diz quando passa pela fila no aeroporto e vai direto para o embarque VIP.

— Ah, sim, digo em voz alta: "Se seus maridos tivessem trabalhado um pouco mais, vocês também estariam voando de primeira classe."

— Olá, como vão vocês nesta manhã?
— Bem. Estamos bem — respondeu Em com um sorriso tão brilhante e alegre quanto o da recepcionista no balcão de embarque da companhia aérea.
— Vocês chegaram muito cedo para seu voo. O embarque para o voo de Genebra só abre oficialmente em 45 minutos.
— Será que você não poderia nos deixar entrar? Temos uma tonelada de compras para fazer no duty-free — disse Em, dando outro grande e amigável sorriso.
— Bem... uma vez que está tudo tranquilo agora. Acho que não tem problema.
Ela pegou os bilhetes e digitalizou os passaportes. O passaporte de Amber passou duas vezes pela máquina. Pareceu levar uma eternidade.

As três irmãs passaram a noite inteira acordadas. Agora, às seis da manhã, Amber estava tão elétrica e apavorada que mal conseguia imaginar como conseguia ficar em pé, sorrir e parecer normal.

Ela e Sapphire choraram quando chegou a hora de dizer adeus. Naquele momento, Amber pensou que se algo desse errado — se ela e Em fossem presas — durante anos só iriam ver Sapphire nos dias de visita. Quando abraçou a irmã e sentiu as lágrimas escorrerem pelo seu rosto, imaginou se Sapphire iria realmente encontrá-las. Mesmo se estivessem verdadeiramente seguras, com o dinheiro guardado, Sapphire iria deixar a mãe e Fergus, pegar um avião sozinha e voar para o outro lado do mundo para encontrá-las no exílio? Colocar-se em exílio também?

Amber simplesmente não podia ter certeza.

— Por favor, venha. Você vai se juntar a nós, não vai? — sussurrou aflita no ouvido de Sapphire.

— Claro que irei, finalmente — dissera Sapphire a suas irmãs. — Vou ficar muito solitária sem vocês. Vou sentir sua falta. Vou sentir muitas saudades.

Mas Amber havia sentido algo terrivelmente inquieto e triste no abraço de Sapphire. Como se estivesse dizendo adeus por um tempo muito longo.

— Aqui estão os seus cartões de embarque — a atendente do check-in interrompeu seus pensamentos. — E aqui está a lista de itens que vocês não podem levar a bordo.

Algo dizia a Amber que a lista não deveria incluir quatro milhões de dólares em joias roubadas.

O broche de pantera estava em sua mala de mão e Em estava encarregada do transporte do colar. Em bolara um plano para passar as joias pela segurança, mas Amber não estava convencida de que iria funcionar. Suas palmas estavam suadas só de pensar na situação.

— Tenham um ótimo voo — disse a atendente do embarque, dando um último sorriso cintilante com lábios vermelho-cereja. — Adorei o seu colar — acrescentou, apontando para o pingente grande e verde pendurado ao pescoço de Em.

— Oh, obrigada, comprei na Daffy, por trinta e cinco dólares — respondeu Em.

— Não! — disse a jovem. —Tem um ar tão elegante.

— É esse o truque — respondeu Em.

Assim que se afastaram do balcão de embarque, sussurrou para Amber:

— Ok, vamos para os banheiros.

No banheiro, Emerald abriu a porta do cubículo para deficientes e as duas entraram juntas. Abriu o zíper da mala e tateou no meio das roupas em busca da sacola onde guardara as joias.

Primeiro de tudo, tirou um cordão com contas verdes e turquesas e o enrolou em volta do pescoço. Depois acrescentou várias correntes de prata, e uma gargantilha punk, de couro preto e prata. Agora estava pronta para pegar as joias da duquesa.

Mesmo sob a luz difusa e fluorescente do banheiro do aeroporto às seis horas da manhã, as esmeraldas e os diamantes brilhavam de forma tão impressionante que Amber e Em tiveram que fazer uma pausa por um momento e olhar maravilhadas.

— As pedras são tão bonitas — disse Amber, passando os dedos sobre a superfície verde brilhante.

—Ahã. Vamos esperar que o cara que vamos encontrar em Genebra também pense assim.

Em colocou o colar sobre todas as outras coisas que tinha posto em volta do pescoço. A ideia era que no meio de uma floresta de pedrarias, o colar de esmeraldas e diamantes também passaria a impressão de ser falso.

Mas, de alguma forma, ele destacava-se entre as peças. Parecia majestoso e orgulhoso, e brilhava de forma impressionante.

— Não sei — disse Amber à irmã. — Não sei se isso vai funcionar.

Em saiu para verificar no espelho. Arrumou alguns dos colares, reposicionou a peça em estilo punk para que ela ficasse em cima das esmeraldas e diamantes. Mexeu nos seus cabelos puxando-os sobre os ombros.

Depois, pegou um batom na bolsa e pintou os lábios com um rosa bem forte.

De repente, o colar começou a perder o destaque. Sim, finalmente começou a parecer um pouco falso...

— Agora você. — Em virou-se para a irmã.

Amber abriu a mala e pegou o porta-joias. Dentro estava a pantera cintilante e de toda uma coleção de broches: alguns de Amber, alguns de Sapphire e de Em; dois deles tinham sido de sua avó.

Em ajudou e juntas prenderam todos na lapela do casaco escuro de Amber.

A pantera se destacou. O ouro polido e as cintilantes pedras preciosas chamavam a atenção.

— Tente relaxar — disse Em a sua irmã —, você tem que acreditar. Se acreditar que pode fazer isso, se acreditar que as joias parecem falsas... Se acreditar que vamos passar pela segurança e ninguém vai nos parar, então isso vai acontecer. Isso é o que é representar um papel, querida. Você tem que acreditar!

Amber examinou-se no espelho. Estava com ar estranho. Nunca, jamais usaria essa quantidade de joias. Não se sentia bem.

— Batom? — perguntou Em.

— Não aquela coisa rosa — advertiu Amber.

— Um tom cereja? — sugeriu Em e aplicou nos lábios dela de leve.

— Amber, se tudo der certo — sussurrou —, nunca vamos ter que trabalhar novamente. Nunca. Teremos dinheiro suficiente no banco para viver como quisermos. Para o resto de nossas vidas. Esqueceu-se disso? Isso é o sonho de todas as pessoas. Isso é uma oportunidade que acontece uma vez na vida. Agora se endireite, irmã. Respire fundo e se empine toda porque estamos em ação.

Com essas palavras, Em abriu a porta do banheiro e seguiram juntas na direção dos portões de embarque.

* * *

Em entregou os cartões de embarque e passaram pelas portas da área de segurança.

— Oi, como vai? — Ela deu um sorriso para o guarda que pegou as malas e colocou-as na esteira.

— Passem por ali. — Ele fez um gesto para Em, mostrando o caminho para o detector de metais. — E por aqui, senhorita. — Amber devia usar o outro detector.

A máquina de Em bipou imediatamente.

— Desculpe, provavelmente são todos os meus colares, ela pediu desculpas com um sorriso encantador.

A máquina de Amber também bipou.

— Nós somos do Texas — acrescentou Em —, gostamos de adicionar um pouco de brilho aqui e ali.

A mulher com o detector de metal manual fez um sinal para que se aproximasse e sequer deu um sorriso.

— Ok... — ela checou Em — e agora você, senhorita — disse ela, e acenou para que Amber se aproximasse.

Enquanto passava o detector manual sobre Amber, seus olhos caíram sobre o broche da pantera. Amber sentiu as gotas de suor em sua testa e no lábio superior.

Seu peito começou a apertar em pânico.

— Que lindo broche — murmurou a mulher. — Uma maravilha. Deslumbrante.

Amber viu os olhos dela fixos na peça, talvez estivesse pensando onde o tinha visto antes. A qualquer momento os boletins de notícias, as fotos nos jornais, os cartazes iriam passar pela cabeça dessa mulher, e ela iria perceber exatamente para o que estava olhando.

— Oh, a pantera, num é, 'ôce num acha lindo? — Amber ouviu a si mesma falando no mais carregado sotaque de Fort Worth. — Comprei na Claire's Accessories. Eles estão fazendo todas essas peças de homenagem. Cópias de peças famosas de joias. Você pode até comprar uma tiara igual a da princesa Diana, mas achei um pouco brega. Quer dizer, existe brega. E depois existe brega brega.

A segurança riu, olhou para Amber e a deixou passar.

— Irei dar uma olhada. Oh, estamos segurando a fila. Tenha um bom voo.

Assim que estavam fora do alcance auditivo da segurança, Em pegou o braço dela.

— Isso foi genial — sussurrou ela. — Genial. Digno de um Oscar. Agora vamos até um banheiro colocar essas coisas de volta na nossa bagagem de mão antes que alguém nos pergunte mais sobre eles.

A caminho do banheiro, Amber viu um balcão de um café cheio de sonhos de chocolate e viu-se pensando em Jack e seu primeiro encontro na padaria. Seguiu em frente, tentando empurrá-lo para fora de sua mente.

Mas no cubículo do banheiro, tirando seus broches e arrumando-os na bagagem de mão, sua cabeça estava cheia de pensamentos sobre Jack. Mais do que tudo, queria saber por que fora atrás dela na noite passada. Algo a ver com o roubo? Ou... o mais provável, algo sobre ele e ela? Talvez tivesse ido ao apartamento para convencê-la a não ir para Genebra...

Teria gostado de ouvir o que ele tinha a dizer.

Amarrou o laço no rolo de joias e ponderou os fatos. Essa era sua última chance. Poderia dar a pantera a Em e pedir aos seguranças que a deixassem sair do aeroporto. Haveria uma confusão e ela teria que passar por todos os tipos de fiscalizações e recuperar sua bagagem. Mas ainda poderia sair agora.

Ainda podia voltar para Jack.

Não conseguia deixar de sentir que Jack era algo real, uma oportunidade nova para a qual estava virando as costas. As joias... vender as joias... viver em algum lugar fora do radar com milhões no banco. Isso não parecia realidade. Parecia um sonho, um ataque de sonambulismo.

Essa era sua última chance de escapar. Afastar-se de uma vida de crime.

Mas Em precisava dela. Amber fechou o zíper da mala. Quem sabia como tudo iria acabar? Tentou não pensar muito no futuro. Iria enfrentar cada passo da jornada como pudesse. Amber faria o que deveria fazer.

Capítulo Trinta e Oito

— *Ela disse que somente queria conhecer um homem normal e amoroso para compartilhar sua vida com ele!*

— *Ah! Em Nova York? Querida, os homens normais e amorosos desta cidade morreram em 1912.*

Eram nove horas e dois minutos e Sapphire já havia passado quatro horas em seu escritório na Wilson.
Adormecera no café vinte e quatro horas logo depois que suas irmãs foram embora, e foi acordada às sacudidelas por um garçom com raiva.

— Não somos um hotel minha senhora! — disse ele. — Peça outro café ou vá embora.

Ela achou que não seria educado aparecer sem aviso na casa de Fergus às cinco da manhã, e suas irmãs disseram que ela não devia voltar para o apartamento até a hora da decolagem do voo para Genebra, de modo que ela entrou em um táxi com suas malas e se dirigiu para o trabalho.

Agora seus olhos ardiam de cansaço.

Abriu a gaveta e encontrou o colírio que estava guardado lá desde o assalto. Com o spray de pimenta, as noites de insônia e as lágrimas que andava derramando ultimamente, o frasquinho era seu melhor amigo.

Como ninguém mais estava no escritório, inclinou-se para trás na cadeira, ergueu o rosto e pingou o líquido sobre seus globos oculares.

Em seguida, escovou os cabelos e aplicou uma camada de batom. Sapphire não pôde deixar de pensar que a princesa Grace aprovaria esse comportamento.

Estava mantendo a calma no meio da tempestade.

Estava mostrando graça sob pressão.

Agora totalmente composta, ligou o computador e tentou concentrar-se no trabalho que iria obrigar-se a fazer hoje, embora as coisas ainda estivessem muito longe de estarem normais na Wilson & Sons.

— Relógios chineses do século XVIII — disse para si mesma, clicando no arquivo e tentando se concentrar. O leilão estava marcado para janeiro e ainda faltavam muitas informações. Talvez conseguisse se esquecer da vida com esse assunto nas próximas horas.

Olhou seu relógio. Nenhuma notícia de Amber ou Em. O avião já deveria ter decolado. Sapphire desejava, mais do que tudo, que estivessem dentro dele, e não sentadas em uma sala de interrogatório policial em algum lugar, presas. Estremeceu levemente com o pensamento e se virou para sua tela de computador, determinada a se concentrar. Ouviu uma batida na porta.

— Entre — disse ela e colocou um sorriso em seu rosto.

Seu sorriso congelou quando a porta se abriu e dois policiais fardados pararam na frente dela.

— Srta. Sapphire Jewel? — perguntou um deles.

— Sim — sussurrou Sapphire.

Só poderia haver um motivo para os policiais entrarem em seu escritório: o jogo acabara. Eles iam prendê-la.

—Você é Sapphire Jewel, moradora do apartamento 6P, da rua 17, nº 566?

— Sim... ó, meu Deus! — Ela inspirou, a cor fugindo do rosto.

Esse era o momento. Os policiais sabiam. Sabiam tudo sobre como Em entrara para roubar as joias, embora tivesse mudado de ideia e pego o cesto de lixo por engano!

Como Em havia mencionado, quem acreditaria nisso? Ou que Sapphire era inocente? Que dissera a Em para não fazer isso, que passara informações importantes completamente por acaso.

— Já temos a pessoa certa? — perguntou o segundo oficial.

— Sim, sou Sapphire — sussurrou ela —, o que vocês querem que eu faça?

Pensou na princesa Grace e empinou os ombros para trás. Não iria fazer nenhum tipo de confusão. Iria explicar tudo desde o início, dizendo-lhes como Amber havia perdido o emprego, não conseguira encontrar outro, que a mãe delas precisava de dinheiro para a hipoteca e a coitada da Em que estava em uma peça terrível — contracenando com a adorável Angelina, que era tão bonita e talentosa que deveria ir direto para Hollywood —, e em seguida surgiram notícias das joias. Em pensara que não seria muito ruim, porque as joias pertenciam à terrível sra. De La Hoz — que por sinal foi quem fizera Amber ser demitida do banco. E ela receberia o seguro das joias, e a Wilson tinha seguro... e depois Amber fora de bicicleta para tentar impedi-la, mas era tarde demais porque o carro blindado estava adiantado...

— O carro estava adiantado — disse ela em voz alta e começou a chorar —, oh, oh, o carro estava adiantado! Se o tráfego estivesse ruim na Lexington naquela manhã, ou se eles ficassem retidos no engarrafamento... então, nada disso teria acontecido. Nada disso!

— Senhorita? Não fique chateada. Não fique chateada — disse o primeiro policial. Ele parecia um pouco perturbado por fazê-la chorar.

— Precisamos levar seu computador, senhorita.

— Oh! Mas e os relógios chineses? — protestou Sapphire. — Não salvei nada. Sempre esqueço de copiar para cartões de memória. Você se lembra de fazer isso? Quero dizer, todo mundo é tão ocupado, há tanta coisa para fazer, alguém se lembra de fazer cópias nos cartões de memória?

— Senhorita... relaxe. Estamos levando alguns computadores, é parte da investigação, isso não significa...

— Você provavelmente vai obtê-lo de volta. — O segundo policial tentou falar de modo reconfortante. — E todos os seus arquivos provavelmente ficarão bem.

— Ok, leve o computador — disse ela, movendo a cadeira para trás da mesa.

— E, se concordar, agora também pode vir conosco. Apenas algumas perguntas. Apenas rotina. — O policial tentou fazer as frases soarem bem.

Mas Sapphire sabia que não estava bem. Não estava nada bem.

Estava muito trêmula para se levantar, e o primeiro policial pôs o braço debaixo do dela e ajudou-a a sair da cadeira.

— Mas era um homem — disse Sapphire —, era um homem grande, alto, com sapatos de couro marrom e havia um cheiro, um pouco antes de ele jogar o spray de pimenta... você sabe, reconheci o cheiro, mas não consigo lembrar o que é. Se pudesse apenas lembrar, poderíamos saber... e Em. Oh, Em! — Ela rompeu em soluços e começou a procurar um lenço de papel em sua bolsa.

Por que não a estavam algemando? Certamente deveriam ter medo de que ela tentasse escapar.

Pegaram Em? E Amber?, ela se perguntava.

Não devia dizer nada sobre Em e Amber, sabia disso. Nem uma palavra. Talvez houvesse ainda uma possibilidade de elas terem escapado. Não podia estragar isso. Não devia dizer uma palavra sobre Genebra, bom, obviamente, diria a Fergus.

Mas então Amber não disse a Jack que estavam indo para Genebra?

Oh, isso era tão complicado. Sapphire achava que não iria entender tudo.

— Para onde vamos? — perguntou ela ao policial.

— Vamos levar você e seu computador para o detetive Desmoine. Ele quer falar com você novamente.

— Aqui? — perguntou Sapphire esperançosa. De alguma forma, se o detetive Desmoine queria falar com ela aqui na Aubrey Wilson & Sons, não era tão mau assim.

— Não, dessa vez é na delegacia. Mas não se preocupe com isso.

— Ok... — Sapphire tentou não tremer de medo. Então, lembrando-se de suas boas maneiras, ela se corrigiu: — Ok, policial.

Quando um dos policiais pegou, gentilmente, seu braço trêmulo, ele se virou para dar-lhe um sorriso tranquilizador. No topo do bolso um pequeno pacote de chiclete verde era apenas visível.

— Limão... — sussurrou Sapphire para si mesma; em seguida, com um choque percebeu o que era e o que queria dizer. — Sabonete de limão!

Capítulo Trinta e Nove

— Ela queria saber como me mantenho tão magra.

— Ora, quando se gasta tanto dinheiro quanto nós em roupas francesas é proibido aumentar de manequim...

— Exatamente!

O avião está agora viajando a vinte e dois mil pés e estamos passando por cima da costa de Terra Nova. Esperamos aterrissar em Genebra, em aproximadamente oito horas e quarenta minutos. Esperamos que todos tenham um bom voo.

Amber estava no assento da janela, observando quando o último vislumbre de terra desapareceu debaixo deles. Algumas ilhas escuras surgiram e depois havia apenas o mar, tão longe quanto os olhos podiam ver.

Amber nunca saíra dos Estados Unidos antes. Ela se considerava bem viajada. Visitara muitos estados e cidades diferentes, e passou umas férias no México. Mas viajar atravessando o Atlântico em direção à Europa, isso sim era uma aventura.

E viajar com uma mala de mão pequena contendo as joias roubadas mais famosas do mundo — bom, isso é que era uma aventura e tanto.

— Acho que devemos tomar champanhe! — sugeriu Em, com um sorriso animado.

— São apenas nove e vinte da manhã — disse Amber, olhando para o seu relógio de pulso.

— Mas ficamos a noite inteira acordadas. Já passamos por um estresse inacreditável. Querida, acho que deveríamos beber um pouco de champanhe, depois colocar máscaras sobre nossos olhos e acordar na Suíça.

A palavra Suíça teve o efeito de fazer o coração de Amber disparar.

Quando a comissária de bordo se aproximou, Em fez seu pedido.

— É o aniversário dela — explicou, apontando para Amber.

Dois copos pequenos com um líquido borbulhante cor de palha foram servidos.

— Feliz aniversário — disse a comissária, com um sorriso.

Amber pegou seu copo e tomou um gole, depois fechou os olhos.

Pensou no que ainda estava por vir... e o quão impossível parecia.

As joias ainda deveriam passar pela alfândega no aeroporto de Genebra. Depois, ela e Em iriam abrir uma conta bancária sem fins lucrativos no Banco de Obersaxen, encontrar o colecionador e esperar que ele pagasse um bom preço.

Se fizesse isso, então Amber, com todo o seu conhecimento do sistema bancário, teria que movimentar o dinheiro rapidamente através da conta da ONG e pelo maior número de contas inocentes que pudesse encontrar. Antes que alguém conseguisse alcançá-las.

Esvaziou o resto do copo, na esperança de que Em estivesse certa e fosse capaz de dormir todo o percurso até a Suíça.

— Vai dar tudo certo — sussurrou Em —, posso garantir que tudo vai ficar bem, porque eu sinto isso.

Capítulo Quarenta

— Eles estão planejando sair de Manhattan. Você pode imaginar?

— Acho os subúrbios extremamente assustadores. Quer dizer, sei que há ar-condicionado e tudo, mas mesmo assim...

— É hora de relaxar e sorrir — sussurrou Em para sua irmã mais velha. — Saímos de Nova York, com essas belezas em plena exibição, vamos fazer o mesmo no aeroporto de Genebra. Ok?

Assim que Amber passou pela porta do avião e seguiu pelo longo corredor que levava até a saída, sentiu a respiração começar a ficar curta em seu peito. Mas, assim como Em, tentou caminhar com um ritmo animado, com a cabeça erguida e algo próximo a um sorriso no rosto.

O aeroporto era imaculadamente limpo e brilhante com a luz do sol de inverno entrando através de grandes janelas. Um casal passou por elas falando rapidamente em francês. Era tão excitante estar no estrangeiro, tão diferente dos Estados Unidos. Talvez Amber pudesse ser outra pessoa por aqui. Talvez pudesse representar esse papel.

— Acho que devemos tomar um táxi para nosso hotel. Vamos guardar as nossas malas — disse ela, repassando o plano —, então vamos abrir nossa conta.

— Certo... — concordou Em.

Amber encontrara uma echarpe em sua bagagem de mão. Por isso, quando chegou a hora de colocar todas as joias novamente, amarrou a echarpe no pescoço, deixando-a cair solta sobre os broches, escondendo-os um pouco.

A fila do passaporte se movia lentamente.

Amber achou que, se houvesse qualquer tipo de alerta sobre elas, era aqui onde poderiam ser presas.

Mas então pensou... Jack não tinha reclamado sobre a demora para se inserirem informações em um banco de dados internacional?

Jack. Ah, não.

Lá estava ele novamente, surgindo em sua mente quando estava se esforçando tanto para não pensar nele.

— *Merci, mademoiselle.*

O homem na cabine abriu seu passaporte, digitalizou o conteúdo e depois examinou seu rosto durante longos segundos de tirar o fôlego.

— *Bonne visite* — disse ele, finalmente, e devolveu o passaporte.

Com o braço de Em confortavelmente enroscado no dela, foram para a esteira de bagagens, colocaram as malas em carrinhos e passaram rapidamente em linha reta através do portão verde, Nada a Declarar.

— Como que por um passe de mágica — disse Emerald e passou os dedos sobre o colar da duquesa que usava tão descaradamente.

— Achava que o verde era uma cor agourenta — disse Amber.

— Não para nós, acho. Os táxis estão ali.

Um motorista colocou as malas no porta-malas e, em seguida, abriu a porta para que elas entrassem no carro prateado.

— Bem-vindas a Genebra. Aonde devo levá-las? — perguntou em inglês perfeito.

— Temos reservas no Hotel du Conte — respondeu Amber.

— Ah. É um hotel muito agradável com vista para o lago. Bonito.

***

O motorista estava certo. Quando parou em frente do hotel, viu que ele tinha um ar tão antigo e charmoso como na internet. Pagaram a tarifa, pegaram suas malas e entraram.

— Fizemos as reservas com nossos nomes reais? — sibilou Amber para Em enquanto puxava a mala vermelha e a valise de mão através de um átrio decorado com espelhos com molduras douradas e antiguidades, além de uma árvore de Natal decorada com muito bom gosto em branco e dourado.

— Sim — Em encolheu os ombros —, não havia motivo para não fazer isso. Coloquei tudo no seu cartão de crédito... para nunca ser pago assim que sumirmos — sussurrou de volta.

— Caramba. Este parece ser um hotel cinco estrelas. Você colocou tudo no meu cartão?

Em assentiu.

— As passagens estão no meu — acrescentou, como se isso tornasse tudo certo. — Agora nós duas temos contas a pagar tão grandes que realmente precisamos sair do país.

— Boa-tarde, mademoiselles, têm uma reserva? — perguntou o recepcionista.

— Sim. Um quarto duplo em nome de Jewel — disse Em com um sorriso. — Apenas duas noites, infelizmente. Este é um hotel muito bonito.

— Obrigado. Você está usando um lindo colar.

O comentário pegou Amber de surpresa e ela olhou para Em. Havia colocado a pantera de volta na caixa no táxi, e Em guardara o fabuloso colar de esmeraldas e diamantes, mas o homem estava olhando para o pingente verde de Em.

— Oh, obrigada. É falso, obviamente — disse ao homem atrás do balcão —, se pudesse pagar pelo verdadeiro, bem... — Ela olhou para o crachá. — Acho que ficaria morando aqui, Maurizio.

* * *

No quarto, olhando de boca aberta para o enorme lago de águas paradas e as montanhas cobertas de neve ao longe, Amber sentiu o ritmo eletrizante da aventura.

— Ó, meu Deus! É tão lindo, não posso acreditar que pousamos em um lugar tão bonito.

— Pense em todos os lugares para onde podemos viajar agora —, exclamou Em. — Vamos ser livres, Amber. Vamos realmente ser livres!

Em ergueu os braços e deu uma pirueta teatral.

— Nós não estamos livres ainda — Amber teve que lembrá-la —, ainda temos algumas coisas muito, muito difíceis pela frente.

— Temos o que esse homem quer e vamos vender a ele por um preço de banana. Por que não vai dar certo?

— É melhor não contar com o ovo dentro da galinha — advertiu Amber. Olhou para o relógio. — Temos que ligar para o sr. Montanari de uma cabine telefônica. Depois temos que ir ao banco. Se for como nos Estados Unidos, devem fechar às cinco horas.

— Está bem.

— Vamos levar as joias com a gente, no entanto. Não me sinto bem as deixando aqui no quarto do hotel.

— Você acha que será seguro? Carregá-las em nossas bolsas?

— Meu Deus, Em, deixamos as joias enterradas em um parque até poucos dias atrás e as levamos para todo lado em Nova York. Estamos andando em Genebra, e aposto que ninguém nunca foi assaltado em Genebra, que parece ser o lugar mais seguro na Terra.

— Tá bom.

As joias, o número de celular do sr. Montanari, seus passaportes e outros documentos de que precisavam, alguns verdadeiros, outros cuidadosamente falsificados, foram transferidos das malas para as bolsas.

— O sr. Montanari não sabe onde estamos hospedadas, não é? — perguntou Em.

— Não. Por quê?

— Bem... não sei. Se soubesse ficaria assustada. Se soubesse que estamos aqui, então poderia tentar roubar as joias de nós, antes de encontrá-lo amanhã.

— Oh, nossa! Nunca pensei nisso — admitiu Amber. — Pensei que ele era supostamente... um cara correto.

— Ele é um bilionário que quer comprar joias roubadas — apontou Em. — Nem todos os bilionários são caras legais. Acho que chamá-los de máquinas cruéis de fazer dinheiro é mais correto.

— Se ele é um bilionário, então acho que pode descobrir exatamente onde estamos hospedadas, se quiser.

— Faz sentido. Temos que ter cuidado — disse Em.

Pouco antes de sair da sala, Amber perguntou:

— Em, você viu um cara com um casaco largo e um chapéu no aeroporto de Genebra?

— Não sei. Deve haver muitos homens com chapéus e casacos grandes no aeroporto.

— Sim, mas...

Amber não tinha certeza, talvez tivesse imaginado.

— Quando saímos do táxi, imaginei ter visto o mesmo cara de novo...

— Sério? Como se ele estivesse nos seguindo? — Agora era a vez de Em ficar ansiosa.

— Talvez não fosse nada. Talvez seja só a minha imaginação, sabe. Estamos tão nervosas. Como você disse, precisamos ter cuidado.

Capítulo Quarenta e Um

— Más notícias: receio que Nathan teve que trabalhar na área financeira.

— Puxa vida, ninguém mais o quis contratar?

Após uma breve conversa com o sr. Montanari, na qual a "srta. C" recebeu instruções para encontrá-lo com as joias à porta do Banco de Obersaxen às dez horas de amanhã, Amber e Em foram abrir uma conta bancária em nome da fundação de caridade falsa de Em.

— Pare de chamá-la de falsa — sibilou Em para a irmã. — Talvez acabemos por doar muito dinheiro. E então seremos uma instituição de caridade real.

— Esse é um pensamento reconfortante — disse Amber. — Talvez não me sinta tão mal por roubar milhões se doar muito dinheiro.

— Ok, mas podemos nos concentrar em colocar os milhões em nossas contas bancárias antes de começar a decidir o que fazer com eles? — perguntou Em.

O Banco de Obersaxen ficava em uma rua pequena, mas linda. O tipo de rua que tinha joalherias e um *chocolatier* com uma vitrine de Natal que atrasou ainda mais Amber e Em, apesar da urgência da sua missão.

— Ó, meu Deus, a carruagem de abóbora da Cinderela, feita de chocolate. — Em apontou.

— Olha lá, é o sapatinho feito de açúcar rosa.

— O relógio de chocolate acabou de bater meia-noite...

— O príncipe de chocolate está prestes a derreter... bem, não derretem sempre?

— Por que escolheu esse banco? — perguntou Em quando chegou à porta de carvalho ornamentada com uma placa de bronze discreta presa na parede.

— Foi sugestão do Montanari — sussurrou Amber. — Ele combinou isso com o ladrão verdadeiro. Talvez seja um banco que não faça muitas perguntas. Talvez tenha alguma conexão pessoal com ele.

— O ladrão verdadeiro ia usar esse banco? — disse Em. — Isso é meio assustador, Amber. Não posso deixar de achar que o ladrão verdadeiro deve estar muito, muito chateado conosco agora.

— Como dizemos o tempo todo: temos que ter muito cuidado.

Ao passar pelas portas duplas, as duas irmãs ficaram impressionadas. Tiveram que apertar uma campainha para passar por portas internas de vidro trancadas. Em seguida, foram acompanhadas ao cruzar uma sala com piso de mármore e um enorme lustre de vidro e metal dourado. Havia poltronas de couro vermelho e mesas laterais em mogno para os clientes em espera. O Obersaxen era obviamente um banco para os super-ricos.

— Ó meu Deus — sussurrou Amber. Engoliu em seco, nervosa, mas sentiu a garganta ficar seca.

Um homem usando um terno sob medida correu para cumprimentá-las na porta. Fez uma pergunta em francês, da qual Amber compreendeu apenas metade.

— Você fala um pouco de inglês? — perguntou ela, sentindo-se como uma turista tímida e desajeitada.

— Mas claro — respondeu o homem e sorriu graciosamente. — Como posso ser útil?

— Gostaríamos de abrir uma conta.

— Você tem uma hora marcada?
— Não. Deveríamos ter uma hora marcada?
— Bem, isso é o costumeiro. Abrir uma conta no Banco de Obersaxen não é uma operação simples.
— Monsieur Montanari foi quem nos recomendou este banco — disse Amber, manipulando a verdade, mas esperançosa de que isso poderia facilitar o caminho para uma entrevista.
— Oh, monsieur Montanari! — O homem de terno reconheceu o nome imediatamente. — Por favor, sentem-se, mademoiselles, vou falar com o gerente de novas contas. Posso oferecer um copo de água ou talvez uma xícara de café?
— Estou bem, obrigada — disse Amber, e Em respondeu:
— Café, por favor, leite e duas colheres de açúcar.
Era assim que o banco de Amber tratava seus clientes cinco estrelas. Sem filas na entrada, como para o resto do mundo. Não, os clientes cinco estrelas tinham poltronas confortáveis, revistas financeiras novas e um suprimento constante de bebidas. Parecia estranho estar do outro lado pela primeira vez.

O homem de terno estava de volta logo depois que se sentaram.
— Gostaria de acompanhá-las até o escritório de monsieur Colmar. Seu café será levado para lá, mademoiselle.

Em e Amber trocaram um olhar. Haviam conseguido.

Enquanto Amber começou a ficar com os nervos à flor da pele, Em entrou em modo teatral. Endireitou suas costas, seu rosto totalmente alerta. Parecia sentir um grande prazer nessas performances.

Foram encaminhadas a um escritório elegante, com móveis em mogno e couro aqui e ali, e arte moderna nas paredes.

Monsieur Colmar apertou as suas mãos, disse-lhes para se sentarem e perguntou como poderia ser útil.

— Minha irmã e eu gostaríamos de abrir uma conta — começou Amber. — Somos as curadoras de uma instituição de caridade norte-americana. Estamos trazendo a caridade para a Europa por causa de uma substancial doação europeia. Planejamos abrir uma conta-mãe neste banco e depois, como curadoras, queremos ser capazes de movimentar o dinheiro para contas de subsidiárias como e quando necessário.

"Essa é a forma como operamos as contas nos Estados Unidos" — acrescentou.

Uma conta de uma fundação de caridade foi uma ideia inspirada. Seria registrada no banco sob um nome fictício, e com isso, esperava-se, a polícia levaria muito tempo para encontrar essa conta. E, se a encontrasse, se tudo corresse bem, já estaria sem fundos. O dinheiro teria sido transferido várias vezes e Amber teria encerrado todas as contas vinculadas. A ponte levadiça teria se fechado por trás delas.

— Acho que podemos ser capazes de ajudar nesse caso, se vocês são amigas do sr. Montanari.

— Sim, ele recomendou este banco.

— De fato. Vamos exigir todos os documentos oficiais tanto da fundação de caridade e de seu status como curadoras...

— Não tem problema, tenho tudo aqui — disse Amber tirando uma pasta de sua bolsa. — Os documentos que registram as reuniões de abertura da fundação e seu número de registro nos Estados Unidos, e, obviamente, iremos registrar a fundação aqui assim que os fundos começarem a ser depositados. Aqui estão nossos passaportes também.

Monsieur Colmar deu uma olhada cuidadosa em todos os papéis.

Amber sabia que havia apresentado o suficiente. Alguns dos documentos eram um pouco falsos, fazendo a fundação de caridade parecer mais velha do que realmente era. Mas era um falso bom. A menos que ele realmente telefonasse para o escritório de passaportes dos Estados Unidos ou para o registro de fundações, não havia razão para suspeitar que alguma coisa estava errada.

Por que iria fazer esses telefonemas? Ele queria dinheiro injetado em seu banco. Ninguém estava pedindo um empréstimo. Isso seria fácil.

Mas ainda assim teve que passar a ponta de sua língua sobre os lábios, que estavam secos.

— Qual o tamanho da doação que está esperando receber?

— Podemos chegar a milhões de dólares — disse Em, quebrando seu silêncio e dando um sorriso encantador.

— Realmente. Que maravilhoso! O que a sua caridade faz?

— Oferece apoio e incentivo às mulheres que querem abrir seu próprio negócio — respondeu Em.

Amber mordeu o lábio. De alguma forma, do modo que Em colocou a coisa, não parecia suficientemente certo. Não soava exatamente como uma boa causa. Parecia que estavam ajudando a si próprias.

Que era o que estavam fazendo.

— Uma fundação de caridade para empresárias? — perguntou o sr. Colmar. — Que extraordinário! Tem tido sucesso nos Estados Unidos?

— Oh, sim — Amber entrou na conversa —, especialmente em alguns dos bairros mais pobres. É neles que concentramos os nossos esforços.

— Então, mademoiselles Jewel, vocês escolheram o Banco de Obersaxen por recomendação do nosso amigo monsieur Montanari. Posso perguntar: será que ele pretende doar para a caridade?

— Não podemos responder a essa pergunta, monsieur. As doações são públicas ou confidenciais, tudo depende do que o doador deseja.

— Normalmente, eu exigiria que uma fundação de caridade estivesse registrada em algum lugar na Europa antes que pudesse abrir uma conta em seu nome. Mas no seu caso, como amigas do nosso amigo, ficarei honrado em abrir uma exceção.

— A conta será aberta imediatamente? — perguntou Amber.

— Preciso de um pouco de tempo para completar a papelada e inserir os dados no computador, mas este é um banco pequeno. Você será capaz de usar a conta amanhã.

— Como podemos transferir dinheiro assim que a conta estiver aberta?

— Você pode vir ao banco e fazer uma retirada. Para isso, precisamos de uma notificação com vinte e quatro horas de antecedência para valores acima de quinhentos mil francos suíços. Para mover o dinheiro para outra conta bancária, você faz transferências eletrônicas simples. Entre no site do banco, conecte-se, use o número de conta, que lhe darei hoje, e crie senhas. Depois, pode movimentar o dinheiro para outras contas. *Tout simples.* Se tem um smartphone, pode fazer isso — ele estalou os dedos — *comme ça.*

"Agora precisam preencher estes formulários e assinar, assinar, assinar em todos os espaços marcados. Sinto muito, mesmo em um banco privado esta é uma tarefa tediosa. Talvez no futuro, quando tivermos ID digitais, tudo será muito mais simples. Quando isso acontecer, os fraudadores terão que ter muito trabalho para nos enganar. Sem passaportes falsos, terão que remover as pontas dos dedos das pessoas que desejam imitar."

— Ai! — Amber não conseguiu evitar um gritinho.

Amber empurrou o cartão na ranhura da chave e abriu a porta do quarto.

— Oh! — exclamou.

— O quê?

Em entrou, empurrando.

Elas olharam em choque.

— Fomos roubadas! — Amber engasgou, olhando para o caos. Suas malas tinham sido esvaziadas no chão, as camas reviradas, todas as gavetas tinham sido abertas e deixadas penduradas.

Amber fechou rapidamente a porta atrás delas.

— Em — começou ela —, e se foi o verdadeiro ladrão procurando as joias?

O verdadeiro ladrão, Amber lembrou a si mesma, era um homem alto, musculoso, que tinha derrubado Sapphire e pulverizado spray de pimenta em seus olhos. O que mais ele faria para conseguir o que queria? Amber sentiu medo. Estavam sendo seguidas.

— Merda! — exclamou Em. — O que vamos fazer?

Por vários minutos, as irmãs olharam seus pertences e nada havia sido roubado.

— Temos que sair deste hotel. Imediatamente — disse Amber.

— Não, não — respondeu Em —, ele espera que façamos isso, está provavelmente vigiando a rua. Para que possa nos acompanhar aonde quer que formos. Precisamos pedir a Maurizio para nos dar um quarto novo, com um nome diferente, e cada vez que entrarmos e sairmos usaremos a porta dos fundos.

— Não sei se isso será suficiente, Em.

— Não podemos ir lá fora. Ele vai nos acompanhar aonde quer que formos. Vamos mudar de quarto, nos esconder sob outro nome e passar a noite. Talvez pense que não nos viu sair.

— Você tem certeza? — perguntou Amber, sem certeza de nada.

— Vamos trancar a porta e pedir serviço de quarto. Além disso, quero sentar vestindo meu pijama e assistir a filmes usando o colar da duquesa pela última vez — disse Em, desesperada para aliviar um pouco o clima.

— Um quarto diferente... sob outro nome — perguntou Amber.

— Como é que vamos conseguir que Maurizio concorde com isso?

— Oh, fácil, vamos dizer que estamos com um namorado problemático. Ele vai entender completamente.

Capítulo Quarenta e Dois

— Oh, ele não conhece ninguém!

— Ele é o tipo de homem que precisa se hospedar em um hotel quando viaja ao exterior.

Na manhã seguinte, quando Amber acordou cedo, por alguns momentos não tinha ideia de onde estava. Então se virou, viu Em dormindo ao lado dela e lembrou-se.

O peso do medo voltou imediatamente, invadindo seu peito. Empurrou as cobertas, saiu da cama, foi tomar banho e depois se vestiu.

Amber já havia decidido o que usaria para o encontro com o sr. Montanari: seu tailleur profissional mais elegante e sóbrio. Seu conjunto de entrevistas; azul-marinho, risca de giz, com ar de profissional financeira séria e ambiciosa.

Enquanto vestia sua blusa branca, a calça, o paletó e depois os sapatos baixos em verniz preto, sentiu o pânico diminuir um pouco. Vestir sua armadura de trabalho foi reconfortante. Lutou todo o tipo de batalhas nesse terninho e, de repente, sentiu que também conseguiria lutar essa batalha.

Isso era um negócio. Isso era uma negociação. Esse era o seu campo.

Sabia como fazer isso.

Quando Em levantou a cabeça despenteada do travesseiro, Amber estava sentada, fria e calma na cadeira da escrivaninha do quarto, pronta para fazer negócios.

— Você está ótima — disse Em, sentada na sua cama —, com um ar de um milhão de dólares... quase quatro.

— Então, vou ao banco esperar o dinheiro entrar — disse Em. — Quando ele entrar na conta, sairei à rua, passarei pelo carro onde você vai estar com o sr. M e você saberá que tudo está bem, e pode dar-lhe as joias.

— Parece muito simples.

— Temos o que ele quer, e ele tem o dinheiro para nos pagar. Por favor, tente não se preocupar.

— Tente não se preocupar? — Amber deu um sorriso fraco. — Vou tentar — acrescentou.

— Sinto que ele vai manter a sua parte do acordo — afirmou Em.

Amber olhou para a irmã. O pingente verde ainda estava pendurado ao pescoço. Era uma linda pedra verde montada com simplicidade.

— Você dorme com ele?

As mãos de Em se ergueram contra o peito.

— Ah, sim. Não o tiro do pescoço desde aquele dia... é o meu amuleto da sorte. Tenho um pouco de medo de que, se eu tirá-lo, algo ruim vai acontecer.

— Comprou na Daffy's? — perguntou Amber. — Você comprou no dia que pegou as joias?

— Sim. Por 34,99 dólares.

— Huh... é bonito. Combina com você.

— Como diabos vamos passar o tempo? — Em tateou a mesa de cabeceira buscando o relógio. — Faltam três horas até a hora do encontro.

— Acho que vamos comer uns ooooovos deliciosos no café da manhã.

Era uma imitação tão boa de uma das frases mais ditas pelo pai delas que as duas explodiram em risos, acalmando os nervos.

Exatamente às nove horas e cinquenta e seis minutos, Amber viu quando um grande BMW prata deslizou em uma vaga de estacionamento a quatro portas do banco, bem na frente do *chocolatier*. A placa era exatamente a mesma que lhe disseram para esperar, e engolindo sua ansiedade profunda, começou a caminhar em direção ao carro. No ombro, carregava a pasta mensageiro contendo dois dos itens de joalheria mais procurados do mundo.

Como regra, Amber não gostava de palavrões, mas agora não conseguia parar de resmungar baixinho: meeerda, meeerda, meeerda.

Essa era a coisa mais assustadora que já tinha feito na vida.

Não. Na verdade, não era. De repente, ela percebeu qual tinha sido o momento mais assustador de sua vida. Foi quando entrou pela porta da frente da casa da fazenda naquele dia, sabendo que, pela primeira vez, seu pai não ia estar lá. E não havia nada que pudesse fazer sobre isso.

Ao se lembrar disso, Amber sentiu um arrepio frio percorrer sua espinha.

Ainda podia fazer muitas coisas. Podia correr. Poderia esconder as joias em outro lugar. Jogá-las fora. Deixá-las serem encontradas. Ainda havia *escolhas*.

Mas, ao entrar na sua casa naquele dia, foi obrigada a se curvar ao seu destino. Naquele dia, era uma garota de vinte e três anos de idade, que tinha perdido o homem mais importante da sua vida, cedo demais.

Enquanto caminhava ao longo da calçada, imaginou se talvez o sr. Montanari tinha uma filha. Ele tinha, certamente, idade para ser seu pai. Ela se perguntou por que não investigou um pouco mais sobre ele no Google. Será que tem filhos? De repente era importante saber.

Agora estava ao lado do carro. Inclinando-se para baixo, tentou olhar pela janela escurecida. A janela imediatamente deslizou até a metade.

Dentro estavam dois homens. Ela reconheceu o que estava mais perto da janela imediatamente — era ele, parecendo muito mais bronzeado e sofisticado do que nas fotos que tinha encontrado na internet.

— Mademoiselle De Clavel? — perguntou ele com uma voz grave e com sotaque. — Bom-dia, por favor, junte-se a nós.

A porta se abriu e Amber entrou na grande área traseira do carro. O sr. Montanari gesticulou para o assento de couro à sua frente.

— Olá, sou Yves Montanari. — Ele estendeu a mão e apertou a dela.

— Oi, sou Philippa de Clavel.

— É seu nome real?

Quando ela respondeu "Não exatamente", ele sorriu.

Ela estimou que ele deveria ter quase setenta anos. Cabelo grisalho, cor de aço, penteado para trás, um par de óculos de aviador com lentes ligeiramente coloridas no rosto ainda bonito. Amber notou o luxuoso suéter de gola olímpica de cashmere e o caimento caro da jaqueta de aviador de camurça que ele vestia.

Talvez tivesse o seu próprio avião...

— Você não se parece com um ladrão de joias... mas nunca lidei com um antes. Geralmente compro tudo que quero em leilão ou de um negociante bem confiável. Luigi, esta é mademoiselle De Clavel... — Ele se virou para o homem franzino usando um terno de três peças em estilo antiquado, sentado ao lado dele.

— Mademoiselle De Clavel — continuou ele, dando ao nome a pronúncia francesa que merecia —, este é Luigi, sem sobrenome, por favor. Meu negociante.

Quando Amber apertou a mão de Luigi, percebeu que estava tão fria, úmida e nervosa quanto a dela.

— Luigi e eu não lidamos com ladrões. Mas nessa situação muito, muito rara... estou preparado para abrir uma exceção. Luigi ainda não está tão certo de que deseja se envolver.

Luigi virou-se para o sr. Montanari e fez uma pergunta em francês rápido.

— A rua movimentada é perfeita — respondeu o sr. Montanari, em inglês. — Ninguém espera que você faça negócios secretos em uma rua movimentada. Aprendi isso porque li muitos romances policiais.

Virou-se para Amber e lhe deu um sorriso.

— Então, você não é o que eu esperava. Parece ser uma jovem norte-americana agradável, bem-educada. Como está vendendo joias roubadas?

Amber sentiu como se cada uma das terminações nervosas de seu corpo estivesse ligada. Seus olhos continuavam observando nervosamente as pessoas na rua. Tinha medo de que aquilo fosse uma armadilha. Não havia absolutamente nenhuma garantia de que o sr. Montanari não tivesse informado a polícia sobre essa reunião, e o carro poderia estar prestes a ser cercado.

— Perdi meu emprego. Não consigo encontrar um novo. Os tempos são difíceis.

— Onde você trabalhou?

— Trabalhei para um grande banco. Eles perderam um monte de dinheiro e fui uma das vítimas.

— Ah. A crise de crédito. Isso é muito triste. Mas, agora, talvez tenha a capacidade de ganhar um monte de dinheiro. Mais do que teria ganhado toda a sua vida trabalhando para o banco. Já pensou sobre como movimentar esse dinheiro quando o depósito for feito em sua conta? Se já trabalhou para um banco, deve saber que é muito difícil movimentar grandes somas de dinheiro pelo mundo sem pessoas fazendo muitas perguntas.

— Sim. Pensei a respeito — disse Amber.

O sr. Montanari assentiu.

— De onde você vem, nos Estados Unidos? Você não soa como uma nova-iorquina.

— Sou do Texas.

— Ahhh! — O sorriso do sr. Montanari aumentou. — *Les cowboys*. Talvez isso explique por que você se tornou uma ladra.

Ladra.

Ladra.

A palavra ecoava nos ouvidos de Amber, e ela odiava.

Em era a ladra. Ela estava fazendo o negócio. É assim que justificava tudo, em sua mente.

— Bem, adoraria ver as joias que trouxe para nós, mademoiselle.

Amber examinou cuidadosamente os homens. Será que confiava suficientemente neles para fazer isso? Poderia ter certeza que não iam pegá-las e fugir sem pagar?

Olhou para fora da janela. Havia algo suspeito acontecendo lá fora?

— Esse é um momento difícil — disse o sr. Montanari. — Entendo que não confia em nós e nós não confiamos em você. Bem... é o preço que devemos pagar por não termos escolhido usar a Sotheby's, não? — Ele riu e pegou uma maleta preta no chão que ela não tinha notado antes. Quando ele inclinou-se para pegá-la, Amber engasgou. Estava pensando: armas! Gás paralisante! Algo que iria fazê-la desmaiar enquanto eles colocavam máscaras de gás...

— Não, não, desculpe, não quero assustá-la. Não há nada de ruim dentro dela.

Amber estava pensando.

— As portas estão destravadas? — perguntou ela.

Com um clique, as luzes mudaram para verde. Ela colocou os dedos nervosamente na alça.

— Por favor, não se preocupe e apenas abra a maleta. — O sr. Montanari sorriu afavelmente e entregou a ela. — É um gesto de boa vontade. Um pré-pagamento. Quero que sinta que pode confiar em nós para fazer bons negócios.

Com uma mão na porta, Amber usou a outra para abrir os dois fechos na tampa.

Abriu a maleta e viu pilhas de notas de euro dentro. Maços e maços de notas. Como nos filmes.

— São trinta mil euros. Você pode levar isso agora. Mantenha a pasta no seu lado do carro. Isso é o que estamos pagando para olhar para as joias. Se gostarmos das joias vamos comprá-las. Conforme o combinado.

Amber abriu a aba de sua bolsa de mensageiro. Cuidadosamente, tirou o rolo de joias e colocou-o no colo. Quando desamarrou a fita e desdobrou o veludo, sentiu o sr. Montanari e Luigi inclinarem-se para a frente para olhar.

Agora o colar de esmeraldas e diamantes e o broche de pantera estavam descobertos e, apesar da pouca luz das janelas escurecidas, as peças brilhavam contra o veludo.

— *Mon Dieu!* — O sr. Montanari engasgou.

Ele estendeu a mão e perguntou educadamente:

— Posso dar uma olhada, srta. De Clavel?

Embora soubesse que esse era o momento mais perigoso, Amber apanhou o broche e entregou a ele.

O sr. Montanari deixou o broche pousado na palma da mão por um momento. Olhou a peça com cuidado e sentiu seu peso.

— Isso é tão bonito. Não tenho dúvidas de que é o original. Uma *panthere* da duquesa de Windsor. Ele aproximou a peça de seu rosto.

Amber manteve uma das mãos sobre a alça da maleta, a outra sobre o colar de esmeraldas.

— Posso mostrar para Luigi? — perguntou o sr. Montanari, entendendo a ansiedade de Amber.

Ela balançou a cabeça.

Luigi tirou uma lupa de joalheiro do bolso. Pegou o broche e estudou-o através da lente de aumento.

— Ouro da mais alta qualidade, cravejado de rubis e diamantes. Este é o original — declarou Luigi solenemente —, ele tem uma qualidade de peça antiga que seria quase impossível de reproduzir, e aqui está a assinatura de Cartier. — Ele mostrou ao sr. Montanari.

— Absolutamente lindo. Inconfundível — disse o sr. Montanari calmamente. — A duquesa era uma mulher com o mais alto gosto, extremamente requintada.

Ele devolveu a pantera para Amber.

— E o colar? — perguntou ele.

Amber colocou a pantera de volta ao topo do porta-joias. Um rolo de joias de veludo que comprara em uma farmácia em Fort Worth anos atrás, quando estava indo para a faculdade. Como poderia ter imaginado o que iria guardar dentro dele um dia?

Ela pegou o colar e colocou-o na mão do sr. Montanari.

— *Incroyable* — exclamou o sr. Montanari em um sussurro quando olhou para o colar. — As esmeraldas são as melhores que já vi. Olhe para os diamantes que as rodeiam. E a mão de obra. Este é um tesouro.

Luigi analisou o colar com sua lupa e parecia igualmente impressionado.

— Esmeraldas colombianas. Cada uma com cerca de quatro quilates. Deve ter sido uma peça muito especial. Para uma ocasião muito especial.

— O pobre duque de Windsor. Não tinha nada para fazer — declarou o sr. Montanari. — Nenhum país para governar, nenhum império de negócios. Acho que gastou todo o seu tempo adorando e enfeitando sua bela esposa. — Segurou o colar com as duas mãos. — Bem, srta. De Clavel... as peças são como você prometeu. Adoraria ser o seu legítimo dono, minha linda esposa poderia usá-las e eu poderia exibi-las junto com as outras peças em minha coleção. Mas... isso não é possível...

Ele suspirou.

— Quase sempre, sou um homem honesto. Consigo dormir melhor à noite sendo assim.

Amber não tinha resposta para isso. Geralmente, também era uma pessoa honesta. No entanto, aqui estava ela na parte de trás do BMW de um bilionário, tentando convencê-lo a gastar alguns milhões com as joias, em cujo roubo ela de alguma forma se envolvera.

— Não posso pagar o valor total das joias — continuou o sr. Montanari — porque, agora que foram roubadas, são de muitas maneiras inúteis. Nunca poderão ser exibidas, nunca poderão ser publicamente reconhecidas, nunca poderão ser vendidas novamente. Sempre me sentirei um pouco envergonhado de possuir essas joias.

O coração de Amber foi afundando como uma pedra. Mas sua voz saiu tão calma e serena como se estivesse fazendo uma transação bancária comum, e disse:

— Então vou ter que levá-las embora, há muitos outros colecionadores ainda mais interessados nestas joias do que você.

— Então por que você veio para mim em primeiro lugar? — perguntou ele.

— Você estava no topo da nossa lista.

Ela já havia dobrado os retalhos de veludo sobre a pantera e as esmeraldas.

Um pequeno movimento fora da janela chamou sua atenção. Viu um homem de costas para eles, admirando da janela do *chocolatier*. Tinha ombros largos, e por um momento pensou que era o homem do aeroporto. Mas estava usando uma capa de chuva de cor clara, e não tinha um chapéu, tinha cabelo escuro...

Ela levou um sobressalto.

Poderia ser Jack?

Impossível!

Ela se obrigou a desviar o olhar. É claro que Jack não estava vagando para cima e para baixo nessa rua, na Suíça, olhando vitrines e querendo saber como encontrá-la. Sua imaginação delirante estava acabando com ela.

— Gostaria de lhe oferecer un milhão de euros por estas joias — disse o sr. Montanari.

Agora ele chamou sua atenção.

— Impossível — disse ela, quase irritada com ele —, você sabe que é completamente impossível. Minha ir... outras pessoas estão envolvidas nesse roubo. Nós nos comprometemos com isso por uma razão. Para conseguir uma certa quantia de dinheiro.

— Que número você tem em mente?

— Três milhões e meio de dólares — disse ela e fechou os lábios firmemente, para que ficasse claro que não estava disposta a negociar.

O sr. Montanari inclinou a cabeça um pouco para o lado e olhou para ela.

— Agora é você quem está sendo impossível.

Amber voltou a olhar para o rolo de veludo. Dobrou-o cuidadosamente sobre as joias e, em seguida, começou a amarrar o laço de volta no lugar.

É claro que existiam outros colecionadores, por todo o mundo. Mas ela não queria fazer isso com mais alguém, contrabandear joias roubadas nos aeroportos... organizar encontros clandestinos com homens ricos desconhecidos. Era muito perigoso. Iria ser presa ou ter um ataque cardíaco — o que chegasse primeiro.

— Dois milhões — disse o sr. Montanari.

Ela fez as contas rapidamente: dois milhões de dólares eram cerca de seiscentos e sessenta mil dólares cada. Se investissem e recebessem vinte por cento, teriam cerca de cento e trinta e dois mil dólares por ano... pelo resto de suas vidas, sem gastar um centavo da quantia original. Não seriam ricas. Mas não teriam de trabalhar novamente.

Era o suficiente?

Ela poderia obter mais? Em ficaria feliz?

Em e ela não tinham discutido sobre o valor mais baixo que poderiam aceitar para as joias. Deveriam ter feito isso. Porque agora tinha que decidir por conta própria, e poderia destruir o sonho de Em.

Em teria recusado, para obter mais. Em iria para Tóquio para encontrar o japonês obcecado pela duquesa.

— Dois ponto três — disse Amber com a voz mais fria que conseguiu —, essa realmente é a minha oferta final, sr. Montanari.

— Por que ponto três?

— Três é meu número da sorte.

— São três os envolvidos?
Ela girou o rosto para longe dele e olhou pela janela.
— Dois ponto três milhões de dólares... — suspirou ele — é muito dinheiro para joias que nunca vou poder dizer que tenho. O que você vai fazer com o dinheiro?
— Nós... só vou tentar ser livre.
— Você é livre?
— Não há nenhuma razão para que alguém venha me procurar, então sim. Acho que sou livre.
— Ninguém? Ninguém vai sentir sua falta? Isso parece muito triste. — Houve um longo silêncio. Então o sr. Montanari pegou seu celular do bolso e apertou um botão. Uma voz respondeu quase que imediatamente. — Bertrand? *Oui c'est moi, Yves Montanari. Je voudrais faire une transaction.*

Amber ouviu atentamente. Entendia o suficiente para saber que o sr. Montanari tinha ligado para seu banco. Estava prestes a depositar dois milhões e trezentos mil dólares em sua conta bancária.

— *Le numéro*, mademoiselle? — Ele olhou para ela interrogativamente.

Amber disse o código da conta de nove dígitos que tinha memorizado, mais o código do banco. Em seguida, a transação foi feita e depois de uma conversa curta com Bertrand ele desligou.

— *C'est fini!* — exclamou o sr. Montanari. — Mas você é uma menina inteligente, tem uma maneira de verificar se a operação que fiz é verdadeira, não é?

Amber balançou a cabeça, seus olhos já na rua. Assim que visse Em passando pelo carro, daria as joias ao sr. Montanari e iria embora.

— Me dê apenas um momento.

Viu quando um homem, de costas para ela, desceu a rua a cerca de vinte metros de distância. Mais uma vez pensou que era Jack e seu coração começou a disparar. Foi tudo uma conspiração? Uma armadilha? O sr. Montanari estava envolvido? De repente, o fato de não ter sido capaz de falar com Sapphire ontem à noite, pelo celular ou pelo número de Fergus, parecia muito sinistro.

Mas então, para grande alívio de Amber, o homem desapareceu em uma esquina, e ela viu Emerald sair rapidamente para fora do banco e passar reto pelo carro.

Rapidamente, Amber passou o rolo de joias para Montanari.

— Obrigada — disse ela e estendeu a mão para a maçaneta da porta.

— Não se esqueça de sua maleta — disse ele, estendendo a mão para apertar a dela. — *Au revoir*, minha amiga texana, *et bonne chance*.

Amber correu ao longo da calçada para alcançar Em. Assim que chegou perto, colocou a mão no ombro de sua irmã.

— Continue andando — disse —, continue andando rápido. Vire na primeira rua que vir.

Em compreendeu a aflição na voz de sua irmã.

— Há algo de errado? — perguntou ela.

— Não sei. Mas não me sinto bem.

— Você nunca se sente bem — reclamou Em, mas continuou andando rápido mesmo assim. — Mesmo quando ganhamos dois milhões e trezentos mil dólares...

— Isso foi o suficiente?

— Bom, se foi o que você conseguiu, era o máximo que conseguiríamos receber.

Juntas, viraram à esquerda na próxima rua.

— Vamos continuar girando. Fazer o caminho mais estranho possível de volta para o hotel.

— Você acha que estamos sendo seguidas?

— Não sei!

— Por que está carregando uma maleta?

— Oh! Oh, Em, quase esqueci. Ele me deu trinta mil euros em dinheiro. Foi... não sei... era um pagamento de ágio... só olhar para as joias.

— Você tem trinta mil euros na maleta? — Em se virou, os olhos arregalados. — Você deve estar brincando comigo.

— Não... Mostraria para você, mas estamos no meio de...

Ambas pararam um momento para olhar para a rua onde entraram. Era antiga, estreita e bonita. Cordões de delicadas luzes de Natal passavam acima de suas cabeças e todas as vitrines brilhavam com artigos de luxo.

Relógios de ouro, anéis de diamante, casacos de pele, vestidos de grife. Cada vitrine enfeitada com neve e árvores de Natal era mais bonita que a anterior.

— Então, o que assustou você? — perguntou Em, agora que estava olhando sua irmã. — Viu o homem do chapéu novamente?

Amber pensou cuidadosamente. Vira as costas de um homem alto, de cabelos escuros sem chapéu. Sua imaginação tinha fornecido o resto.

— Nada — respondeu. — Acho que não foi nada.

— Amber — a voz de Em era baixa, mas seu rosto estava brilhante de excitação —, vendemos as joias! Temos mais de dois milhões de dólares em uma conta que não pode ser encontrada e um bônus de trinta mil euros na sua maleta... e estamos na rua mais bonita que já vi em toda a minha vida. Amber! Imagina o que vamos fazer assim que tomarmos um coquetel para acalmar os nervos...

Capítulo Quarenta e Três

—Você já viu a nova coleção da Gucci de roupas para bebês?

— Achei tremendamente vulgar. O que mais vão inventar? Um macacãozinho de pele de crocodilo?

Olhe para este lugar. Olhe para ele! Eles têm tudo que eu sempre quis! *Sapatos Chanel!* — Em correu para a vitrine e pegou um sapato perfeito em preto e creme.
— Como posso ajudá-la, mademoiselle?
—Você tem estes no meu tamanho?

O entusiasmo de Em pelos sapatos, pelas bolsas enfeitadas em dourado, pelos vestidos com cores fortes, por tudo que tivesse uma borda com pele, era tão contagiante que Amber acabou indo direto para um casaco de pele de ovelha cor de chocolate com uma gloriosa gola de princesa russa.

Assim que Amber vestiu o casaco, Em gritou:
—Você tem que comprar! Você está maravilhosa. Não é muito frio para onde vamos?
— Não tenho a mínima ideia! Há pistas de esqui, então acho que pode fazer frio realmente.

Amanhã de manhã, mudariam para Montenegro.

Amanhã de manhã!

Amber havia olhado o guia de viagens, mas isso era tudo. Não tinha ideia de como seria. Nem sabia que idioma as pessoas falavam lá! Quanto tempo teriam de ficar em Montenegro antes de ser novamente seguro voltar para casa? Anos, talvez? Estava prestes a passar anos em um país do qual nunca sequer tinha ouvido falar até algumas semanas atrás.

— Compre o casaco — Em estava sussurrando em seu ouvido —, você sabe que quer... e você tem uma maleta cheia de dinheiro do seu lado.

Amber deu uma olhada na etiqueta e viu que o casaco custava quatro mil euros. Mais do que jamais pagara por uma peça de roupa antes. Mais do que já pagara por *qualquer coisa* antes.

— Vou comprar peles — Em ronronou. — Um suave casaco de marta verdadeiro ou mesmo zibelina. Mas sei que você é mais do tipo pele de ovelha.

— Você não trouxe sua jaqueta de arminho branco? — perguntou Amber.

— Sim, mas se vai ser frio, melhor ter mais de uma opção.

Amber assentiu.

— Muito milionária.

— Não vamos ser super-ricas — avisou Amber, ainda sussurrando porque a vendedora provavelmente estava do outro lado da cortina do provador —, vamos ter uma renda. Se torrarmos o dinheiro, não haverá o suficiente para investir...

— Amber... — Em colocou um casaco fabuloso de pele de raposa verde sobre os ombros, e se virou para a irmã. — Deve ser muito duro ser você! Sempre se preocupando pelos outros. Relaxe! Por favor! Nós conseguimos, deu tudo certo! Se ficarmos sem dinheiro, talvez possamos fazer algo parecido novamente.

— Novamente? — Amber sibilou, horrorizada. — De jeito nenhum!

Em olhava seu reflexo no espelho. Estava com uma aparência extraordinária com o casaco de pele verde.

— Posso me acostumar meeeesmo com esse tipo de vida — declarou ela. — Quem sabe consigo encontrar um bilionário, gostosão e solteiro que irá me cobrir com peles de raposa e zibelina pelo resto da minha vida.

Amber revirou os olhos. Quanto mais cedo dividissem o dinheiro e cuidassem de suas próprias vidas, melhor. Podia ser a irmã mais velha de Em, mas não queria ser o banqueiro ou a mãe substituta de Em pelo resto de sua vida.

— Quando terminarmos aqui — Em virou-se para a irmã, com os olhos arregalados de prazer —, acho que devemos ir comprar joias.

Amber não comprou o casaco de pele. Em vez disso, abriu a sua maleta no caixa e na frente da vendedora atônita tirou sete mil euros em dinheiro para pagar os sapatos Chanel e o fantástico casaco de pele de raposa verde de Emerald.

— Acho que você deve ter um cofre, certo? — perguntou a Amber.

— Mas é claro. Normalmente, nós o usamos quando os russos estão fazendo compras.

— Não somos traficantes de drogas — acrescentou Em com um sorriso —, acabamos de herdar um monte de dinheiro.

— Que emocionante — disse a vendedora, mas seu rosto estava um pouco entristecido.

Amber imaginou se conseguiria se acostumar com as pessoas tendo inveja dela, ou se sempre iria sentir-se incomodada.

Quando entraram na minúscula e cintilante joalheria, Amber pensou em Ori. Com um sentimento de culpa, imaginou se o ladrão seria condenado sem que ela ou Sapphire estivessem lá para testemunhar.

Sapphire!

Olhou para o relógio. Deviam tentar ligar para Sapphire, assim que saíssem da joalheria. Mas isso poderia demorar algum tempo, Amber pensou, enquanto observava Em admirar seu reflexo usando uma corrente cravejada de diamantes.

— Amber, por favor, dê uma olhada pela loja — insistiu Em —, há tantas coisas bonitas.

Na parte de trás do joalheiro, vitrines de vidro com acabamento dourado e prateleiras forradas com veludo exibiam uma coleção de joias antigas. Sapphire havia ensinado Amber a amar joias antigas. Mas, desde que tinha visto as esmeraldas da duquesa e seu broche de pantera, Amber sentiu que havia segurado em suas mãos as joias de melhor qualidade do mundo e nada jamais pareceria tão bom para ela. Devia ser, provavelmente, como roupas de alta-costura: quando se usa uma vez, nunca mais se vai comprar um vestido de pronta-entrega. Arruína as expectativas.

Foi até a vitrine de vidro com tesouros antigos. O ouro opaco e as joias discretas, obviamente, não pareciam tão impressionantes como os tesouros de milhões de dólares da duquesa. Mas ainda eram peças lindas.

Em uma prateleira mais baixa, sem chamar a atenção, estava um broche em estilo alfinete. Amber olhou mais de perto. Surpreendentemente, tinha somente três pedras: uma esmeralda, uma safira e, entre os dois, um diamante um pouco maior.

Sua mãe queria chamá-la de Diamond, mas seu pai não deixou. Muito exagerado. Então, recebera o nome de Amber por causa dos olhos marrom-dourados. Sua mãe escolhera bem os nomes.

Sapphire e Emerald. Sapphire recebera esse nome por causa de seus belos olhos azuis e Emerald, bem, desde a adolescência, Em usava lentes de contato para transformar em verdes seus olhos azuis.

Então, esse pequeno broche representava as três e, de repente, foi muito importante para ela ter algum símbolo de todas elas juntas.

— Poderia dar uma olhada nele? — perguntou ao joalheiro.

— Feito por volta de 1850 — disse ele enquanto removia o broche da vitrine. — Os diamantes são cortados à moda antiga. Não tão brilhantes como hoje.

— Gosto disso.

— Esta peça tem pedras de ótima qualidade por um preço maravilhoso — acrescentou ele enquanto prendia o broche na lapela do paletó conservador. — Pronto. Très chic.

Ela olhou no espelho.

De repente, ter uma maleta cheia de dinheiro desonesto à sua disposição não parecia tão ruim.

— Estas pedras em uma peça moderna custariam pelo menos mil euros — disse o joalheiro a ela. — Mas em um broche como este custam muito menos: seiscentos. Não há muita procura por joias antigas, o que me deixa triste. Geralmente são de qualidade muito melhor.

Em veio olhar a vitrine, mas voltou rapidamente para as peças mais brilhantes e cintilantes na frente da loja.

—Vou levar este colar — disse ela mostrando a corrente cintilante cravejada de diamantes que segurava na mão —, e gostaria de ver se você tem esse anel no meu tamanho. — Ela apontou para a aliança larga, recoberta de pontos de diamante na vitrine.

— O colar que você está usando é muito especial — disse o joalheiro, voltando sua atenção de volta para Emerald.

— Oh, isso? — Ela apontou para o peito. — Parece bom, mas é uma peça absolutamente falsa comprada em uma loja de departamentos.

— Sério? — O homem pareceu surpreso. — Mas a joia parece tão...

Em deixou a mão cair para o lado.

— Acho incrível o que eles podem fazer com o plástico nos dias de hoje.

O anel cravejado de diamantes, a corrente de diamantes e o broche de Amber totalizaram espantosos seis mil e trezentos euros.

— Estamos pagando em dinheiro, isso nos dá algum tipo de desconto? — perguntou Em.

— Para pagamento em dinheiro posso fazer por seis mil — disse o joalheiro.

— Ó, meu Deus. Estou comprando diamantes e pagando por eles em dinheiro vivo. — Em virou-se para a irmã sorrindo com olhos arregalados. — Estou me divertindo como nunca na vida.

O joalheiro pareceu estupefato quando Amber abriu sua maleta e tirou um maço de notas.

— Estamos a caminho do banco — disse Em a ele. — Só espero que não seja muito longe daqui ou a nossa maleta ficará vazia!

Amber deu um cutucão duro nas costelas da irmã. Em sempre ia longe demais. Gastava demais, falava demais. A qualquer momento estaria dizendo o nome do banco e inventando uma complicada história sobre uma herança que só deixaria o joalheiro desconfiado.

— Obrigada — disse Amber quando suas compras foram entregues em pequenas sacolinhas douradas.

— Aproveitem suas joias e sua boa fortuna — disse o joalheiro.

— Coquetéis! Devemos beber mais coquetéis! — exigiu Em, assim que voltaram para a rua.

Estava escurecendo. Amber olhou novamente para o relógio e não podia acreditar em quanto tempo havia passado.

— Devemos ir para o hotel — insistiu ela —, está ficando tarde, não quero estar aqui fora, no escuro, quando alguém ainda poderia estar olhando para nós...

— O homem do chapéu? Ele está atrasado! — exclamou Em. — O que ele vai fazer? Roubar nosso banco? Mesmo se ele achou nossa pista, não pode pegar o dinheiro de volta.

— Não — advertiu Amber. — Não gosto da ideia de que alguém está nos seguindo. Vamos voltar para o hotel e ligar para Sapphire, ela deve estar preocupada conosco. Droga, estou preocupada com ela. Por que acha que não conseguimos falar com ela na noite passada?

— Coquetéis — respondeu Em. — Talvez ela também tenha precisado tomar coquetéis.

Enquanto caminhavam pelo saguão do hotel, Em cochichou para a irmã:

— Olha lá, no bar!

Amber olhou pela porta e viu um homem bonito, vestindo um terno, sentado no bar na sala ricamente decorada com móveis escuros. O homem bonito deve ter sentido o seu olhar, porque se virou e sorriu para ela.

— Talvez tenha que ir até lá imediatamente, antes que alguém fique com ele.

— Em! Ele provavelmente está sentado lá esperando por sua bela esposa.

— Bem, nunca saberei a menos que vá perguntar, não é?

Com isso, entregou suas sacolas de compras para Amber e rebolou para dentro do bar.

Capítulo Quarenta e Quatro

— Ele estava vestindo um casaco de pele, Lauren, não há desculpa para isso!

— Bem, não, a menos que o nome dele termine em "otzky" e ele tenha uma jazida de gás.

Amber, sobrecarregada com a maleta e sacolas cheias de diamantes, sapatos Chanel e um casaco de pele de raposa verde — pelo amor de Deus —, foi para o elevador.

Na porta de seu quarto, depositou a maleta e as sacolas no chão. Estava colocando o cartão-chave na maçaneta quando o celular começou a tocar.

— Caramba! — reclamou, tentando encontrar o telefone.

Assim que o pegou não tinha certeza se deveria atender ou não. Mas o pensamento de que poderia ser sua irmã a fez apertar o botão verde.

— Alô?

— Amber! Sou eu, Sapphire!

— Sapphire! Como está? Não está em apuros, certo? Temos tentado ligar.

— Ó Amber, não tenho muito tempo. Estou usando um telefone público muito complicado com o tipo de moedas que necessita... algumas moedas funcionam, outras não.

A voz de Sapphire parecia tensa e à beira das lágrimas.

— Você está bem?

— Sim — respondeu Sapphire —, mas eu sou... eu sou...

— O QUÊ? — Amber não aguentava o suspense. Será que alguém sabe? Alguém fez perguntas a Sapphire que ela teve de responder? Ainda de pé no corredor fora do quarto do hotel, Amber olhou ansiosamente ao redor. Não conseguia livrar-se da sensação de que alguém as estava observando. Alguém estava atrás delas.

— Ah, Amber, a polícia me...

— Você está presa? — perguntou Amber, horrorizada com o pensamento. Estavam comprando diamantes, quando sua irmã, a que não tinha feito nada, estava presa?

— Não... sou, sou uma testemunha protegida — disse Sapphire, e começou a soluçar.

— O que quer dizer?

— Não sei exatamente — respondeu Sapphire —, eles vivem me explicando, mas estou tão assustada que nada faz sentido. Acham que alguém envolvido com o roubo na Wilson pode querer chegar até mim, então estou em um lugar seguro. Alguém está ouvindo esta chamada — acrescentou, rapidamente.

Os ladrões verdadeiros. Tinham descoberto que Sapphire tinha uma conexão com as joias?

Quanto tempo a polícia iria protegê-la? E os ladrões iriam continuar procurando as três até que as encontrassem? Será que ela, Sapphire e Em estariam em perigo para o resto de suas vidas?

— Sapphire — sussurrou Amber —, lamento muito. Quanto tempo passou com a polícia?

— Desde a manhã de ontem. Não estou autorizada a falar com ninguém na Wilson. Não tenho ideia do que está acontecendo lá ou o que vai acontecer com Fergus...

— Sapphire, o que está acontecendo? O que eles disseram? — interrompeu Amber.

— Não sei, Amber. Ontem Jack me fez um monte de perguntas. Hoje fui deixada sozinha.

O nome de Jack fez Amber reagir com um sobressalto. Era muito estranho pensar que estava tentando nunca mais vê-lo, enquanto sua irmã passara o dia de ontem com ele.

— Jack perguntou sobre nós?

— Sim, e ele parecia saber...— começou Sapphire, a voz rompendo em lágrimas mais uma vez.

— Ó, meu Deus, Sapphire, que coisa! Mas você não...

— Não... acho que não... mas fizeram tantas perguntas. Não sei se...

— Ó, meu Deus... ómeuDeus...

— Amber, há algo realmente importante. Não posso acreditar, mas acho que pode ser importante...

O tom de discagem soou no ouvido de Amber.

— Sapphire? — disse ela, inutilmente, ao celular. — Sapphire!

Claro, não houve resposta. Amber empurrou o cartão-chave na fechadura e arrastou as sacolas para dentro do quarto. Dessa vez, não parecia que algo tivesse sido revirado. Ela esperava que a ideia de Em de se mudar para um andar diferente sob um nome diferente — eram agora Monsieur *et* Madame Dupont — tivesse funcionado. Quem estava lá fora vigiando ainda não fora capaz de encontrá-las. Mas era seguro ficar aqui?

Amber sentou na beira da cama e tentou descobrir o que Sapphire queria dizer a ela. Algo importante... Algo que ela não podia acreditar, mas podia ser importante...

Olhou para o seu celular, esperando que tocasse novamente, e Sapphire fosse capaz de terminar a frase. Mas estava mudo. Sapphire tinha dito que não tinha muito tempo. Amber deveria tê-la deixado falar.

Será que Sapphire contou o que tinha acontecido à polícia? A polícia agora estava atrás delas, bem como os ladrões verdadeiros?

Amber olhou para o relógio. Passava das sete da noite. Seu voo para Montenegro partiria às dez e meia da manhã do aeroporto de Genebra.

Só precisavam sobreviver às próximas quinze horas e meia. Se pudessem se esconder de todos por aquele tempo, então talvez conseguissem fugir. A polícia não poderia segui-las até Montenegro... mas os verdadeiros ladrões podiam.

Amber sentiu um calafrio descer pela espinha com o pensamento. Talvez, quando chegassem ao país novo e estranho, o homem do chapéu estivesse lá, esperando por elas.

Ou, tentou se forçar a pensar — talvez não estivesse. Talvez elas conseguissem fugir com o dinheiro, como tinham planejado. Já tinham chegado tão longe. Já estavam tão perto.

Se chegassem em segurança a Montenegro com o dinheiro, então Sapphire poderia sair da proteção policial e se juntar a elas. Certamente teria permissão para ir para casa no Texas no Natal? Uma vez no Texas, Amber faria reservas em um voo para Amsterdã e de lá para Montenegro. Já havia verificado isso antes de sair de Nova York.

Depois disso estariam todas juntas... com dinheiro... e estariam livres.

Essa sequência de pensamentos a estava deixando desconfortável, porque ainda havia muitos problemas pela frente.

O que a polícia de NY sabia?

Será que os verdadeiros ladrões estavam atrás delas?

Sapphire seria mesmo capaz de deixar sua mãe e Fergus para trás, e enfrentar um voo transatlântico sozinha para se juntar a suas irmãs em uma vida de crime? Não parecia ser o tipo de coisa que Sapphire faria. Inferno, uma vida de crime? Nem sequer parecia ser o tipo de coisa que Amber faria.

Sentiu um bolo crescer em sua garganta. Não conseguia acreditar em nada disso. Aqui estava ela, sentada em um quarto de hotel na Suíça, com uma maleta cheia de dinheiro, sacolas cheias de diamantes e peles e uma conta bancária com milhões de dólares. Mas tudo que conseguia sentir era pânico. Poderia perder sua irmã. Ficaria sem ver Sapphire ou sua mãe durante anos. Além disso, a polícia de NY e os verdadeiros ladrões ainda poderiam pegá-las.

Amber queria atirar-se em sua cama e chorar. Mas sabia que tinha que descer.

Tinha que voltar para o bar antes que Em ficasse muito bêbada ou muito amorosa. Já podia imaginar sua irmã contando tudo para o estrangeiro, perfeito e bonito, sobre o quão espertas eram... tudo sobre a conta bancária na Suíça e as joias fabulosamente famosas que haviam roubado e vendido.

Um telefone estava tocando.

Alto. Ao lado de sua cabeça. Tirando-a de seu sono.

Amber abriu os olhos, que estavam secos e ardendo. Lembrou-se de estar chateada e de beber muito vinho...

O teto e as cortinas desconhecidas a assustaram. Onde estava ela?

Ela sentou-se em um pulo.

O quarto de hotel. O dia e a noite de ontem voltaram em uma onda confusa de memórias e nervos. Em!

Amber se virou e viu que a cama estava vazia. Com a mão pousada sobre o telefone tocando, tentou se lembrar da noite anterior.

Jantaram com o cara que Em conhecera no bar do hotel. Em não comera quase nada, muito ocupada devorando o homem bonito na mesa. Mas tinha tomado tanto vinho e estava tornando-se muito exibida e falando tão alto que Amber começou a recear pela segurança delas. Arrastou Em várias vezes para o banheiro e disse a ela para se controlar. Mas Em só riu na cara dela.

O telefone...

Em devia estar chamando. Talvez quisesse voltar para o quarto depois de passar a noite com o bonito hóspede do hotel. Talvez tivesse perdido o seu cartão-chave.

— Alô — Amber disse, pegando o receptor antigo e pesado do hotel.

— Amber?

Amber acordou imediatamente, estava completamente desperta. Sentiu como se tivesse sido jogada em um lago de água gelada.

A voz era de Jack.

E o detetive Jack Desmoine da polícia de NY telefonando para o seu quarto de hotel em Genebra não era uma coisa boa.

— Amber, é você? — perguntou Jack.

Amber não disse nada. Mas estava ciente de como sua respiração estava alta. Estava ofegante de medo.

— Amber, por que você está na Suíça? Você roubou as joias?

Capítulo Quarenta e Cinco

— Nunca vi ninguém ficar tão agitado, Betty.
— Então você, obviamente, não viveu muito tempo.
— Não tanto quanto você, querida!

Amber desligou.
Deixou cair o receptor no gancho e pulou para fora da cama, revirando suas roupas, vestindo uma calça jeans e uma camiseta, depois colocando a mala sobre a cama. Começou a jogar tudo dentro dela. Uma olhada para o relógio informou que eram cinco horas e trinta e um minutos.
Precisava encontrar Em. Depois as duas deveriam sair do hotel em dez segundos. Ele poderia estar no lobby... no elevador... subindo. Dentro de instantes ela e Em seriam presas.
Seriam arrastadas de volta para os Estados Unidos para enfrentar um julgamento verdadeiramente chocante e — oh, não, oh, pânico, não, não, NÃO!
Pegou o telefone e ligou para a recepção. Qual era o nome do cara? Vamos, vamos, ela conseguia se lembrar.
Benjamin, Benjamin... Benjamin o quê?
— Olá, olá, preciso falar com Benjamin... — aaargh! — Müller, por favor.

— Certamente, vou ligar para o quarto.

Um momento depois, uma voz grossa e sonolenta respondeu.

— Ja, was ist?

— Emerald. Emerald está? Tenho que falar com ela. É uma emergência.

Houve uma pausa. Amber pensou ouvir passos no corredor lá fora. Isso era insuportável. Jogou os últimos itens na sua mala com a mão livre, segurando o telefone com a outra.

— Olá...

A voz de Em soou áspera e entrecortada. Ela, obviamente, tinha dormido muito pouco.

— Jack sabe! Ele sabe, Em! Acabou de ligar para o quarto. Temos que sair daqui agora. Saia pela escada de incêndio imediatamente. Vou encontrá-la com as malas.

— Merda — disse Em e desligou.

Fechando a mala, Amber sabia que era impossível. Não poderiam fugir dele com duas malas. Poderia talvez levar a maleta e a mala de mão com todos os documentos, mas era tudo.

Merda. Merda. Merda!

Precisavam abandonar sua mala vermelha e a mala azul de Em, com todos os seus tesouros, todas as coisas sentimentais que tinham trazido de Nova York porque não podiam suportar viver sem elas.

Abriu a mala e revirou tudo muito rapidamente em busca das fotos de família. Papai e Sapph, precisava levar as fotos com ela. Não sabia onde iria encontrar forças para fugir sem elas. Suas mãos tremiam tanto que era quase impossível encontrar a pasta.

Amber empurrou a pasta de fotos para dentro da mala de mão pequena e olhou ao redor do quarto. Viu as sacolas de compras e enfiou as joias que haviam comprado na mala de mão. Colocou o casaco de pele de raposa verde de Em sobre os ombros e correu com a mochila e a maleta para fora do quarto.

Deixou a porta trancada atrás dela.

Olhou freneticamente para cima e para baixo no corredor procurando a escada de incêndio, correu para a porta, abriu-a e começou a descer correndo pelas escadas.

— Amber! — Ouviu um sussurro vários andares abaixo.

— Em!

Ela acelerou, até que encontrou sua irmã caçula.

— Merda! — exclamou Em assim que a viu. — Merda! O que vamos fazer?

— Vamos direto para o aeroporto e voar para algum lugar — disse Amber, descendo correndo as escadas de concreto. — Se não podemos voar direto para Montenegro, voaremos primeiro para algum outro lugar. Vamos usar o dinheiro e apenas tentar ficar à frente deles. Só temos de chegar ao aeroporto.

— Mas e se a polícia estiver lá?

— Você tem alguma ideia melhor?

Continuaram descendo as escadas correndo... faltava apenas mais um piso.

— Onde estão as malas? — perguntou Em, ainda correndo.

— No quarto. Não podíamos correr com elas. Não diga nada, eu sei! — exclamou Amber. — Sei que é terrível. Mas peguei as fotos, as joias e seu casaco. Foi o melhor que pude fazer.

— Obrigada — disse Em.

A frase soou genuína e Amber sentiu-se grata com o agradecimento de sua irmã. Esperava uma saraivada de reclamações.

Terminaram de descer as escadas. A porta de saída de incêndio estava na frente, mas as irmãs já podiam ver os avisos grandes sobre elas, em três idiomas, informando que essa porta tinha um alarme.

— Não podemos sair por aqui! — gritou Amber. — Vamos disparar todos os alarmes do hotel.

Em olhou para os avisos, depois para uma segunda porta que levava ao térreo do hotel.

— Ponha um sorriso em seu rosto e siga-me. Vamos sair pela porta dos fundos.

Mas, ao se aproximarem da pequena porta dos fundos que tinham usado uma vez antes, Amber puxou Em para trás.

— Olhe! — gritou afobada.

A janela vertical, ao lado da porta dos fundos, revelou uma figura sombria esperando lá fora.

— Jack? — perguntou Em.

Amber balançou a cabeça:

— Um chapéu — sussurrou ela —, aquele homem está usando um chapéu.

— Por aqui — disse Em e empurrou Amber para a sala de jantar do hotel. Embora fosse cedo, alguns hóspedes já estavam sentados às mesas, xícaras de café na mão, um garçom anotando os pedidos do café da manhã.

Enquanto Amber caminhava pela sala usando o ridículo casaco de peles verde, carregando sua maleta e mala de mão, sentiu-se completamente exposta. Realmente esperava que Jack e o homem do chapéu aparecessem bem na frente delas a qualquer momento.

Em disparou um sorriso confiante para Amber e seguiu o garçom para fora da sala de jantar, indo para a cozinha do hotel.

Quando ele olhou e viu as duas irmãs atrás dele, Em deu o seu melhor sorriso e disse de modo assertivo:

— Oi, precisamos sair pela porta dos fundos. Tem um cara que conheci no bar ontem à noite e... não quero encontrá-lo novamente.

O garçom riu e encolheu os ombros.

— Por aqui. — E indicou o caminho.

Amber seguiu Em, passando por fileiras de estantes, em seguida pelas cozinhas, onde vários cozinheiros assustados olharam para elas. E finalmente chegaram até a grande porta dupla, aberta contra o calor feroz.

— Onde há uma cozinha, há sempre uma porta traseira — disse Em a Amber. — Fui garçonete por tempo suficiente para saber disso.

— Precisamos de um táxi — disse Amber enquanto corriam para a rua.

— Por aqui — respondeu Em —, parece promissor.

Mesmo quando o táxi começou a mover-se suavemente pelas ruas no começo da manhã, Amber não sentiu a menor sensação de alívio.

Jack *sabia*.

E elas poderiam não escapar dele a tempo.

— Sapphire deve ter dito a eles — declarou Em —, não há outra maneira.

— Sapphire não teve tempo para me dizer o que queria dizer... Só espero que tenha sido deixada completamente fora disso. Nada disso é culpa dela.

Em manteve o rosto voltado para a janela do carro e cruzou os braços.

— Você realmente acha que Jack sabe? — perguntou ela.

— Sim — respondeu Amber —, ele me perguntou ao telefone se tínhamos roubado as joias. Se não sabe tudo, então deve ter adivinhando e está muito perto de descobrir a verdade.

— Eu avisei, Amber. Não vivia avisando para não encontrá-lo? Para se livrar dele.

— Estava tentando enrolar as coisas. Não queria que ele ficasse desconfiado — protestou Amber, mas mentiu um pouco. Isso não era inteiramente verdade, sabia que tinha continuado a ver Jack porque queria muito.

— Ei. — Em virou-se para sua irmã mais velha. — Você e Jack não estão trabalhando juntos nisso, não é? Você não está prestes a me entregar e ficar com o dinheiro da recompensa?

— Em! Você ficou maluca?

— Desculpe — disse Em rapidamente. — Estou um pouco assustada agora, Amber. Nenhuma de nós deveria ir para a cadeia. Esse nunca foi o plano.

— Se pudermos chegar a Montenegro, estamos seguras. Não temos as... joias conosco — sussurrou ela, preocupada com o motorista de táxi, embora ele estivesse ouvindo as notícias da manhã em voz alta na frente do carro —, e o dinheiro está sendo movimentado em pequenas quantidades com base em uma conta de uma fundação de caridade. Não há nada para provar que...

— O colecionador poderia identificar você — disse Em —, talvez eles tenham chegado a ele...

— Por favor, não vamos mais falar nisso — disparou Amber. — Estou tão assustada que não consigo pensar direito.

Capítulo Quarenta e Seis

— Então, estou experimentando a jaqueta fabulosa e ela está me dizendo para comprá-la...

— Mas quinze mil dólares? É muito por uma jaqueta.

— Eu sei, e na nossa idade não podemos vender um ovário!

Olá, temos reserva em um voo para Montenegro às dez e meia de hoje. Mas há alguma maneira de chegar lá mais cedo? Poderíamos voar para outro lugar e fazer uma conexão?

Em falava enquanto Amber tentava manter a calma. Não parava de olhar por cima do ombro, investigando freneticamente o aeroporto em busca de qualquer sinal de Jack ou do homem do chapéu.

Se ao menos não tivessem um visual tão incomum, poderiam se misturar mais na multidão, mas naquele exato momento ela e Em pareciam fugitivas de uma festa de luxo. Não haviam lavado seus rostos, Em estava manchada com traços de batom e máscara da noite passada, seu cabelo estava despenteado e ainda estava usando o vestido de cetim preto, salto alto e a jaqueta de arminho que tinha usado para jantar com Benjamin.

Amber estava vestindo jeans, mas de seus ombros pendia o casaco de raposa verde vibrante que não costuma ser visto em aeroportos, nem mesmo em Genebra.

A mulher no balcão da companhia aérea digitou no computador por alguns minutos.

Amber sentiu o peso da maleta na mão. O dinheiro — ela se lembrou! Elas não podiam passar com dezessete mil euros em dinheiro pela alfândega... podiam?

Olhou ao redor procurando uma casa de câmbio. Eles poderiam fazer um depósito? Transferir o dinheiro para um cartão de débito? Ela não tinha ideia.

— Há um voo para Amsterdã em quarenta e cinco minutos — informou a mulher. — De Amsterdã, podem fazer uma conexão para Montenegro, mas só vão chegar meia hora mais cedo do que se esperarem o voo das dez e meia.

— Isso é ótimo, vamos fazer isso. Dois bilhetes, por favor — disse Em e entregou seus passaportes.

Amber apertou a alça da maleta com mais força e mordeu o lábio inferior. Se houvesse um alerta para seus passaportes, estavam prestes a serem presas, agora.

— São dois mil e trezentos euros — disse a mulher com um sorriso alegre, devolvendo os passaportes de volta.

Amber sentiu um pequeno jorro de alívio, e inferno, com esse tipo de preço, não estariam transportando uma maleta cheia de dinheiro por muito tempo. Colocou a maleta no balcão, abriu o fecho e tentou pegar um maço de notas, sem chamar a atenção para os milhares de euros empilhados dentro dela.

— Com quanto dinheiro podemos passar pela alfândega? — perguntou, tentando soar casual.

— Quanto quiser, desde que haja documentação para mostrar de onde o dinheiro veio — informou-lhe a mulher.

Ok.

Sem problemas, então... Em trocou um olhar com Amber. De alguma forma, tinham que perder uma quantidade enorme de dinheiro em menos de meia hora.

A mulher entregou os seus bilhetes e cartões de embarque.

— Alguma bagagem desacompanhada?

— Não, estamos bem, obrigada.

— Façam uma boa viagem.

Amber olhou ansiosamente pela janela e lá no saguão do aeroporto viu o homem no casaco pesado, chapéu puxado para baixo, pagando o seu táxi. Era decididamente o homem que tinha visto antes.

Agarrou o braço de Em e puxou-a para longe do balcão.

— Corra! — sibilou.

Dispararam juntas, Amber procurando pelo banheiro mais perto.

— Aqui! — disse sua irmã.

Assim como no aeroporto JFK, encontraram-se trancadas juntas no cubículo para deficientes de um banheiro do aeroporto.

— Era Jack? — perguntou Em, seu rosto pálido contra os olhos de panda.

Amber balançou a cabeça.

— O outro.

— Meeerda — sussurrou Em —, temos que ficar longe dele. Se ele não nos vê, não pode saber que estamos indo para Amsterdã. Não tem como saber para onde vamos, se conseguirmos entrar no avião sem sermos vistas.

— E como fazemos isso? — perguntou Amber.

— Não sei, não tenho disfarces... que burrice. Deveria viajar sempre com perucas. Vamos ter que ter muito, muito cuidado.

— Oh, Em... o que fazemos com todo o dinheiro? Não podemos nos arriscar a sermos pegas pela segurança com todo esse dinheiro. Vamos ter que nos livrar dele.

Em pareceu profundamente infeliz com esse pensamento.

— Quanto podemos levar sem arriscar perguntas?

— Não sei — Amber encolheu os ombros —, talvez alguns poucos milhares cada uma.

— Alguns poucos milhares!

Em pegou a maleta de Amber e abriu os fechos. Tirou dois pacotes de dinheiro, enfiou um na bolsa e entregou o outro para Amber.

— E o resto? — perguntou Em olhando para as fileiras e fileiras de notas roxas e amarelas na frente delas.

Amber olhou pelo cubículo. Havia uma lixeira embaixo do dispensador de toalha de mão.

Em viu os olhos dela se fixarem na lixeira e imediatamente protestou:

— Oh, não! Não, Amber, não podemos! São quinze mil euros. Não são quase quinze mil dólares?!

— Temos que deixar — disse Amber. — Não podemos ser pegas por causa disso. Temos mais dinheiro do que vamos precisar na conta bancária.

— Mas Amber!

Em agarrou mais um pacote da pilha e enfiou na frente de seu vestido antes que Amber esvaziasse a maleta no lixo.

— Ok — Amber olhou o relógio. — Temos que ir. Temos que chegar ao portão de embarque para Amsterdã sem sermos interrompidas por alguém.

Assim que saíram do banheiro, era óbvio que algo estava errado. Podiam ouvir gritos e apitos. Passageiros assustados estavam caminhando na direção do ruído.

Três policiais começaram a correr pelo corredor na direção delas.

— ÓmeuDeus! — exclamou Em e, apesar do vestido de cetim apertado e dos saltos altos, saiu em disparada.

Amber foi atrás dela, mas instintivamente virou à esquerda na direção da escada em espiral. Começou a subir a escada correndo, espantada ao ver que os policiais estavam logo atrás de Em, mas não atrás dela.

Seu coração estava acelerado, sua respiração entrando e saindo ofegante. Estava tão assustada que pensou que ia desmaiar.

Mas ela estava escapando — não foram atrás dela. Podia ver o enorme sinal iluminado para Embarque na sua frente.

Talvez Em conseguisse... Em talvez chegasse aqui a qualquer momento.

Amber virou no topo das escadas e bateu de frente com um homem alto, usando uma capa de chuva e segurando um celular ao ouvido.

Era o detetive Jack Desmoine.

Capítulo Quarenta e Sete

— Eles o mandaram para a prisão?

— Sim, mas para uma prisão boa, com horta orgânica e aulas de carpintaria. Havia até um serviço de lavanderia que não estragou uma única de suas camisas Brooks Brothers.

Amber recuou com medo.
Não! Não podia ser!
Não podia encontrar-se com Jack desse modo. Ele estava aqui em Genebra para prendê-la? Por favor... simplesmente não podia ser assim que tudo ia acabar.

Ao vê-la, as sobrancelhas dele se ergueram e ele disse ao interlocutor:

— Bom trabalho. Tenho que ir.

Ela girou sobre os calcanhares — talvez ele não fosse rápido, talvez ainda pudesse descer a escada e fugir dele.

— Pare aí mesmo — ordenou ele.

Amber ficou presa ao chão, sentindo seus joelhos tremerem de medo. Iam ser pegas! Não iriam fugir... a polícia já deve ter pegado Em.

Agora as mãos de Jack estavam em seus ombros, segurando-a firme. Ele moveu-se para ficar na frente dela.

— O q-q-que você está fazendo em Genebra? — perguntou ela, a voz rouca de medo.

— Estava prestes a fazer a mesma pergunta.

— Você está aqui para me prender? — perguntou ela, sentindo uma lágrima subir no canto do olho, porque era terrível estar nessa situação com ele. Ao vê-lo ali na frente dela, parecendo cansado e com barba por fazer, ela percebeu o quanto sentia falta dele. O quanto desejava estar com ele novamente.

Mas ele era o detetive no caso *dela*! Estava aqui para levá-la para a cadeia.

— Se estou aqui para prender você? — repetiu ele. — Não exatamente.

Ele fixou o olhar inteligente nos dela e franziu a testa.

— Existe alguma maneira de nos deixar ir embora? — sussurrou ela urgentemente, sabendo o quão loucas suas palavras soaram.

— Você roubou as joias? — perguntou ele, seus olhos fitando profundamente os dela, como se pudesse ser capaz de ler a resposta neles.

— Não... exatamente. — Ela baixou o olhar para o chão.

— Você as vendeu, não é? Bem, na verdade, sabia que tinha sido uma srta. Philippa de Clavel... mas a descrição dela era a de uma sósia sua.

Então ele sabia.

Ele sabia!

Em poucos minutos tudo estaria terminado. Na verdade, ela podia ouvir sirenes a distância; mais policiais a caminho para o aeroporto.

Ele pegou as mãos dela e puxou-a de encontro a si.

— Lindo casaco — disse ele, pegando-a de surpresa. — Não sabia que você gostava tanto de peles.

— Não. Não, isso não é realmente... não é meu...

Ele deu um passo mais perto e de repente não conseguiram parar de se mover em direção um ao outro até que estavam se beijando.

Descontroladamente.

Sua boca sobre a dele, ela sentiu os braços dele circundarem suas costas e pressionou-se firmemente contra Jack, sentindo o gosto de café na boca dele e se sentindo incrivelmente, completamente, inadequadamente feliz.

Decididamente não era suposto sentir-se tão bem ao ver um detetive aparecer no meio de sua fuga... mas aconteceu. Era tão bom tê-lo aqui.

Finalmente, ela se afastou.

— Você tem que nos deixar ir — sussurrou ela, seu rosto a apenas alguns centímetros do dele.

— Não posso.

— Pode sim. Só nos deixe passar pelo portão. Diga que não nos pegou a tempo.

— Não posso — repetiu ele. — Se deixar você ir, nunca mais vou ver você de novo. Acho que sei o que aconteceu e há uma saída para isso, se confiar em mim.

Por trás do ombro de Jack, através da janela, Amber podia ver um policial abrindo as portas traseiras de uma van. Mais policiais estavam levando alguém para ele. Era Em? Eles pegaram Em?

Ela ficou na ponta dos pés para ver melhor.

Jack virou-se para ver o que ela estava olhando.

Estavam levando um homem para a perua, um homem com um casaco pesado, um chapéu agora na sua mão, mas Amber tinha certeza que era o homem que as estava seguindo desde que chegaram a Genebra.

Assim que ele chegou à perua, virou-se, e Amber viu o seu rosto corretamente. Engasgou com a surpresa.

— Não! — disse ela em voz alta. — É *Fergus*!

De boca aberta, ela olhou para Jack.

— Por que você prendeu Fergus? — perguntou. — Por que é que *Fergus* está aqui? O que Fergus *fez*?

— Você não sabe?

Era uma pergunta curta, mas o jeito como ele estava olhando para ela a fez perceber o quão importante era.

— Não — disse ela e sacudiu a cabeça.

— Fergus é o ladrão. Ele deu uma dose de laxante para os guardas e jogou o spray de pimenta em sua irmã e no sr. Wilson. Foi o primeiro criminoso que apanhei por causa do cheiro de seu sabonete.

— Fergus? *Fergus?* O namorado da Sapphire?

A informação não fazia sentido, mas Amber queria deixar uma coisa bem clara.

— Sapphire é completamente inocente. Ela nunca iria... nunca, jamais...

— Tudo bem. Nós sabemos. Mas qual o seu envolvimento e o de Em, que suponho está ali?

Amber olhou por cima do ombro. Debaixo da placa de Embarque estava Em, com o vestido de cetim, saltos e arminho, os bilhetes na mão, olhando freneticamente em torno, procurando pela irmã.

— Caramba, vocês meninas se vestem bem — disse Jack. — Vamos.

Amber começou a correr em direção a sua irmã em total confusão. Elas foram pegas? Ou Jack ia deixá-las ir? Não sabia.

Em avistou Amber, mas depois viu Jack e sua expressão mudou para horrorizada.

— CORRA! — Ela moveu os lábios. — CORRA!

Amber chegou ao lado de Em assim que Jack chegou ao seu lado.

— Vamos — exortou Em, pegando o braço de Amber —, o avião sai em doze minutos. Ele não vai nos parar porque ele gosta muito de você. Vamos lá, podemos fugir! Não vamos para a cadeia!

— Talvez vocês não tenham que ir para a cadeia — insistiu Jack, pegando o outro braço de Amber —, talvez vocês estivessem ajudando a prender o verdadeiro ladrão.

— Eles pegaram o ladrão! — exclamou Amber descontrolada. — Era o Fergus!

Os olhos de Em se arregalaram.

— Puxa vida! — Ela suspirou. — Nossa irmã sabe escolher bem os namorados.

— Amber, é isso que quer fazer? — perguntou Jack com a voz aflita. — Fugir e viver com o dinheiro roubado? É isso que quer para a sua vida?

Antes que ela pudesse responder, ele fez outra pergunta:

— Você fingiu gostar de mim, porque era o policial cuidando do caso?

— Não — respondeu ela imediatamente, balançando a cabeça. — Não estava fingindo.

— Bom. Agora me diga, como é que vocês pegaram as joias?

— Vamos — pediu Em nervosa, puxando o braço dela —, nós vamos perder o avião.

Mas Amber não conseguia tirar os olhos de Jack.

— As joias estavam em uma lata de lixo em um escritório. Deveria ser o escritório de Fergus. Ele deve ter escondido lá... Em as pegou por engano. Ninguém acreditaria nela, então ela fugiu. Tinha que ajudá-la a escondê-las.

— Ela é a garota com a peruca vermelha pulando da janela do banheiro? — perguntou Jack.

— Amber, cale a boca — insistiu Em —, não diga nada. Temos que ir!

— Esta é a chamada final de embarque para os passageiros para Amsterdã. Todos os passageiros do voo para Amsterdã encaminhem-se para o portão 17 — disse a voz nos alto-falantes.

— Não posso ficar — disse Amber, com a voz embargada com o esforço. — Vendemos as joias, vamos para a cadeia. Não posso abandonar minha irmã caçula. Você tem que me deixar ir.

— Posso livrar as duas, se você confiar em mim — insistiu Jack, sem soltar o braço dela. — Montanari está do meu lado. Ele devolveu as joias.

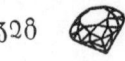

Amber quase deixou cair sua bolsa com o susto. Espere um minuto... se Montanari estava do lado dele, então isso era uma armadilha! Jack sabia de tudo. Era uma armadilha! A qualquer momento, a polícia iria prender a ela e a Em. Seriam arrastadas para fora dali algemadas, levadas para celas separadas...

— Ele não pode dar-lhe as joias, ele nos pagou em dinheiro — sussurrou ela, sentindo seus joelhos tremerem. Precisava ir embora. Escapar enquanto ainda podia. — Ele pagou dois milhões e trezentos mil dólares — acrescentou —, está em uma conta bancária secreta.

— Amber, cale a boca! — implorou Em.

De repente Amber sentiu como se estivesse despertando de um sonho. Ia mesmo fugir? Fugir para Montenegro?

— Você já checou a conta bancária da empresa das Mulheres Empreendedoras? — perguntou Jack. Sua voz soou muito suave. Ele parecia estar se divertindo. Não era o tom certo para um detetive conversando com suspeitas.

— Montanari é *dono* do Banco de Obersaxen, srta. De Clavel. Descobri o que você estava fazendo quando a encontrei no jardim. Tentei impedi-la de sair de Nova York e se enterrar ainda mais. Você não é uma criminosa Amber, você fez a coisa errada pelas razões certas. Assim como seu pai.

— Hã?

Em e Amber o olharam espantadas.

— Eu verifiquei. Ele ganhou uma fazenda tão enfiada em dívidas que estava prestes a falir. Assumiu o risco e salvou o ganha-pão de todos.

— Hora de ir! — Em puxou a irmã. — Assim que passarmos pelo portão estaremos seguras.

— Mas não temos o dinheiro!

Naquele momento, os olhos de Amber caíram sobre o pingente verde redondo no pescoço de Em. O que ela usara dia e noite desde o roubo... e de repente entendeu. Havia uma terceira peça na lata de lixo.

O "amuleto da sorte" de Em era real. Era uma esmeralda verdadeira, uma antiguidade. Enorme, provavelmente valendo centenas de milhares de dólares. Talvez a polícia não tivesse divulgado detalhes sobre ele para ajudá-los a pegar o ladrão.

A mão de Jack deslizou pelo braço dela e segurou a sua mão. Ele apertou-a firmemente.

— Por favor, confie em mim.

Agora era a vez dela de olhar profundamente nos olhos dele para ver se conseguia uma resposta.

— Amber, você está louca? Você vai para a cadeia! E Sapphire também! Não há uma porta dos fundos para sair dessa emboscada. Você tem que ir enfrentar a situação comigo.

— Montanari nos deu uma maleta cheia de dinheiro — disse Amber a Jack.

— Ah, sim, aquilo era um adiantamento do dinheiro da recompensa. Se jogar do meu jeito, você, Em e Montanari, são as pessoas que pegaram o ladrão e salvaram as joias. Anonimamente, claro. Nenhuma publicidade. Muitas perguntas difíceis.

— É mentira — declarou Em. — Venha comigo. Nós vamos ficar bem.

Amber olhou para Em. Viu o espírito feroz, a aventureira, a atriz naqueles olhos tingidos de verde.

— Eu não queria vir — disse Amber a ela.

— Puxa vida! Você vai me abandonar? Caramba! Pensei que estávamos juntas nisso. — Sacudiu a cabeça. — Tudo bem! Vá embora! Mas vou para Montenegro, levando o meu casaco e o dinheiro no lixo do banheiro! Se ele ainda estiver lá.

Enquanto Amber tirava o casaco de pele de raposa de seus ombros e entregava-o à irmã, Jack estendeu a mão e disse a Em:

— Preciso desse colar, srta. Jewel.

— Não vou te dar o colar! — sibilou Em para ele. — Vou ficar com ele!

— Se você fugir com ele, Sapphire e Amber vão para a cadeia, e o sr. Montanari vai querer o dinheiro da recompensa de volta.

— Oh. Maldição! — Em cuspiu, batendo o pé. — Odeio você!

Ela soltou o pingente e atirou-a na direção de Jack.

— Tudo bem — disse ele, apanhando o pingente. — Ninguém gosta do namorado da irmã. É natural.

— Os passageiros com nome Jewel, que viajam para Amsterdã. Esta é a chamada final para o embarque. — O aviso soou nos alto-falantes.

— É sua última chance, Amber! Fique com o policial ou fuja comigo! — insistiu Em.

Amber fechou os olhos. Apesar do drama das últimas horas, apesar do barulho do aeroporto, tentou encontrar um lugar calmo em sua mente.

E descobriu o que realmente queria.

Agarrou a mão de Jack com firmeza.

— Já pensou em deixar a cidade? — perguntou ela a ele, baixinho, os olhos ainda fechados.

— Não saí já do país por sua causa?

Depois disso, a decisão foi fácil.

Capítulo Quarenta e Oito

— Ainda podemos comprar na Wilson, após o que aconteceu com a coitada da Eugenia De La Hoz?

— Ela recebeu as joias de volta, não foi? Ficou irritada por ter de pagar o dinheiro da recompensa, e não poder pedir um reembolso no seguro. "Imagine! Nem posso deduzir no imposto de renda", disse ela.

— Ai! E você sabe o quão pão-duro ela é.

Um mês depois

Em olhou para os seus sapatos Chanel verdadeiros. Eram tão absurdamente bonitos. Bege com a biqueira em verniz preto, a combinação perfeita para usar com tudo. O salto era alto, mas elegante, e ela nunca tinha usado nada tão perfeito ou tão apropriado em toda a sua vida.

Puxou o fabuloso casaco de pele verde um pouco mais de encontro ao corpo. Usava esse casaco todos os dias, porque era tão maravilhoso. Ela o adorava. Era uma peça perfeita e a cara dela. Na verdade, estava começando a se preocupar com a chegada do verão. Talvez tivesse que mudar para o Alasca para que pudesse usar seu casaco de peles o ano inteiro.

Mas será que o verão no Alasca seria tão divertido como o verão em Nova York?

E, quanto a Montenegro... bem, ela se divertira muito. Foram férias fantásticas. Gastara um montão de dinheiro para pagar aulas de esqui e noitadas extravagantes bebendo coquetéis com alguns homens muito, muito altos.

Mas depois de um tempo sentira muita falta de sua família e de seus amigos e só queria voltar para casa.

E felizmente podia fazer isso.

Graças a Deus não era uma das criminosas mais procuradas da América.

Colocou o resto do dinheiro da recompensa no banco e alugou com Sapphire um apartamento bonitinho com dois quartos, que pertencia a um amigo de Ori, na antiga vizinhança, a duas ruas de distância da joalheria.

Depois que Sapphire ajudara a colocar o ladrão de Ori na cadeia, o joalheiro não sabia o que fazer por ela.

Em voltara a ser uma recepcionista no Dino's cinco noites por semana, mas dissera adeus à butique chique de Marlese, porque seus dias agora estavam concentrados em sua carreira real. O que sempre sonhara ser e o que uma de suas irmãs a convencera de que poderia ter sucesso.

Sentada, esperando sua vez para fazer o teste, o medo a fez ter vontade de vomitar, porque o papel era tão incrivelmente perfeito. Precisava conseguir esse papel. Sabia que era capaz.

Se pudesse apenas manter a calma e encantá-los.

— Emerald Jewel?

Um cara barrigudo, com um cavanhaque ralo, apareceu na porta.

— Oi, sou Walt, o diretor. É um prazer conhecê-la!

Em se levantou e caminhou delicadamente na direção dele, com seus sapatos Chanel.

— Oi, Walt — disse ela, exibindo um sorriso nos lábios perfeitamente pintados de vermelho —, é fantástico conhecê-lo. Este parece ser um show incrível.

— Então você se chama Emerald Jewel e realmente é uma atriz e ladra na vida real?

— Isso mesmo.

Abrindo a porta para ela, Walt perguntou:

— Então, qual a maior coisa que você já roubou?

— Bem, não posso dizer, mas posso dizer que consegui estes sapatos e este maravilhoso casaco de pele de raposa... em Genebra. Não os roubei, mas tire esse olhar de decepção de seu rosto, porque os comprei com uma maleta cheia de dinheiro roubado.

— Não!

— Diabos, foi sim! 'Ocê num acha que a vida é muito chata se não correr riscos de vez em quando?

Duas senhoras nova-iorquinas idosas, muito bem-vestidas, caminhavam por uma das mais belas ruas do Upper East Side, acompanhadas por um homem muito mais jovem que elas, bastante atraente e elegantemente vestido.

A sra. Henry St. Claire-Trevellian, usando um vestido de Yves Saint Laurent de 1987, com sapatos de crocodilo de salto baixo, apoiava-se em um dos braços do cavalheiro. A sra. Emery Hewitt III vestia Diane von Furstenberg, da coleção de 1995, carregava uma carteira de mão Hermès e apoiava-se no outro braço.

Quando se aproximaram da janela da casa de leilões Aubrey Wilson & Sons, o trio diminuiu o passo para ver os tesouros em exposição.

— Relógios chineses do século XVIII — Betty St. Claire-Trevellian leu em voz alta, depois que colocou os óculos que pendiam de uma corrente de ouro de seu pescoço —, não vou ver essa exposição. Acho que relógios são terrivelmente maçantes. Mas talvez você se interesse, Bobo.

— Talvez — respondeu o cavalheiro com um sorriso agradável. Ele aparentava ter trinta e poucos anos. Suficientemente jovem para ser um neto ou talvez um jovem sobrinho.

— Gosto da pintura nos fundos.

Lauren Hewitt apontou com a mão de quase setenta e dois anos de idade, mas com uma manicure cuidadosa, usando um esmalte nude da MAC.

— Mas você tem espaço para ela? — perguntou Betty. — Tive que parar de ir aos leilões de pintura, porque simplesmente não tenho onde pendurar mais nada. O apartamento está cheio. A casa de praia está lotada. Nem posso dar as pinturas porque nenhum dos netos está interessado em coisas velhas. Eles querem arte moderna, com preços injustificáveis.

— Mas você sabe que tem um gosto maravilhoso — o homem assegurou-lhe, afagando-lhe o braço suavemente —, tenho certeza que seus netos ficarão muito contentes em receber algumas de suas pinturas.

— Tenho bom gosto, você está absolutamente certo, Bobo. Nós duas temos bom gosto, não é mesmo, Lauren? Nossos olhos podem estar fracos, mas ainda podemos escolher uma coisa bonita.

— É por isso que estamos aqui, a garota, lembre-se — disse Lauren. Começou a andar novamente na direção da porta e os outros a seguiram.

— Todas as garotas boas que conhecemos já estão casadas — Betty disse a Bobo, com ar triste —, você perdeu algumas boas oportunidades, meu amor. Disse para não ficar marcando passo. Mas você não escutou.

Bobo riu suavemente ao ouvir isso.

— Sim, não será tão engraçado quando você for um solteirão solitário com quarenta e poucos anos, só podendo escolher entre divorciadas, com filhos e todos aqueles problemas para resolver — acrescentou Lauren —, acredite em mim. Vi meu filho caçula passar por tudo isso e não foi bonito.

— Então tivemos que sair procurando por você — disse Betty, enquanto Bobo a acompanhava até a porta giratória, movendo-a em um ritmo lento e constante para ela entrar.

Assim que suas duas amigas idosas passaram pela porta e voltaram a apoiar-se com segurança em seus braços, Betty prosseguiu:

— Tivemos que encontrar uma garota nova para você. Não a conhecemos ainda. Mas parece ser absolutamente maravilhosa e totalmente promissora.

— Agora, obviamente, podemos estar erradas — comentou Lauren. — Não tivemos a chance de conhecer a família dela. Mas eles possuem terras e acho que isso é sempre uma coisa boa. Você não pode se dar mal com uma menina que foi criada em uma fazenda.

— Muito mais saudável — concordou Betty. — Algumas dessas meninas nova-iorquinas são mais rápidas que um furacão e causam muito mais problemas.

Bobo apertou os lábios e tentou reprimir um sorriso. Parecia estar acostumado a ouvir vários conselhos de suas "tias" adotivas.

Um assistente aproximou-se do trio.

— Posso ser útil? Vieram ver as peças em exibição?

— Não — respondeu Betty, segurando seus óculos na frente dos olhos —, temos hora marcada. Estamos aqui para encontrar a responsável pelo setor de joias, muito apropriadamente chamada srta. Sapphire Jewel.

— Srta. Sapphire Jewel? — repetiu Bobo, com um sorriso se contorcendo no canto dos lábios. — Esse é um nome um pouco incomum.

— É um nome do sul — explicou Lauren —, ela é uma linda sulista.

— Por favor, entrem — disse Sapphire quando ouviu a batida na porta de seu escritório. Alisou o cabelo e sorriu em antecipação.

Mal podia esperar para encontrar a sra. St. Claire-Trevellian e sua amiga sra. Hewitt novamente. Na semana passada tinham trazido algumas joias antigas maravilhosas para a casa de leilões e estavam cheias de histórias e fofocas de arregalar os olhos sobre os "velhos tempos" no Upper East Side.

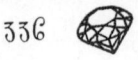

Levantou-se educadamente enquanto as duas senhoras idosas entravam escoltadas por um homem mais novo, vestindo um belo terno cinza-escuro.

— Boa-tarde, que prazer vê-las novamente sra. St. Claire-Trevellian e sra. Hewitt! — Sapphire cumprimentou as duas, dando a volta em sua mesa para apertar a mão delas.

— É maravilhoso ver você também, minha cara — disse Betty, pegando a suave e clara mão de Sapphire. — Agora espero que você não se importe, mas trouxemos nosso jovem amigo Bobo junto. Ele é frequentador habitual de leilões, um colecionador de quadros, relógios e joias. Achamos que você gostaria de conhecê-lo.

— Claro! — disse Sapphire, virando os olhos para o homem.

Notou imediatamente que ele tinha gentis olhos castanhos e que usava uma gravata azul-marinho com poás brancos, uma das gravatas favoritas de Gary Grant. Na verdade, com seu cabelo liso e escuro, com uma risca bem-definida na lateral, ele tinha uma leve semelhança com seu herói dos filmes preto e branco.

— Este é o príncipe Roberto Zanzotto di Lampedusa. Mas o nome é tão grande que todos nós o chamamos de Bobo.

Sapphire estendeu a mão e fez uma reverência pequena.

— É um prazer conhecê-lo... Sua Alteza Real.

Bobo sorriu.

— Oh, não, sinto muito, não precisa fazer nada disso. Meu principado minúsculo foi engolido por exércitos invasores há muito, muito tempo. Apenas o título permanece e não o uso muito. Você está usando um colar absolutamente deslumbrante...

A mão da Sapphire tocou o pingente na base da sua garganta.

— Oh, obrigada! — disse timidamente e corou.

Bobo aproximou-se um passo para admirar o coração antigo formado a partir de uma grande safira e cercado com diamantes lapidados à moda antiga, representando Amber, e esmeraldas representando Em.

— Que tesouro bonito. Muito especial — comentou, seus olhos castanhos encontrando os dela mais uma vez.

— Sim... bem... Recebi uma pequena herança e quis comprar algo que talvez pudesse dar para minha própria filha um dia.

Corou imediatamente, porque essa era uma esperança particular e agora acabara de contar tudo a um completo estranho.

— Meu Deus — disse Bobo, cheio de admiração. — Srta. Jewel, você é como uma brisa de ar fresco.

Sapphire colou os cintilantes olhos azuis nos dele e de repente sentiu os cabelos da nuca se arrepiarem. Ele poderia saber?, ela se perguntou. Será que ele poderia saber que havia sido exatamente assim que Bob Hope descrevera Grace Kelly um dia?

Capítulo Quarenta e Nove

> —Você nunca me contou o que aconteceu com o ex-marido dela.
>
> — Mudou-se para Minnesota, Lauren, e nunca mais se ouviu falar dele.

Quatro meses depois

Ei, já vai sair para almoçar?

— Ahã, tenho algumas vantagens por ser a patroa.

— Ok, bye-bye. — A voz de Chuck tinha um sotaque texano tão forte que Amber precisava fazer força para segurar a risada enquanto andava, muito orgulhosa, no piso inundado pelo sol da sala da frente de seu escritório novo. Ainda havia um cheiro fresco da tinta branca recém-pintada e as letras na janela faziam uma sombra contra a parede traseira.

Sua recepcionista, Darlene, ergueu os olhos enquanto Amber se dirigia para a porta da frente.

— Você viu isso? — Darlene mostrou a cópia deste mês da revista *Parker County*.

Amber pegou o exemplar e ficou surpresa ao ver uma linda foto de Sapphire na capa.

"Noivado real de contos de fada para a linda noiva de Bluff Dale" era a manchete.

— Ó, meu Déééus — exclamou Amber, notando com satisfação como o seu sotaque tornara-se acaipirado desde que voltara para casa.

— Não há nenhuma chance de algo dar errado dessa vez? — perguntou Darlene.

— A matéria comenta isso?

— Lamento dizer que sim: páginas 4, 5 e 6. Bem, Forde é um dos Annetta North Houghtons.

— Oh, puxa vida, um dia destes vou te contar tudo sobre o cafajeste de um namorado escocês que ela teve em Nova York. Mas não, não acho que algo assim vai acontecer com Bobo. Eu e Em verificamos muito bem a ficha dele. Muito bom. Bobo é um produto genuíno, um tesouro de verdade. Posso ler isso durante o almoço? — perguntou. — É claro que eu e mamãe vamos comprar todas as cópias disponíveis.

— Claro.

Amber sorriu para a capa. Perguntou-se se Sapphire já sabia sobre isso. Com sorte, ela iria adorar, naquele seu jeito silencioso e tímido.

Quando saiu pela porta da frente sob o sol do meio-dia ardente, Amber se virou, incapaz de resistir a dar outra olhada para a fachada da casa.

Amber Jewel — uma corretora em quem você pode confiar, era o slogan pintado, à moda antiga, na grande janela de vidro.

Começara as atividades somente há algumas semanas, mas os negócios estavam indo surpreendentemente bem. Assim como ela, as pessoas daqui estavam fartas dos grandes bancos, de instituições sem rosto levando seu dinheiro e fazendo sabe-se-lá-o-quê com ele

Sempre suspeitara que em Parker County as pessoas queriam confiar as suas economias para um tipo de pessoa pé no chão, comum, que poderia oferecer-lhes conselhos honestos mesmo usando jeans e às vezes até mesmo uma camisa de vaqueira. E agora pensou que poderia estar certa. A fama dos seus serviços estava crescendo.

— Espero que esteja muito orgulhosa de si mesma — disse uma voz profunda, vinda do assento do motorista da caminhonete vermelha empoeirada estacionada do outro lado da rua.

— Ah, estou, muito.

— Vai mexer esse traseiro e pegar uma carona comigo, Sinhazinha Amber? Porque estou mortinho de fome. É tudo.

Amber riu e atravessou a rua para entrar na caminhonete.

A porta do passageiro se abriu e ela entrou.

— Olá, xerife. Como foi no tribunal? — perguntou e se inclinou para beijar Jack. Ele vestia uma camisa de manga curta cáqui com dragonas. Ele chamava aquilo de seu "uniforme de escoteiro", mas ela achava que ele ficava muito bem dentro nele.

— O tribunal foi terrível, mas estou me sentindo melhor ao ver você. Você viu isso? — Ele estendeu a mão para o painel do carro e entregou-lhe outro exemplar da revista com Sapphire na capa.

— Oh, já tenho uma na minha bolsa.

— Ela está muito bonita. Sua mãe vai chorar de alegria. — Ele enfiou a mão no vão da porta da caminhonete e pegou um jornal. — Aposto que você vai querer ver isso também.

Ele havia circulado com caneta uma nota na página de notícias da TV.

"Em breve: *É um roubo!* um reality show novo e excitante que coloca ladras da vida real contra alguns dos seguranças mais durões de shopping centers. Vai ser um grande sucesso, estrelado por Emerald Jewel, de Parker County."

— Ela saiu no jornal! — exclamou Amber. — No *Fort Worth Star-Telegram*! Vai ser famosa, como sempre quis. E a adorável Sapphire vai ter o seu casamento de conto de fadas com seu lindo príncipe.

Jack não pôde deixar de rir ao ouvir isso.

— Ele é um príncipe - protestou Amber.

— Sem um principado — respondeu Jack.

— Melhor ainda. Quem quer súditos? Aposto que são um problema muito maior do que se imagina.

— E você, srta. Amber? — Jack empurrou para trás a aba do seu chapéu Stetson.

Quando se mudou para o Texas, não tinha a mínima intenção de usar um chapéu Stetson, mas tudo era tão desgraçadamente quente e brilhante. O sol queimava seus olhos para onde quer que eles olhassem... por causa disso, depois de apenas três semanas, Amber comprara o seu primeiro chapéu e ele cedeu.

— Você conseguiu tudo o que queria?

Lá estava ele olhando para ela com seu sorriso irresistível, sabendo a resposta quase antes dela. Ele estava começando a conhecê-la melhor e ela estava fazendo o mesmo, quebrando as barreiras do policial durão e descobrindo o verdadeiro Jack Desmoine. Amber e Jack haviam se apaixonado primeiro e agora começavam a se conhecer melhor.

— Sabe, acho que tudo vai muito bem — respondeu ela e se inclinou sobre o banco do passageiro para beijá-lo ferozmente.

Sempre que Amber pensava nos meses que passara em Nova York tentando fazer seus sonhos se tornarem realidade, ou na semana louca do roubo de joias, tudo parecia um sonho. Um sonho de outra vida.

Mas estava bem acordada agora. E mesmo quando estava no meio daquele sonho, reconheceu que Jack era alguém que poderia levá-la de volta à vida real no Texas.

Ele ligou a caminhonete e partiu.

Ele ainda não sabia da existência do adesivo que Amber tinha colocado na parte de trás da sua adorada caminhonete naquela manhã. O adesivo dizia: "Não nasci no Texas, mas vim para cá o mais rápido que pude."

— Então, todas as meninas Jewel conseguiram o que queriam — disse Jack com um sorriso.

— Oh, sim, sim, acho que todas nós conseguimos o que merecemos. É tudo.

Agradecimentos

Quatro meninas muito especiais — minha filha Claudie e suas amigas Shivani, Eva e Caitie — escreveram um roteiro quando estavam no ensino fundamental e eu adorei. Era uma história doce e muito engraçada, com uma praia, pôneis, um acidente de avião (todos sobreviveram!), deliciosas refeições à base de sorvetes e a frase: "Três meninas bonitas decidiram roubar uma joalheria."

Essa frase ficou em minha mente.

Quem seriam as três irmãs? Talvez morassem em Nova York... e uma delas trabalhasse em uma casa de leilões. O que as faria roubar? Que tipo de joias... e se fossem as joias da duquesa de Windsor? Contei a ideia ao meu marido, que fez uma cara de surpresa e disse: "Mesmo?!" Então, tive certeza de que estava no caminho certo...

Fiz uma sinopse. Comédia romântica com crime. Amor e crime. Inventei e planejei. Um policial devastadoramente sexy e depois um elegante escocês criaram vida.

Cada vez que um amigo perguntava: "No que está trabalhando?", eu respondia: "Três irmãs, em Nova York, pensando em roubar algumas joias muito famosas."

— Oooooh, gosto da ideia!

Esse é o ponto quando escrever fica emocionante, quando todo mundo adora a ideia e não pode esperar para ver o que você vai inventar.

É também quando escrever se torna difícil porque você prometeu essa história fantástica e, em seguida, quando escreve, torna-se cada vez mais e mais difícil fazer com que seja brilhante, polida e perfeitamente certa.

Mas meus personagens cresceram. Amo as irmãs Jewel, tão brilhantes, de forma muito diferente, mas tão profundamente iguais, como as irmãs realmente são. Como de costume, fiquei um pouco apaixonada por meu personagem principal masculino.

Então aqui estou eu, pronta para entregar a versão final, e há muitas pessoas a agradecer: meu agente Darley Anderson, por me dizer que "ganhei na loteria com esta história", quando ela era apenas uma sinopse. (Deus o abençoe para sempre por saber como incentivar um escritor!) Meus agradecimentos também para a brilhante equipe de Darley, sempre tão atenciosa e entusiasmada.

Para minha editora, Sarah Adams, e o editor-assistente, Jess Thomas, obrigada por ler e reler, e por tantas ideias de edição inspiradas. Os editores são como treinadores. Eles gritam do lado de fora da quadra, repassam as táticas, fazem uma análise fria e depois mandam você de volta para fazer o seu melhor trabalho. Meu muito obrigada também para as pessoas encantadoras na Transworld que trabalharam muito duro para deixar as capas e o texto perfeitos e por colocar os livros nas mãos dos leitores.

Por favor, dê um passo à frente e aceite os aplausos, Ronda Carman, minha amiga texana. Oh, amo o jeito como você fala, não posso culpá-la por todas as frases no livro, mas você inspirou um monte delas. É tudo.

Culpe a exposição à série *Dallas* na minha infância, o livro engraçado de Helen Bryant, *Preparando-se para Ser Texano*, e o site www.overheardinnewyork.com pelos provérbios e expressões peculiares na história. Também usei uma bonita edição de *Um Toque de Grace*, escrito por Cindy De La Hoz para obter muitos detalhes sobre Grace

Kelly. (Espero que Cindy me perdoe por pegar emprestado seu sobrenome para a sra. De La Hoz!)

Alguns detalhes sobre as joias da duquesa de Windsor são baseados em fatos, alguns são ficção, acho que ninguém vai se importar muito.

Fui abençoada com duas irmãs lindas e, ao mesmo tempo que isso inspirou o meu trio de irmãs, espero que você perceba que, apesar de Amber ser um pouco de mim mesma, Sapphire e Em são quase noventa e nove por cento ficção!

Em casa, tenho a inacreditável sorte de contar com a equipe Reid. Thomas: meu agradecimento eterno, por ler, reler e sempre me incentivar, além de cozinhar os jantares e fazer várias atividades domésticas. Sam: todo o meu amor – continue escrevendo! E Claudie: mais um beijo de agradecimento por me deixar ler a sua história, que me deu esta joia (!) de ideia.

Leia também, de Carmen Reid:

A Terra Tremeu?

Apresentando Eva:

Quatro filhos, um trabalho estressante, dois ex-maridos bem complicados e uma quantidade enorme de problemas.

Vamos a eles: sexo com o veterinário das suas gatinhas é melhor do que ficar sem sexo? Está velha demais para comprar roupas numa lojinha teen ou pintar o cabelo de rosa? As violetas estão mais na moda do que os gerânios? O que tem na geladeira para o jantar de hoje? E, o mais importante de tudo: será que ela deixou o amor de sua vida escapar facilmente?

Uma Cama Para Três

Bella Browning é atraente, bem-sucedida e ambiciosa. Trabalha como uma louca, é dura na queda e é apaixonada por Don, o marido jornalista (embora ela nem sempre ande tão na linha quanto deveria).

Entretanto, lá no fundinho de seu coração, ela sente que *algo* está faltando ao casal... e esse *algo* é um bebê.

Don anda aterrorizado com essa possibilidade, mas, afinal de contas, se Bella é uma grande consultora, capaz de transformar megaempresas... então, ela vai dar conta do recado! Vai? Vai mesmo?!

Entre crises matinais de enjoo, hormônios fora de controle e alguns, digamos, "passos em falso" com o delicioso e atraente Chris, seu colega de trabalho, ela descobrirá rapidamente como será difícil interpretar o papel da perfeita mãe moderna e *workaholic*, e ainda conservar o *sex appeal* de uma deusa grega.

Mas Bella é uma mulher de muitos talentos e não está nada a fim de ser derrotada.

Impresso no Brasil pelo
Sistema Cameron da Divisão Gráfica da
DISTRIBUIDORA RECORD DE SERVIÇOS DE IMPRENSA S.A.
Rua Argentina 171 – Rio de Janeiro, RJ – 20921-380 – Tel.: 2585-2000